爱与痛俱成往事

王鹤 著

中国财经出版传媒集团
中国财政经济出版社

图书在版编目（CIP）数据

爱与痛俱成往事／王鹤著．—北京：中国财政经济出版社，2016.4

ISBN 978－7－5095－6520－9

Ⅰ．①爱… Ⅱ．①王… Ⅲ．①随笔－作品集－中国－当代 Ⅳ．①I267.1

中国版本图书馆 CIP 数据核字（2015）第 305456 号

责任编辑：潘　飞　　责任印制：刘春年
责任校对：黄亚青　　版式设计：丁丁图文

中国财政经济出版社出版

URL：http://www.cfeph.cn

E－mail：cfeph@cfeph.cn

社址：北京市海淀区阜成路甲 28 号　邮政编码：100142

营销中心电话：010－88190406　北京财经书店电话：010－64033436

北京时捷印刷有限公司印刷　各地新华书店经销

880×1230 毫米　32 开　9 印张　186 000 字

2016 年 4 月第 1 版　2016 年 4 月北京第 1 次印刷

定价：32.00 元

ISBN 978－7－5095－6520－9／I·0134

（图书出现印装问题，本社负责调换）

本社质量投诉电话：010－88190744

反盗版举报热线：88190492　88190446

旁观传奇，妙笔生花

王泽华

与王鹤的相识，得追溯到1984年的夏天。她从四川大学中文系毕业来到成都晚报社。

路过她的办公室，看到晚我一年的新人，就进去打个招呼。她浅浅一笑，优雅、温厚、知性、内敛，我们就对上眼儿了。三十年过去了，这张笑脸依然栩栩如生地印在我的记忆里。

就是这相视一笑，我们就找到了声气相通的同类，何其幸运。我们曾经走得很近，是一个部门的同事，门对门的邻居，还合作了我们的第一本书:《民国时期的老成都》。现在我们又隔得很远，她在成都，我在加拿大。可是在通讯发达的今天，地理上的暌违并不意味着心理上的疏离。每次回国相见，大家都没有丝毫的陌生感，隔着太平洋，也几乎是零距离。

她又出书了，真是为她高兴。这本《爱与痛俱成往事》与她的第一本随笔集《爱与伤奔涌不息》，隔着五年的时光遥相呼应。从书名上，就能感受到两本书的一脉相承。王鹤沿袭了以前的思路，在阅读与观影里关注她感兴趣的人生主题，如同一条河流，自源头的涓涓细流，到跌宕起伏，奔腾咆哮，如今已经越过山川，流入平原，通脱大气，舒缓平静。这些年王鹤过得充实，有书为证：自《爱与伤奔涌不息》始，陆续有《晚明风月》《偶尔遇见的传奇》《爱与痛俱成往事》。不难看出，这一路走来，王鹤的目光，多聚焦在历尽沧桑、饱经磨难的女性身上。她们有如烈火烹油的经历，有痛彻心扉的往事；她们不缺万众瞩目的背景，更有内心不为人知的伤痛。王鹤把她们从历史的尘埃中打捞出来，旁观传奇，用她的生花妙笔，抽丝剥茧地还原了大时代的狂风暴雨令人生之舟倾覆时，她们如何以纤弱之身，抵御人生的惨烈，命运的无常。

王鹤让读者看到，在人生剧变之时，在面临灭顶之灾的关口上，她们是如何应对，如何翻篇的——有的人翻得惊心动魄，有的人翻得踉踉跄跄，有的人如周璇就翻不过去。不论是谁，个个遍体鳞伤。在卑微如蝼蚁般活着、被肆意践踏的同时，还要坚持内心的尊严与高贵，这几乎是不可企及的奢侈。在这无异于以卵击石的博弈面前，那些修养深厚、内心定力异常强大的人就愈加彰显出夺目的光彩。譬如郑念，中年丧夫，晚年丧女，九死一生。王鹤看到的是她那双“老年人罕见的、又幽邃又晶亮的眼睛。时光当然也磨蚀了她的容颜，但老太太夺目的美丽，透过岁月的烟尘，依然清晰地浮现出来，惹得人人惊叹。”

当然，如何修炼自身，让内心变得强大，又是另外一个饶有兴味的话题了。这背后有许多复杂的因素。但有一点可以肯定，王鹤这样的读与写，和她一以贯之的谦逊、内省、客观、努力，一定会在她的内心里生长出一株大树。随着时间的积累，这株大树只会愈加根深叶茂。

在王鹤这本《爱与痛俱成往事》里，能够看出这些年她的足迹所至。文人的行走，自然有文人的所思所得。王鹤的目光，还是落在了那些“爱与伤”、“爱与痛”上。只是这样的爱与痛，早已超越了一己之狭义，有了更广阔的故土之爱，民族之爱，人心之痛，文化之痛。捷克之行，令她重读昆德拉，她读出了更多的透彻、镇定与清寂悲凉。在布杰约维采城的广场上，她忽然恍惚：“这里真的经历过二十世纪中叶开始的疾风骤雨的革命吗？能如此完好无缺地留存十三至十六世纪的古屋、老街、旧广场，这个民族定然有足够的沉稳和内敛，对传统无比尊重、敬惜。这片土地，要兼容坚硬、寒冷的斯大林主义，也有过很持久的痛吧？”今天的捷克人一脸松弛、安闲，昆德拉小说中的红色恐怖、政治高压早已“俱成往事”。但是，昆德拉对人性的拷问，对“媚俗”的剖析却永远不会过时。譬如，海外的中国人，大多会遇到那种被昆德拉所鄙夷的西方人，他们带着优越的、居高临下的姿态和眼光，去看待从相对落后国家来的人们。这种媚俗式的同情处处都在，但西方人少有自知。

他们又如何能懂得来自冷战中另一方国家的人们呢？又如何能理解昆德拉、纳博科夫、阿赫玛托娃之痛呢？当个人命运遭遇社会的巨大变故或鲜血淋漓的改朝换代之时，前朝贵族总是猝不及防地跌入尘埃，那浓得无以复加的对前朝旧事的追忆，就如同一把钝刀子，持续用力，贯穿余生。这样的痛，又有多少西方人能知？甚至，俄罗斯、东欧、中国等国的青年人，又有多少有兴趣去了解他们的父辈、祖辈所经历的苦难与伤痛呢？所以，王鹤这本书里的思考有着醍醐灌顶般的意义。

如今，互联网与交通的便捷深刻地影响着人们对世界的认识。人类从来没有像今天这样感觉到地球的渺小，全世界都在朝着全球一体化的方向发展。挟带着政治、经济强势力量的文化，正以巨大的侵略性冲击着人们的日常生活与思维。在中国，区域的、传统的经济格局与日常生活细节，山川地貌酿造的人文特色与心理特征，正逐渐瓦解。王鹤笔下那渐行渐远的乡村，何尝不令我们心痛？

王鹤提到李劼人，这位上世纪初期留洋归国的成都人，大作家，坚持用成都方言写的小说，不仅不土，反而精致透彻，大气恢宏。弱化自己的母语、文化，只会失去自己的根、自己的文化，致使精神贫血，这又何尝不是民族之殇？尼克松曾经说过一句著名的话：不战而胜。在强势文化面前溃不成军的其他文化，是否应该有所自知呢？

这本《爱与痛俱成往事》里，提高了对老年关注度，这和年龄有关。王鹤的文字，越来越凌厉如刀，一次又一次击中了我：“老年人有所思有所欲，原本正常，但最好正大光明，或者谑而不虐，却不宜苟且。因为，‘春有百花秋有月，夏有凉风冬有雪。’、‘春行秋令’或‘秋行春令’的反其道而行之，都跟季节不合。老人最好有跟年龄吻合的端正持重，毕竟，丰富的人生经验让他更懂得有所为有所不为……”“当伴侣中有一人丧失自理能力时，施与受从此不对等了，施予者日复一日强自支撑，固然心力交瘁；受助者万般愧疚、难堪，也会被啃噬得千疮百孔吧？生命之火即将熄灭、变为灰烬时，唯有一片狼藉，虚脱和虚无感会以怎样的速度蔓延？曾经炽热的男欢女爱，几十年的相沫以濡，究竟可以积蓄多少热度去抵御人生穷途末路时的极度悲凉？”

王鹤提到“美国电影界唯一的知识分子”伍迪·艾伦，他在电影《怎样都行》里开出的抵御悲观的“药方”是，认定人生在本质上的虚无，然后从那些无意义、残酷与混乱中找到一点乐趣，也消解一些悲凉。这和顾随“以悲观之心态过乐观之生活”似乎殊途同归。

王鹤这本书的最后一部分我最喜欢。她所提到的“书客”，有两位是她的川大同学——扫舍与浓玛，都是气质不凡经历丰富的才女美女。何大草与洁尘，则是以前我在《成都晚报》的同事。他们都是陶醉于文字，执着沉稳，内心定力异常强大的人。他们笔耕逾二十载，都收获了丰饶的果实。这些年来我从他们的文字里，获取了丰沛的精神养料。作为读者，我感谢他们的辛勤劳作。

文字的力量如此强大，就像王鹤的一本本书，让过往岁月变成可以触摸的财富，哪里虚无呢？令人感兴趣的是，王鹤在“爱与伤”“爱与痛”之外，还会关注什么主题，还会给读者什么样的惊喜？或许，“爱与伤”“爱与痛”本身就是取之不尽、用之不竭的主题？我期待着。

2015年10月26日

目录

新潮女子

所谓伊人

再品文心

光影流转

书客墨趣

新潮女子

毛彦文：爱与痛俱成往事

1

从二十世纪九十年代开始，毛彦文（1898-1999）重新引人注目，是因为著名学者吴宓：吴宓苦恋毛彦文却又求之不得的往事，频繁被人们兴致勃勃地提起。

毛彦文

1987年，年近九旬的毛彦文完成了自传《往事》。最早她自费印刷了少量，馈赠亲友。我手边这本《往事》，系商务印书馆2012年1月出版，其中有多幅毛彦文及其亲友的照片。老太太享有高寿，一生足迹遍及海峡两岸与美国，也有过刻骨铭心的情感遭际。她在自传里回忆起初恋表哥朱君毅和亡夫熊希龄，都难抑深情，尽管朱君毅是负心之人。然而提到吴宓，她则下笔省俭、言语谨慎，很是不想跟他扯上些许瓜葛。

吴宓与朱君毅是清华同学兼好友。那时，正在读小学的毛彦文，经常写信给表哥。在那五六年里，“从不通的文字渐渐地写成通顺的信，均为吴（宓）所阅览无遗”。吴宓因此对毛彦文印象至深，羡慕朱君毅有这样一位表妹。

吴宓留学美国时，接到另一位清华留美同学陈烈勋的信：他姐姐陈心一毕业于浙江省立杭州女子师范学校，常听他提到吴宓，又读过其诗文，遂暗生爱慕，有意结缘。吴宓那时难得被女士这么青睐，不免怦然心动，便寄信给朱君毅，托毛彦文去杭州陈家代为相亲。毛彦文与陈心一是校友，此前并不相识。此番受人之托，当然要忠人之事，遂于暑假赶往杭州，陈家人对她非常热情。

毛彦文将相亲结果函告朱君毅：“不知吴君选择对象的条件为何？陈女士系一旧式女子，做贤妻良母最为合适。皮肤稍黑，但不难看，中文清通，西文从未学过，性情似很温柔。倘吴君想娶一位能治家的贤内助，陈女士似很适当。如果想娶善交际、会英语的时髦女子，则应另行选择。”她还建议吴宓与陈心一不妨先做朋友，频繁通信，待相互了解、彼此满意，再订婚不迟。看得出来，毛彦文不仅尽职尽心，也知人识事，稳妥周详。

不久，吴宓与陈心一越洋订婚。吴宓回国后，两人西湖泛舟，也觉“其乐融融”，很快举行了婚礼。妻子“辛勤安恬”，吴宓却渐生不满。毛彦文认为，吴宓心目中似乎有一幻想的女子——要跟他一样中英文俱佳，彼此可以诗词唱和，还要善于辞令，能与他的朋友、同事说古论今，巧于周旋……而这些恰好不是陈心一的强项。但毛彦文觉得，其实陈心一最适合吴宓，因吴宓“有我国旧时文人的习气，易发不合理的脾气。”陈心一逆来顺受，委曲求全，能容忍吴宓的“任性取闹”。这是新派女子绝不可能做到的。

事实上，吴宓幻想中的那位女子，正是神交已久的毛彦文。他后来与陈心一离婚，也是破釜沉舟欲舍旧求新。结果当然像朋友冯友兰等预测的那般：两头落空。

1922 年，获哥伦比亚大学博士学位的朱君毅，留美六年学成归国，后与吴宓同在南京东南大学任教授。毛彦文已于两年前以浙江省第一名的成绩，考入北京女子高等师范学校。此时为了与未婚夫汇合，遂转入南京金陵女子大学。这样，她每周末有半天时间可离校与朱君毅见面。

年少时，毛彦文就对表哥异常崇拜，视他为“世界上唯一的伟大人物”。她九岁时被父亲做主许配给好友之子，但在其长大后当男方花轿临门时，她选择紧急逃婚。这在民国初期的江山市是有损名教的极大“丑闻”，也轰动整个浙江省。此后，毛彦文的舅父（朱君毅之父）和她父母，为这对早就彼此倾心的表兄妹订了婚。

之后是漫长的分离与相思。但凡接不到表哥的信，毛彦文就坐立不安，茶饭不思。劳燕分飞，重洋远隔，想念与煎熬，最宜入诗，她写下的一些白话诗，曾被《晨报副刊》与《京报》刊用。

如今，朱君毅学成归国，本应苦尽甘来，只待成婚。他却又移情别恋了，爱上了一位中学生，要求退婚。毛彦文自幼以来，只爱过表哥一人，闻讯后“身心崩溃”，万念俱灰。

亲友们都竭力说和，吴宓是最热心的“调停人”，奔前走后地忙活，可以想见他内心的矛盾。

从 1923 年朱君毅要求毁约，到次年二人正式解除婚约，毛彦文“从此坠入痛苦的万丈深渊，不能自拔”。当年，朱君毅曾以家乡的江郎山和须水对她盟誓："郎山须水，亘古不变"。后来，当朱君毅与成言真在苏州结婚时，毛彦文发去贺电"须水永清，郎山安在？"按捺不住地表露愤懑并质问——感情如此易碎，誓言如此飘忽，她真是不能释怀。

1963年，听到朱君毅去世的消息，毛彦文"老泪纵横"，写下长文《悼君毅》，从幼时亲密、两情相悦到多年相思，再到他见异思迁，她心如死灰……一路写来，既有被时光冲淡的恨意，也有难以遏止的怀念。尽管四十年未曾相见，朱君毅依然会不时入梦。1986年，毛彦文将朱君毅清华毕业时送她的班级纪念别针，交给了表侄女保存。那是他俩相恋的信物，在她大半辈子东奔西走中，一直随身携带，已珍藏了69年。

毛彦文与表哥分手后，吴宓曾对毛彦文有过苦苦的追求。毛彦文后来表示，她拒绝吴宓的一个重要原因是：与朱君毅解除婚约后，自己想方设法，避免接触与他有关的人或事，以免触景伤怀。吴宓偏偏不解风情，他与朱君毅为挚友，给毛彦文的每封信又都要"叙述自某年起，从朱（君毅）处读到她的信及渐萌幻想等，"这无疑让她倍增反感。

2

毛彦文自传里一篇《有关吴宓先生的一件往事》，颇为公允地说："吴君是一位文人学者，心地善良，为人拘谨，有正义感，有浓厚的书生气质而兼有几分浪漫气息，他离婚后对于前妻仍备加关切，不仅负担她及他们女儿的生活费及教育费，传闻有时还去探望陈女士。他绝不是一个薄情者。”其余则轻描淡写，似乎彼此疏远得很。实际上，吴宓对她用情极深，他离婚后，两人曾走得很近。

吴宓与陈心一离婚前，居然冒出过“娥皇女英”并存之荒诞念头。商量于陈寅恪，后者赶紧劝他“应持道德，悬崖立马，勿存他想。双妻制度，亦不可行。”吴宓向毛彦文试探，更是被她怒不可遏、义正辞严地批驳：“……彦何人斯，敢冒此大不韪？不特非彦之素志，彦且耻闻之矣，吾辈固以友谊始，而以友谊终者也。此后幸先生万勿以此事扰心一姊之心境，即自己亦不应有此思念。幸心一姊为一贤淑女子，不然，苟生误会，至令府上各人起不安之态，则彦虽非作俑者，而先生已陷彦于罪矣。”

毛彦文 1929 年获得奖学金赴美国密西根大学攻读教育行政和社会学，后获得硕士学位。1931 年夏，毛彦文去欧洲旅游，与游学欧洲的吴宓等一道回国。她赴欧洲是最终回应吴宓执着示好的一片诚心去商量结婚的。孰料他却突然变卦了，只愿意订婚。吴宓在日记中写道：“是晚彦虽哭泣，毫不足以动我心，徒使宓对彦憎厌，而更悔此前知人不明，用情失地耳！”

吴宓 1925 年主持清华大学研究院时，聘请王国维、梁启超、赵元任、陈寅恪、李济担任教授，开创出研究国学的新风气，研究院名师荟萃，英才辈出，对二十世纪的中国学术史产生深远影响。在南京任教期间，吴宓与梅光迪、胡先骕等创办人文学术刊物《学衡》，并担任总编辑。他们对新文化运动持批评态度，认为中国传统文化的精粹具有永恒的价值，是构成民族文化的基石。吴宓主张，“今欲造成中国之新文化，自当兼取中西文明之精华，而熔铸之，贯通之。”在新文化运动风靡、传统文化式微的背景下，吴宓等被视作“文化保守主义”的代表，但仍坚持之见，不人云亦云。当“文化革命”中那些激进、亢奋的风烟散尽后，吴宓等人对中华古典传统的坚守，也日益呈现其不容忽略的价值。

学贯中西，智识过人，却不“妨碍”吴宓在婚恋上行径奇异、出尔反尔。当年他与陈心一订婚后，曾去信陈烈勋，想取消婚约，不久又后悔，不该寄出此信。好友汤用彤也劝告他，悔婚有违情理，陈家已通知亲友，此举会令他们尽失颜面，陈心一将来也难以出嫁；吴宓对毛彦文迷恋至深，期盼与之在欧洲结婚，待女方终于首肯，他却又犹豫不决：毛彦文“曾被弃遗，情苗已枯”。毛彦文由美赴欧见他之前，他还迷恋上两个西洋女子，同时又倾心于在北平留学的华侨女子陈仰贤，盘算着“回国后，既可与贤晤谈，亦可广为物色选择合意之女子，故尤不欲此时将我自由之身为彦拘束”。

回国后，吴宓继续首鼠两端，笨拙地铺排他的三角恋爱。那几年，毛彦文充分领教了他焦躁、乖戾的脾气，更因其感情游移浮荡、不可理喻，毅然抽身。

毛彦文幼时便与表哥耳鬓厮磨，表哥也是毛彦文知识与情感的启蒙者，她对他有过心无旁骛的迷恋，印痕至深。而吴宓没能让她产生心驰神往的缭乱感，她带着几分被狂热追求的感动，还有几分女大当嫁的理智去接纳他，心底原是有一丝委屈与勉强的。吴宓最为打动她的是他持续不断的热情，可后来才发现这热情里居然还掺有疙疙瘩瘩的杂质、离心离德的摇摆，毛彦文自然要拂袖而去。不知情者只怪她寡情绝义，她悄悄咽下的失落、尴尬与伤怀，实难详述，也无需细说。所以，虽说与朱君毅、吴宓的两段感情同样有始无终，但她直到暮年，宁肯提起有憾有痛、难以忘怀的朱君毅。

毛彦文1916年入读的浙江吴兴湖郡女校是一所教会学校。她在湖郡女校最要好的同学朱曦是熊希龄夫人朱其慧（1931年去世）的侄女，1935年毛彦文与熊希龄结婚，就是朱曦竭力促成的。

吴宓说他平生所遇女子，爱得最久且深的，当属毛彦文。他的好多诗都为她而写。待到毛彦文出嫁，吴宓将痛苦失意诉诸报端——“吴宓苦爱毛彦文，三洲人士共惊闻。离婚不畏圣贤讥，金钱名誉何足云”、“赔了夫人又折兵，归来悲愤欲戕生。美人依旧笑洋洋，新妆艳服金陵城”。搞得“吴宓先生之烦恼”尽人皆知，惹人窃笑。

3

熊希龄是湖南凤凰县人，二十四岁中进士。沅州知府、以兴学育才深孚众望的朱其懿非常器重这位得意门生，将自己同父异母的妹妹朱其慧许配给他。民国初期熊希龄曾担任国务总理，为期不长，后告别宦海，投身慈善与教育，捐家产以兴学。熊希龄所创办的香山慈幼院，是当时国内最早设立、最完善的慈幼教育机构，后来还扩充了初中、高中和职业训练班。抗战爆发后，他又设立伤兵医院、收容难民等，慈心善举，有目共睹。

在一般人看来，毛彦文三十多岁才出嫁，熊希龄又已年过花甲，这段婚姻难免有勉强、敷衍的意味。毛彦文回忆，他们的确“并不是先恋爱而后结合”。此前，相爱二十余年的表哥尚且变心，让她对男人失去信心，也对婚事极为戒惧。随着年龄渐长，她“不能不找一归宿”，当时恰好熊希龄求婚。毛彦文觉得他是正人君子，慈祥体贴，可托终身。况且他年岁已高，“不致有中途仳离的危险”。至于婚后能否滋生少年夫妻的恩爱，则是未知数。

结果无比庆幸。熊希龄眼里的毛彦文，不好虚荣，不尚形式，“性情温和纯厚，料理家事，井然有序”。他俩整天厮守，“终日缱绻不已，彼此有说不完的话，此种浓情蜜意，少年夫妻想亦不过如此。”“唱随之乐，堪称幸福”。两人相携同游，则“兴趣横生，其乐无央”。无论小别一两天，还是结婚满月、周年纪念日，或毛彦文生日，熊希龄都有诗画赠她，极尽缠绵：

《鹧鸪天·西湖候彦文》：

明知隔日能相见，怎奈侬心终不宁。

《菩萨蛮》：

忽觉须臾别，滋味愁难说。

《题莲湖双鹭图》：

但觉万种柔情，一般纯洁，艳福容消受。轻语娇频沉醉里，甜蜜光阴何骤？

《寿菊图》：

甜美光阴速……暮暮朝朝形共影，忘却半生劳碌……两相爱，万般足。

《双双燕》：

准备湖山同去，并入百花深处，且尝遍甜霜蜜露。

熊希龄写给毛彦文的词里，“甜蜜光阴”、“朝朝暮暮”出现的频率最高。欢娱嫌夜短，但愿长相守，此乃人之常情。结婚时他毕竟已是六十五六岁，无疑更多一层老之已至、来日不多的隐忧。后来，毛彦文重读他一遍遍强调的“愿长久，享清福”等语句，不禁感觉冥冥中不祥的预兆。

结婚还不到三年，熊希龄就在1937年年底病故于香港。彻骨哀伤，日日啃噬，毛彦文有“虽生犹死”的痛苦。他俩婚后拍过一张合影，亲密、安闲地并肩立于花园，毛彦文抱着一个张开双手、神态活泼的玩具娃娃。这段婚姻可惜过于短促，另一点美中不足，便是她怀里空缺的婴孩。

熊希龄去世后，毛彦文出任北京香山慈幼院院长。1949年离开上海，当时正值台湾风雨飘摇，居大不易，已年过半百的她，仍决定去美国谋生，先后当过旧金山《少年中国报》编辑、加州大学女生宿舍指导，在华盛顿大学做过大陆问题研究员，甚至短期整理过图书。二十世纪六十年代初回到台湾定居，在中学和家政专科学校教授英语。毛彦文教书直到七十八岁。她的硬朗坚韧、不纤柔、不纠结，可见一斑。

毛彦文逝于台北，享年一百零一岁。她在自传里回忆曾经五内俱焚的经历——朱君毅背叛，熊希龄猝死，百感交集，也不乏终究走出阴霾的淡定。所有情到深处与痛彻心扉的往事，终究会释怀。只不过，偶尔会有余味余韵，在不知不觉时，潮水般凉沁沁地漫上心头。

张幼仪：最爱徐志摩的女人

1

张幼仪

张幼仪（1900–1988）的四哥张嘉璈（字公权）任浙江都督的秘书时，有一项公务是视察当地的学校。1913 年，他视察杭州府中学堂时，发现一大堆作文中，有一篇文章文质俱佳、出类拔萃，作者是徐志摩。得知徐志摩是一位富裕人家的独生子，他当晚就修书一封，替自己的妹妹求亲。徐父立即回信答允，这桩婚事就这么定了下来。

张幼仪生于诗书世家，但七岁时遭遇变故，家里的经济状况一度急转直下。有一群男孩的学业足够父母操心，作为女孩的她，在最需要接受教育的年龄，自然地被忽视了，只跟着私塾先生读了点《小学》《孝经》之类，粗通文墨。1912 年，渴望去新式学堂念书的张幼仪，看到江苏省立第二女子师范学校的招生广告，费用非常低廉，才求得父母准许并考入此校学习。三年后，她因结婚而退学。

张幼仪十五岁，徐志摩十八岁，一对新人确实太年轻。他俩婚前相互只看过照片，他跟她原本陌生，她的容貌气质又极端不合心意。她既有初为人妇的紧张，又有受丈夫冷遇的不快活，更不具备改善处境、调节气氛的弹性或技巧，是个沉默枯燥的小媳妇。

后来，据徐家佣人转述，徐志摩当初第一眼看到张幼仪的照片，只撇嘴嫌弃道："乡下土包子。"任何女人听了丈夫的恶评，心里都会梗着一个比"土包子"硬得多的包块吧。

1920年冬，张幼仪征得公婆同意去欧洲与徐志摩团聚。她明显看出，在岸上张望着接船的所有人里，他是唯一不情不愿的那位。她并不迟钝，对徐志摩自始至终的嫌弃、厌烦心知肚明——他是那么忧郁和焦躁于跟她厮守的命运；他每天回家，看到她还待在那儿，都无比失望。张幼仪回忆道："说不定他以为每次丢下我不管，就可以凭意志力让我消失得无影无踪。"他们住在离剑桥不远的小镇沙士顿时，徐志摩已狂热地爱上了林徽因，每天早上心急火燎地跑出去理发，其实是去等待伦敦来信。

哥哥们都说徐志摩才气纵横，前途无量。他从小就有神童之誉。张幼仪的资质，当然逊色于他。何况，张幼仪出嫁后便囿于家庭，虽然也曾努力读书，但与一路升学、留学，在北平、美国、英国沐浴新风、新知的丈夫相比，在学问上的落差和观念、趣味上的分歧不可以道里计。而徐志摩越是觉得她索然乏味，她也就愈发显得呆板无趣。张幼仪痛恨这种局面，却又无计可施。她知道自己陈旧、贫乏，她愿意改变、追赶，她不愚笨也不顽固。但他对她唯有不耐烦，从不正眼瞧她。这段姻缘，可谓"先天不足后天失调”。

张幼仪回忆，七年婚姻里徐志摩跟自己从未有过深切交谈。她的父兄同样是有学问的男人，却从来没有一个像徐志摩那样漠然、冷傲地待她。

徐志摩跟朋友在一起，总是兴致盎然、眉飞色舞。张幼仪承认，他在任何社交场合都受人喜爱，个性迷人。然而，徐志摩对她确实薄情：当她怀孕了，他不假思索，让她立刻打胎；此后他不辞而别、杳无音讯，只是让朋友去知会她，他要离婚。幸而张幼仪可以求助兄弟，不致在异国孤苦伶仃地生孩子；张幼仪刚刚产子，徐志摩就急不可耐地让她签下离婚协议。好在徐志摩的父母每月会寄钱给张幼仪，让她在经济上没有后顾之忧。

徐志摩与张幼仪的兄弟们，反而相处甚好、无话不谈。张家兄弟后来都是民国时期掷地有声的人物，二哥张君劢（字嘉森）曾在日本早稻田大学和德国柏林大学获政治学学士与博士学位，后为北大、燕大教授，中国民主社会党主席，曾主导起草《中华民国宪法》；四哥张公权（字嘉璈）为中国银行总经理，1949 年后赴美，任教于斯坦福大学。

张家人都说，张幼仪八弟张嘉铸那种幽默、谐趣的性情，颇似徐志摩。张幼仪却偏于端方严肃、正儿八经。张幼仪并未缠脚，但在徐志摩眼里，思想守旧、性情拘谨又没什么学识的她，跟小脚女人并无二致。而小脚与西装，当然是不搭调的。徐志摩按捺不住，非得跟她离婚，这便是重要理由。

徐志摩不辞而别。张幼仪前往法国乡下，在二哥的朋友家待产时反省，觉得自己保守、僵硬的思维与行为方式，跟缠过脚确实没什么两样。

2

《小脚与西服：张幼仪与徐志摩的家变》（黄山书社，2011 年 9 月版），由张幼仪讲述，其侄孙女张邦梅（即张嘉铸孙女）撰写。张幼仪不仅回顾了她在婚姻里的备受冷落和离婚前后的痛不欲生，更讲述了她如何从泥泞、酷寒的绝境里挣扎着站起站稳，艰难跋涉。徐志摩逃逸后，她在法国待产时便下定决心，不再只凭过去的价值观行事，要拥有自我，做“未来新式女子中的一员”。她也自我激励，作为一个没有缠脚的女人，一定要有张家人能够摆脱耻辱、重整旗鼓的志气，自立自强。

张幼仪的父母循例以传统淑女的标准教养她。她是浸润着三纲五常的教义长大的。后来恰历经狂飙式突进的“五四”新潮，陈规旧俗开始瓦解。徐志摩因时顺势，慷慨激昂地宣称：中国正在经历的变局将使个人获得自由，他要成为第一个离婚的男人。张幼仪当初听到这话，虽然吃惊，却不以为意：自己循规蹈矩做媳妇，孝敬公婆，服侍丈夫，也生了儿子，并未触犯“七出”中任何一条，绝无可能被休。后来，他们的离婚，果然被称为“中国第一桩现代离婚案”。这个“第一”她避之犹恐不及，何尝想要？

离婚后，张幼仪独自在德国呆了三年，学习幼儿教育。她将自己的一生分成德国前、德国后两个阶段，“去德国以前，我凡事都怕；去德国以后，我一无所惧”。她对张邦梅说，感谢徐志摩，如果不是离婚，她可能永远没法找到自我，没法成长，也不可能变成另外一个人。

张幼仪回国后，在东吴大学教了一学期德文，后来出任上海女子商业储蓄银行副总裁，同时担任云裳制衣公司（此公司为张幼仪的八弟与几个朋友包括徐志摩合办的）总经理。副总裁之类职位，起初固然得益于哥哥的人脉与帮扶，而张幼仪的独立要强，也帮助她成为干练而有担当的职业女性。她不乏自豪地跟张邦梅忆起，自己甚至在世道颠簸时，投资股票和染料、棉花、黄金等，还赚了大钱。

张幼仪一直气馁于自己没能像徐志摩迷恋的林徽因、陆小曼那样，念一流学校，接受良好教育。虽然她俩只比她小三四岁。她任职银行时，请了一位教师，每天下班后来办公室给她上课一小时，讲授国学经典。

张幼仪精心栽培儿子阿欢，她很满意儿子跟父亲和舅舅们一样，中西学兼备。阿欢二十一岁时，张幼仪问他想要一个怎样的太太，儿子说他只对漂亮姑娘感兴趣。那一刻，张幼仪没法不想到阿欢的父亲徐志摩。借助于长大成人的儿子，她也再一次宽容并透彻地明白：徐志摩想要的，既是有学养的女人，也是比她自己更女性化、更有魅力的女人。

张幼仪果然帮儿子物色到令他一见钟情的漂亮姑娘。他们成婚后，张幼仪供儿媳妇学习英、法、德、中等国的文学课程，希望她“不只能够满足阿欢的审美眼光，也可以满足他的知识品味”。这番稳妥、周详甚至略显刻意的举措背后，既潜藏着张幼仪自己年轻时惨遭鄙弃的沉痛往事，更有着她身为母亲、婆母的深思熟虑和良苦用心。

张家兄弟们无比器重徐志摩，这让张幼仪既满足又愧疚。未能留住徐志摩，似乎不仅有碍自己，还有点辜负了他们。当年，张幼仪写信给在巴黎研究哲学的二哥，报告徐志摩要跟她离婚的消息时，张君劢劈头就是一句："张家失徐志摩之痛，如丧考妣。"那时候，徐志摩只是负笈游学欧洲的学子，还未回国并声誉鹊起。张幼仪的八弟张嘉铸，对徐志摩更是佩服得五体投地，觉得这位前姐夫以超凡才华，给张家带来了极大荣光。他甚至要求在自己丧礼中朗诵一首徐志摩的诗。他还让孙女在研究和写书时，对徐志摩要落笔仁慈，生怕姐姐回溯往事时难抑怨怼，会影响徐志摩身后的形象。事实上，张幼仪虽然有怨有痛，但讲述得很有分寸。

3

因为林徽因是徐志摩离婚的导火索，所以张幼仪很难对她有丝毫好感。尤其是，徐志摩飞机失事遇难，是为了赶赴北平为她的建筑讲座捧场。张幼仪觉得，徐志摩深爱的那两个女人，其实待他并不够好。1947 年，卧病多年的林徽因托人捎话给张幼仪，说想与赴北京参加一场婚礼的她见一面。虽然心中犯嘀咕，张幼仪还是带着儿子、孙子去赴约。后来她揣测，林徽因尽管嫁给了梁思成，却也是爱徐志摩的，所以多年后仍想看看他的孩子。当然，张幼仪觉得林徽因对徐志摩的爱也有限，否则“为什么她在他离婚以后，还任由他晃来晃去？那是爱吗？”

同样，陆小曼如果足够爱徐志摩，为何会让他婚后的日子，那么凌乱不堪？张幼仪心情复杂、沉痛至极地感慨，无论徐志摩的思想多么西化或多进步，他终究是中国人，“他所追求的西式爱情最后并没有救他一命”；到了晚年，张幼仪了解到他后期的生活情形——为了维持陆小曼的庞大开销，忙乱得焦头烂额——仍然非常难过。徐志摩那时候的确拮据，经常向朋友告贷，也找过张幼仪借钱。她掏钱给徐志摩时会说：“这是你爹的钱。”她不想让他为此发窘，足够体贴。离婚后，徐志摩的父母在经济上对张幼仪与孙子也确实非常尽责尽心。

在张幼仪看来，“爱意味着善尽责任，履行义务”。所以，离婚后的她继续善待公婆。当婆婆过世后，她还回到徐志摩的硖石老家，妥帖、圆满地料理了婆婆的丧事。徐志摩去世后，徐父暮年的十三年都由张幼仪照顾；1944 年徐父去世后，尽管陆小曼早已跟翁瑞午同居有了依靠，据张幼仪说，她仍会每月继续存三百元到陆小曼的户头。直到四五年后，翁瑞午来跟她说，他的财力足以供养自己和陆小曼，她才不再继续寄钱。张幼仪认为，她是伴随传统价值观长大的，无论环境或她自己变得比从前多么西化，还是要守礼。儿子的爷爷、奶奶和继母，她有责任帮着照应。

胡适“不肯伤几个人的心”，又爱惜羽毛，说服自己与旧式女子结婚，而且总算有惊无险地过了下去。徐志摩则不管不顾，忙不迭地要扔掉蓝花布土包袱，去拥抱新生活。当年签下离婚协议时，张幼仪曾心有不忿地对徐志摩说："你去给自己找个更好的太太吧。"

什么是好太太呢？若以传统的"贤妻良母"标准，张幼仪无疑相当合格。问题是，徐志摩对她无动于衷。要一个人动心或者不动心，真是没有办法的事。好比林徽因、陆小曼，各有各的才调和风情，追求起来却也各有各的障碍、险阻，但他甘愿那么神魂颠倒、奋不顾身。有时候，一言之投契，一举之熨帖，一瞥之心动，都可能滋生爱恋，"情不知所起，一往而深"。张幼仪的所作所为，多么扎实，多么恒久，但是对于轻灵、飘浮、浪漫的诗人来说，又显得多么笨拙、无谓，真是千斤都拨不动四两。

有一次，胡适请了徐志摩夫妇和张幼仪等人去他家做客，张幼仪注意到陆小曼的确美艳。关键是，她讲话时有一股子能迷住所有男人的魔力。张幼仪听徐志摩跟陆小曼相互甜腻地"摩""摩摩""曼""眉"地叫个不停，看到他待她那么亲昵、耐心、尊重，想到他当年对自己的不屑一顾、敷衍了事，不胜感慨。

自从与陆小曼结婚后，徐志摩反倒与张幼仪相处不错，来往密切。他回到上海时，经常到"云裳制衣"去看她，或去定制衣裤。他们的相处轻松起来。张幼仪毕竟是他们唯一儿子阿欢的母亲（幼子彼得夭折于德国）、他父母的媳妇。更重要的是，他们成了朋友，而徐志摩对朋友，向来是友善而活泼的。

假如没有离婚，她或许还是那个又局促又乏味又碍眼又绊脚的原配。曾经胆怯心虚的张幼仪，必须经历婚姻破裂，从阵痛中蜕变，在欧洲留学，拭去"小脚女人"的满面尘灰，才可能身着职业装笃定地坐在办公桌前。

张邦梅问张幼仪爱不爱徐志摩，她说自己也很迷惑——“因为每个人总是告诉我，我为徐志摩做了这么多事，我一定是爱他的……如果照顾徐志摩和他的家人可以称为‘爱’的话，那我大概爱他吧。在他一生当中遇到的几个女人里面，说不定我最爱他。”

张幼仪 1949 年 4 月由上海移居香港，1953 年与一位医生结婚。1972 年丧偶后，她定居美国，靠近儿孙。她活得很健旺，每天看报、做早操、吃维生素、上老年课程，偶尔打打麻将，并且允许自己一年有二百美金的输赢。张幼仪活到八十八岁，将理性、节制的生活态度贯穿一生。在她的丧礼上，亲友、邻居、教友都感念她的果决、能干、开放与活力。

2013 年 11 月 20 日，陆锡瑶发表于《晶报》的文章《我认识的张幼仪》，描绘了她近距离接触下的这位远房亲戚——陆锡瑶曾经在香港张幼仪第二任丈夫的诊所工作，去美国后与张幼仪也有接触，她对张幼仪的印象不那么好：不按承诺发工资，对人有习惯性的不信任，讲究礼数却又盘算、小气……陆锡瑶委婉地说：“我不希望张幼仪的缺点让太多人知道，她是一个能干的人，也基本上是一个正直的人，只是太计较、太精明了，精明过分，人情味就不够了。”

这个“人情味不够”的特征，在张幼仪的早年婚姻里，不知是否增添了她与诗人徐志摩的性格冲突？

无论如何，当“五四”新潮驱逐千年旧浪，个体生命不同程度地领略并承受着时代剧变带来的欢欣或惶惑、新生或衰飒。曾经不知所措的旧式媳妇张幼仪，也不幸被激流狂涛打懵、击倒。

幸运的是，她有力量将一颗残碎的心缝合、修复，重塑自我。除了家族支撑、个性坚韧，她也受益于新风尚的滋养和妇女解放的时代机遇。

郑念：拿什么抵御无常

郑 念

前些日子，微博上有许多人在转郑念（1915–2009）晚年的照片，她有一双老年人罕见的、幽邃又晶亮的眼睛。时光自然也磨蚀了她的容颜，但老太太夺目的美丽，透过岁月的烟尘，依然清晰地浮现出来，惹得人人惊叹。

郑念原名姚念媛。她父亲曾留学日本，后任北洋政府官员。徐凤文在“天津：当浮华已成往事”一文提到，1931 年，她在天津南开女中念书时，曾四次登上《北洋画报》封面。郑念后来毕业于燕京大学，二十世纪三十年代留学英国，就读于伦敦政治经济学院，在学校认识大她五岁、正在攻读博士学位的中国留学生郑康祺。他们结婚并完成学业后，抗战已爆发，两人 1939 年来到战时陪都重庆，郑康祺任职于外交部，后被派驻澳大利亚。他们的独生女儿郑梅萍于 1942 年在堪培拉出生。

1948 年秋，郑念夫妇回国。上海解放后，他们留在大陆，郑康祺曾担任市长陈毅的外交顾问，后出任英国壳牌石油公司上海分公司总经理。壳牌石油是1949年后唯一留在大陆的西方石油公司。1957年，丈夫患癌症去世，郑念担任英籍总经理的顾问，有时代理总经理，直到“文革”前夕壳牌石油公司撤出大陆。

在五六十年代，像她家这样完全维持了旧日生活方式的家庭，寥寥无几：跟外国友人往来，有男女仆人和厨师，生活精致优裕，家里陈设明清古董，穿旗袍而不穿解放装——她的英国朋友说，她家“是这个色彩贫乏的城市中一方充满幽雅、高尚情趣的绿洲”。这种既优越也不乏张扬的生活方式，在越来越无产阶级化的上海，即便是作为统战对象，仍然显得太与众不同，可能也令某些人侧目。

除了丈夫过早离世，郑念作为学生、外交官夫人和外资企业高级职员的前半生，基本上是风和日丽、水暖花香的。“文革”浩劫，彻底摧毁了郑念的生活，她沦为单身牢房的阶下囚，遭监禁数年，在上影厂当演员的独生女儿也被迫害致死。1973年出狱后，她住在上海太原路，虽然处境与狱中比已有天渊之别，但她仍被暗中监视。著名学者朱大可少年时代曾与她在太原路相邻，他还清楚地记得，郑念的风姿绰约、孤寂高傲以及拒人于千里之外的戒备眼神。

1980年，郑念离开上海前往香港，后来定居美国。临走前，她按自己“文革”前立的遗嘱，将收藏的文物捐献给了上海博物馆。1987年，郑念出版英文版回忆录《上海生与死》(*Life and Death in Shanghai*)，轰动英美文坛。这是最早在海外出版的讲述“文革”中个人遭际的作品。1988年，程乃珊与母亲潘佐君将其译成《上海生死劫》一书，由浙江文艺出版社出版，首印五万册，很快销售一空。

郑念在“文革”初期被抄家、软禁，1966 年 9 月被视为英国间谍入狱。有漫长的六年半被单独监禁，受到轮番审讯、拷打。无人交流的孤寂，对女儿的担忧，精神和肉体难以承受的折磨……也曾令她身心俱疲、消沉绝望。她还几次因肺炎、大出血病危住院。今天重读郑念的《上海生死劫》，最触目惊心的，却不是她饱尝的万般磨难，而是她在苦难中呈现的倔强与尊严，她不屈服于强权的勇气和固执，以及她反抗迫害时的机敏、智慧。

乌云压顶，孤立无援，四顾茫然，要在精神上不被摧毁，难乎其难。郑念身陷绝境，却绝不接受任何强加给自己的罪行，讲道理、摆事实，奋力为自己抗辩。甚至，“林彪”事件后被释放时，她仍坚持要求监禁方宣布自己无罪，并在报纸上道歉、宣布平反，否则拒绝离开。看守所认定，没有一个犯人像她那样“顽固和好斗”。

为了让她承认那些莫须有的罪行，郑念曾经有十多天被背铐，双手被反扭在背后，手铐深深嵌进肉里，磨破皮肤，脓血流淌，度日如年。她每次方便后要拉上西裤侧面的拉链，都勒得伤口撕肝裂肺的痛，但她宁愿创口加深也不愿衣衫不整；有位送饭的女人好心劝她高声大哭，以便让看守注意到她双手要残废了。而郑念想的是：怎么能因此就大放悲声求饶呢？“我实在不知道该如何才可以发出那种嚎哭之声，这实在太幼稚，且不文明。”

当健康状况恶劣到身体和思维都接近崩溃时，郑念自创体操，强迫自己悄悄锻炼身体——比大把脱发和牙龈出血更令她恐慌的，是身体虚脱后思索能力的衰退；她每天花几个小时学习并背诵毛泽东语录，既活跃脑力，也使自己获取与审讯者辩论的依据，结果是她比审讯者更熟悉那些语录；她也打捞埋藏在记忆深处的唐诗，背诵并欣赏那些天才之作，沉浸在不朽诗句和美妙意境之中。

郑念讲述，她在狱中用种种方式维护精神的健全，为了抵御与世隔绝的极度孤寂，有时候甚至主动出击，故意与看守争辩，哪怕因此而遭拳打脚踢，被称为“疯老婆子”。在她看来，“抗争，也是一种积极的举动，比忍耐、压抑，都容易振奋人的精神。”

审讯者不仅无法让郑念认罪，也没能用自己地位的优越，击碎她骨子里的高傲：她除了自证清白，也不诬陷他人，甚至胆敢为刘少奇辩护；她身为囚犯，却不肯卑怯地示弱、乞怜；她跟他们斗智斗勇，思辨与表达能力、智力水平都明显高出一筹；即使饥寒交迫、濒临死亡，她仍然竭力秉持整洁的习惯，那份矜持、清雅气质，并未在非人的处境中全部磨损。教养的光线有时候很微弱，只能照见一己一身。然而，凭借这粒微光，加上非同寻常的强硬个性，郑念以纤弱之身，独自抵御了世间的酷烈、人生的无常。这种“穷且益坚”的力度、韧性，异常动人。

出狱后，郑念的体重只有七十七斤，比入狱前减轻了三十斤。时隔多年第一次照镜子，看到自己的衰老、憔悴模样，她大吃一惊，“只有一双眼睛显得特别明亮，这是因为我随时要提防外界。”这股犀利警觉的眼神，贯穿其晚年，和手腕的伤痕一样，是牢狱生活留下的印记。

“文革”结束后，郑念获得平反，处境完全改善。老太太出国时已经六十五岁，又积极去适应新环境，著书、讲演，抵御老来的病痛、孑然一身的孤独和飘落异乡的怅惘。她中年丧夫，晚年丧女，九死一生，病逝于华盛顿，享年九十四岁。

写这篇文字时，笔者正好在韩素音的自传《吾宅双门》里也看到郑念。她俩是燕京大学同学，韩素音一直记得，郑念在学校就是高才生，有着那种很优美的、小心翼翼的淡淡微笑，曾经多次“不择时机地、长篇大论地奚落、斥责”她。1962 年，韩素音在北京新侨饭店的西餐厅就餐时，邂逅郑念。她们彼此都为对方的穿着打扮吃了一惊：郑念穿着考究的浅米色丝绸旗袍和同色意大利高跟皮鞋，烫卷发，戴项链，浓妆艳抹，仪态万方。韩素音有点不以为然地写道：“即使在重庆，在战争年代，她都精心地化妆”；韩素音自己则从头到脚都是北京生产的，裤脚肥大，衬衫简陋，穿布鞋，着条纹短袜。当然，这是她为了便于在中国参观访问，试图融入环境而准备的。

韩素音觉得不可思议：她在国内见到的其他燕大同学如今都不戴首饰，素颜，衣着陈旧。郑念怎么可能做到如此无所顾忌地高调装扮？好像她刚刚来自巴黎或伦敦。郑念则似乎对韩素音的“朴素”不以为然。她说：“瞧我们俩，人们会认为你住在这儿，我住在国外……你看上去像……一个翻译。”

两位老同学的见面有点儿话不投机，郑念让韩素音回忆起在陪都重庆的不愉快经历：有一天，当她因为欧亚混血儿身份在街头被羞辱、被推倒在地时，郑念夫妇却装着不认识她。两个月后，韩素音的丈夫唐保黄被任命为蒋介石的侍从副官，他们又邀请韩素音夫妇去做客，因为供职于外交部的郑康祺有某个项目需要唐保黄帮忙。席间，韩素音倍感冷落，“没有人理睬我，我一个人坐在那儿吃东西，喝茶，等着回去，就像一个没有文化的农民妻子。”

1941 年初，两位丈夫作为“中国缅印马军事考察团”成员，还曾经共事，一同出使印度等地。唐保黄后来告诉韩素音，在印度时，郑康祺曾当着唐保黄和考察团其他成员的面，暗示她不检点。韩素音说，“中国男人无法忍受这样奇耻大辱，这太可怕了！”

阔别多年后在北京再见那次，郑念对自己的处境还相当自信。她对韩素音说：“党了解，他们不会过求于我。我也只能这样，我还是相当有用的。我是中国贸易部和一家外国企业之间的代理人……”韩素音随即评点道：“在中国发现石油以前，她手里握着一条生命线。”（《吾宅双门》，中国华侨出版公司，1991 年 12 月版，439–443 页）

因为有过一些耿耿于怀的往事，韩素音笔下的郑念，显然相当不可爱。假如她的这些回忆过于主观、片面，不妨搁置不论；假如这些讲述属实，则又为我们提供了郑念早年性格的另一个侧面。

如果让郑念来回忆她俩曾经的交往，肯定是另一种笔调。叙述角度的不同，有时会让同样的人和事呈现巨大差异甚至矛盾。这既令人迷惑，也饶富趣味。因价值观、思维方式和出发点的不同，每个人的观察、视角和结论会有出入。加之，世事、人心都复杂含混，难以简单归纳或“提纯”，但也正因如此而更加意味深长，并让读者渴望从更多角度去探究、了解。

韩素音书中提到郑念的“文革”遭遇时，有点儿轻描淡写地写道：郑念家被抄后，遭到红卫兵审讯，女儿也和其他青少年一起斗母亲，郑念“被罚干体力劳动，要她打扫一间办公室。总的来说，这倒不是一件太苦的差事……她承受不了。我想她女儿对她的谴责更使她无法忍受，她自杀了。”（《吾宅双门》）韩素音当年听到的这些消息，出自旁人的转述，显然有误，语调也非常冷漠。

周璇：无奈旧伤新痕

周 璇

她去世已经半个多世纪了，到今天还被人不断提起：她的电影与歌曲，代表了二十世纪三四十年代流行文化的高度，别有一番风味；今天的电影、电视、音乐乃至服装，如果想翻检老上海的华艳绮丽，渲染怀旧调子，首选的元素便是她——金嗓子周璇（1920–1957）。

她真是好看。怎么个好法？就像她的《莫负青春》唱的那样："减一分瘦来增一分胖、一张樱桃口、一条悬胆的鼻梁。一双眼、两颗星、水上的波浪……"周璇平日也是要勤奋地练唱练声的，但她的嗓音听上去就是有未经雕琢的松弛天然、水灵澄碧，当然也毫不村野。对她和她的声音，你能一下子想到的比喻是旷世佳人西施在清溪边轻唱。

那个时代，人们也在匆忙地追新逐异，并骄傲于当时的时尚现代。然而，到底是二十世纪三四十年代，骨子里又还是保守的老旧的。周璇那张脸和她的声调，就刚好凝固了古典的精致宁静与民间的浑然天成，加上“夜上海”的华丽摩登，真是空前绝后。晚辈艺人使出浑身解数也模仿不来。

周璇处于锦绣盛年时的上海。繁华喧嚣都是鲜活真切的，有着粉底描金的一丝不苟，但世道也艰险崎岖：谋生琐屑不易，“东方巴黎”之外的世界，呛人的炮火硝烟已蔓延开来。时代的愁云惨雾渐近渐浓，市民们这边厢无计可施，四顾彷徨，姑且一晌贪欢。所以，细听周璇的歌，《天涯歌女》《夜上海》《四季歌》《花样的年华》《月圆花好》《往事只能回味》仿佛清纯柔婉的女子在抒怀，有小儿女浑然天成的嗲，有少不更事的浓情，也有来日难料的茫然失措，无可奈何的惶惑凄伤，暗合了且醉且眠的俗世心情，刻录了时代的长吁短叹。曲调的软媚缠绵，音色的清澈甘美，正可以安抚缭乱、迷茫的人心。

周璇的四十多个银幕形象，宜古宜今，美到极致。只一个《马路天使》的小红，娇憨清甜，已迷倒众生。于是，她就这么稳稳当当高居娱乐圈二十年，万众倾心。

不过，人前的风华绝代跟个人生活的挫败、抑郁，恰成巨大反差。恰如她自己所说，“我是一个凄零的女子……不知道我的父母，甚至不知道自己的姓氏。”幼年被卖，辗转在几个残败的家庭。六岁时被周家收养。养父吃喝嫖赌，还染上毒瘾，挥霍完积蓄后，曾想将她卖到妓院。幸而养母及时搭救。周璇读完初小辍学，十三岁进入黎锦晖创办的明月歌舞社，很幸运，一出道就找准了方向。她后来说，自己的一生是为唱歌而活的。

在学校时，周璇唱歌的成绩总是第一名，天赋、爱好跟职业恰好幸运地吻合了。她在明月歌舞社如鱼得水，“每日陶醉在音符漂浮之中，过着嘻嘻哈哈的自由生活。”“几年来的枯燥乏味渐渐在我眼前泯灭。”（《周璇自述》，赵士荟编著，上海三联书店，1995年1月版）

第一任丈夫严华也是在“明月”认识的。他是那里的台柱子。无奈“甜美的生活只持续了一年”，歌舞社解散了。不久新月社短暂成立，随后又停办。周璇忧心忡忡，因为养母做针线活的收入不高，自己失业必定会增加她的负担。幸而，金佩鱼投资，与严华合作办起新华歌舞社。周璇不再为生计担忧，与严华渐渐走近。严华早已享誉歌坛，后来还作曲。一曲红透南北的《桃花江》，让他有了“桃花太子”之美名。

除了登台表演，严华、周璇、欧阳飞莉等，每天要去好几家电台唱歌。因为听众痴迷，他们名噪一时。1936年，周璇如愿以偿登上银幕，《花烛之夜》虽是配角，却也足够让她兴奋。养父的儿子周履安是电影演员名星张织云的银幕情侣，与著名导演袁牧之熟识。他推荐周璇出演明星公司的《马路天使》。众多候选人里，袁牧之对她最为满意。明星公司为了从艺华公司借到当时名不见经传的周璇，不惜将自己的红星白杨交换给“艺华”拍一部戏。

周璇不负所望，一举成名。此后接连拍了《三星伴月》《董小宛》《孟姜女》《三笑》等一系列影片。“八·一三”之后，上海的电影业几乎瘫痪，严华与她便去香港、菲律宾等地巡回献演。“尽管我们过的是漂泊生涯，收入不丰，但生活是甜蜜的。”他俩感情日增。1938年夏，在北平拍摄外景时，二人举办了婚礼。

果然是“好花不常开、好景不常在”。嫌隙渐生，矛盾日增。1941年，周璇离家出走。严华在《大公报》刊出“重要启事”，声称周璇卷款而逃，并赶去银行挂失存折，还请了律师起诉。周璇则在《申报》和《新闻报》刊登启事，针锋相对地加以反驳：自己的巨额收入，全都交给严华，“璇囊中所存，每不逾五元”，“偶或逢彼之怒……公然辱骂，益且当众施暴。”她解释，自己带走的两万元存折不过是家庭积蓄的一小部分，“严君视床头之金十百倍于床头之人，其心已昭然若揭。以九年相处之情，不敌区区二存折，璇之痛心何如耶！”写得文绉绉的，显然系请人代笔。严华的《九年来的回忆》则有浓厚的文艺腔调：“九年，梦一样的绮丽，也是凄愁的画面，它在我心坎留下不可磨灭的记忆。”

周璇的成名，有严华扶助提携之功。两人也曾“始终沉浸在爱的漩涡中”，但婚姻破裂时，双方往往各执一词，都痛心疾首于对方负我，自觉冤枉、无辜。大明星的婚变令报刊兴奋，众看客围观得津津有味。半年后，闹得沸沸扬扬的离婚案终于了结，两人黯然分手。周璇那时已有轻度精神疾病，有时恍惚甚至失常。

周璇还曾发表“我的所以出走”一文，回顾与严华曾经的甜美和随后的苦闷：“猜疑、污蔑、诽谤，从四面八方向我袭来，我再也不能忍受了。”“当美满的家庭不能获得，甜蜜的生活成为幻梦，而一种意外的痛苦紧紧地压迫着她时，她自己只好挣断桎梏的锁链，和恶劣的命运诀别，而另觅她的新生之路了。”

那时，周璇才二十岁出头，她渴盼的“新生之路”却不似想象中那么光明畅达。此后情路坎坷，跟她或深或浅相好的韩非、石挥等，有的浅尝辄止，有的渐行渐远。女明星往往无力招架狂蜂浪蝶，加之潜规则早已有之，周璇也难逃罗网。说不尽的凄楚、伤痛，都得独自咽下。

终于"遭遇"意中人。1944 年，她在香港拍摄《红楼梦》时，朋友们都见过鞍前马后伺奉、无比殷勤体贴的朱怀德，更见周璇一扫往日愁绪。后来，她喜滋滋地告诉熟识的记者，自己将要结婚了。1950 年夏，周璇从香港返回上海。当年 8 月的《青青电影》还刊登了她即将奉子成婚的消息。

结果，已有家室的朱怀德不仅裹走周璇积攒多年的巨额财富，更让她独自承担非婚生子的难堪和灰败。1951 年 1 月中旬，周璇在写给老友作曲家李厚襄的信里说："我已与姓朱的决裂了，因他始终还是欺骗、说谎，到今天我才真的觉悟，真如做了一场噩梦，悔也来不及了。"那时，孩子出生还不到三个月。随后她的信也无比灰心："这几年就是糊里糊涂过了下来，所宝贵的名誉也坏了，下半世等于完了，所安慰的就是一个小孩，才能生活下去。"

时任上海精神病疗养院院长的苏复曾在《周璇的最后岁月》里回忆，1951 年周璇拍摄《和平鸽》，当讨论是否需要有验血的镜头时，她突然失声恸哭，哀诉道："这是你的亲骨肉，你不信可以验血，验血！"精神彻底失常。导演屠光启在《周璇和朱怀德》里讲述，朱怀德曾对周璇说，影界大佬张善琨说过："电影明星朝秦暮楚，人尽可夫。怀了孕，根本不知道谁是孩子的父亲。"难怪 1951 年 10 月 3 日周璇病发前写给李厚襄的最后一封信，状态已不佳，显得语无伦次，却还没忘了嘱托李厚襄："希望你见到了张先生，就是张善琨先生，请他声明一下，到底怎么回事？句句要凭良心说，不然是要有报应的，不能冤枉人呀！”显然，张善琨之言，一直让周璇难以释怀。而她与朱怀德相交五六年，曾想对他托付终身的，朱怀德却亲口对她恶意转述张善琨的刻薄话，分明别有用心，对周璇有锥心裂肠的摧残。那是二十世纪五十年代初，即便身处舆论环境相对宽松的电影圈，非婚生子，尤其是儿子没有父亲相抚相认，她要承受的精神压力比山还重。何况，周璇自己幼失庇护，就更希冀儿子父母双全。

周璇回上海后情绪不高，神经衰弱。新时代的昂扬空气也让她不适且紧张。她曾计划重返香港并去南洋演唱，争取再挣些钱，但一病就是六年。1957 年因急性脑膜炎去世。

情感受挫，时代剧变，性格敏感、纤弱等诸多因素，让一代红颜过早凋谢。周璇的一生，作为女儿、妻子、母亲，旧伤新愁，遗憾甚多——儿时跟亲生父母离散，成年后几段感情或碎或断，后期困守病房，永别两个幼子……周璇迷因为怜爱她而扼腕叹息，总觉得不知要多么月白风清、花香燕舞的人生才配得上她。然而，世间的缺憾荒凉也正在此：人长久，共婵娟，此事古难全。

周采芹：娇艳始于苏丝黄

1928年，富家千金裘丽琳收拾好细软，乘着夜色潜出家门，跟人私奔了。这在家里家外都引起轩然大波。按照常理，她当然应该被明媒正娶，嫁给门当户对的上等人而非“戏子”。旁人看来，这一轻率之举除了败坏门楣，更预示了裘丽琳显而易见的命运悲剧：她爱上的是名气如日中天的当红名角麒麟童（周信芳），有多少小姐少奶奶看了他的戏，被迷得神魂颠倒呢。何况他大她十岁，已经有妻室。

周信芳与孩子们
（右二为周采芹）

结果，裘丽琳让所有人大跌眼镜：就算周信芳置身于人们印象中作风随便的演艺圈，但自从私奔后他们就一直相伴。后来周信芳离婚，他俩在有了三个孩子之后正式结婚。裘丽琳一生都体贴甚至保护丈夫，包括能屈能伸地跟黑社会周旋。她还掌管了周信芳演戏的财务，以强硬而不乏灵活的经纪作风为他争取更高额的演出回报。

他们的第三个孩子周采芹生在周信芳巡演的途中，在婴儿时期就坐遍了各种交通工具。这是否意味着她将以演戏为终身职业，并一辈子云游四海？周采芹继承了母亲强悍、精明、冒险的气质，也遗传了父亲的创造和表演天赋以及艺术家的自觉自省能力。

周采芹的自传《上海的女儿》写得很好看，表述精准、文字洗练。更主要的是，她的经历本身就无限精彩。李少红曾经有意将它改编为电影，确实非常适合。周采芹这一生，无须添油加醋，已经五味杂陈、奇峰迭起，充满尖锐冲突，比电影还电影。

多年生活在西方，周采芹对自身几重角色的排序是：一个中国人，一个伟大艺术家的女儿，女人，演员。她十六岁离开上海去香港读书，临别时父亲赠她一本毛笔手抄的剧本《文天祥》，那是他在抗战时被禁演的戏，他对女儿说的最后一句话是："你要永远记住你是一个中国人。"周采芹考入伦敦皇家戏剧学院时，是该校第一个中国学生，后来她成为英国皇家戏剧学院院士。

当年同学们都预测，周采芹作为外籍演员，受外形所限，要想在英国找到演戏的机会十分渺茫。但周采芹却认定，只要有亚洲角色，她入选的胜算就很大。大约是相貌、才智和机缘都不错吧，她成名得还真是又早又顺利。1959年因主演《苏丝黄的世界》名声大噪。周采芹在成熟之后认为，这台舞台剧其实缺乏深度，但因为满足了西方人的东方想象而轰动一时。1959年的圣诞晚会，旗袍成为最流行的晚装。周采芹的第二任丈夫彼得也因导演此戏而被推向国际舞台。

在当时的欧美，亚裔演员不可避免地会被找去演重复的类型化角色。周采芹自然也当过花瓶，演一些可爱的东方娃娃和善良的妓女。她还是中国最早的邦女郎，在《你只能活两次》里跟肖恩·康纳利配戏，尽管戏份不多。不过她总算幸运，遇到过相对多样化的角色，最值得言说的是在1972年的电视剧《斗争对象》和1990年的话剧《毛夫人的回忆》里，扮演二十世纪中国最具影响力的女人王光美和江青。她说前者是自己从艺以来首次遇到的内心很认同、精神也得以净化的角色，并使她获得最佳电视女演员提名；演绎间接害死自己父母的江青，则给了她机会走进这个阴暗、复杂女人的内心。这也算一道独特的途径，让周采芹借此去疗治痛失父母的心灵创伤。

周采芹觉得，她在爱情上难以专一的习性从17岁就已经显露出来。她不到二十岁就当了母亲，儿子还不到两个月就带着他离家。跟第一任丈夫还未离婚就与后来的丈夫同居，再次结婚、离婚后，是疯狂的恋爱与失恋。她有1/8英国血统，虽说不是典型的东方美人，但俏丽灵动的面孔和古灵精怪的性情，却很受男人青睐。看周采芹早年的照片，容颜冷艳，眼神桀骜不驯，表情兼有诱惑与拒斥，的确很具杀伤力呢。

不过，她给男人的排序是：父亲、儿子、朋友、情人和丈夫，丈夫排在最后。是她不那么在意牢固而恒久的两性关系？是父亲的完美形象，使她太容易看到其他男人的缺陷？还是缘分如此？反正，二十世纪六十年代恰好是反叛与颠覆传统的时代，周采芹真是如鱼得水，过得花团锦簇，夜夜笙歌。来她的家宴的客人皆是娱乐圈内炙手可热的名流。她也经常上报，恰到好处地谈论化妆、穿衣、聚会之类。周采芹很早就深谙类似曝光对演艺事业的好处："媒体也需要像我这样生动的对象才能写出有意思的文章。演员要不断地提醒公众注意她的存在，除非她的名声太响，用不着提醒。"弟弟周英华著名的中餐馆"周先生"开业之初，她让追求者们轮流请自己去吃饭，持续三个月……总而言之，那份迷醉、狂野的生活，就连当时的西方人看来也是很恣意的。

1974 年，周采芹遇到一生最大的危机：因为贷款太多投资房地产，经济大衰退令她差点破产。走投无路之际，她吞服大剂量安眠药，幸而获救。其实，财务状况不是导致周采芹心理崩溃的全部原因，她的精神状态早已持续低迷：连续八年与上海音讯断绝，对父母的担忧与日俱增；独在异乡为异客，或多或少难免有疏离、隔膜之感；外籍演员相对稀少的演出机会，难以获得经济上充分的安全感；儿子跟着爷爷奶奶长大与她有些生疏；更要紧的是，荡佚的生活、走马灯似的情感经历，或许能让年轻人觉得眼花缭乱、新异新鲜。然而，当一个女人将近四十岁时，浓度、重量和时间堆积都不充分的快餐式感情，往往很难再提供给她真正的满足与安心……凡此种种，都增添了飘在半空无法脚踏实地的虚浮感，那也是不能承受之轻吧？

任何一种生活方式都是双刃剑，你得全盘接受它所有锋利的侧面。游离于常规秩序之外的活法，因其不落套不规范而特别具有观赏性。在旁人看来，真是花枝摇曳风情，水袖舞得曼妙。但当事人自己过起来，非得有强健的神经和持久的游戏精神，否则很难刀枪不入。难怪，周采芹在美国教授法语的大姐，早就担心妹妹这种狂放的生活总有一天会土崩瓦解。她觉得妹妹的日子里，主菜太少而作料太多。

弟弟给周采芹在美国的餐馆提供了一份当接待员的工作。接着，周采芹来到大姐家里疗伤、阅读。她还干过零工、当过打字员，此后到塔夫茨大学攻读戏剧硕士学位。大学以“严于律己、规范安全的环境把世上的诱惑挡在了门外，我再也不需要东跑西颠才觉得有活力，也不用到谈情说爱里去逃遁躲避。”从内心生长出来的安宁和定力，真正搭救了她。

周采芹的演艺生涯此后持续很长。继在伦敦演出话剧《蝴蝶君》《毛夫人的回忆》后，她又在备受瞩目的电影《喜福会》里，扮演控制欲很强的琳朵阿姨，赢得一片喝彩，并引起好莱坞注意。她将近六十岁了还再次出发，从英国搬到美国，出演了无数电视剧和一些电影、舞台剧，扮演那类性格坚强的成熟角色。这倒真是挺适合她个性的。

新版《红楼梦》播出后，周采芹饰演的贾母让网友议论纷纷。有人觉得她表情比较凶，还将其定妆照跟 87 版电视剧的贾母放在一起比较，说看看哪个更慈祥？一目了然嘛。87 版贾母的确慈眉善目，但也就是乐乐呵呵的模样，欠缺一点从煊赫大家的孙媳妇走到老祖宗的那股有来历有背景的雍容和复杂。贾母年轻时的精明强干、玲珑剔透不亚于王熙凤，只是到自己都有了重孙媳妇的年龄，心里依旧还明镜般透亮，但在太平日子里，早已将万事脱手，不过是难得糊涂、乐得尽享清福罢了。在新版《红楼梦》里，周采芹演出了贾母曾经的犀利和傲慢，但是她的精气神都还“提”着，没有放下，看着更像是杀伐决断、不怒自威的晚年武则天。我个人觉得，电视剧的两位贾母都不如北影厂电影版《红楼梦》里的林默予。她 1951 年曾在电影《红楼二尤》里演过尤二姐（言慧珠演尤三姐），晚年演贾母，收放自如，气质很准确很到位。

二十世纪七十年代那场劫难之后，每到境遇与情绪最低落时，周采芹的脑海里，会交替出现扑向铁轨的安娜·卡列尼娜和在掌声中上台领奖的居里夫人。她说，自己当然选择扮演居里夫人。她后来在美国真的领过许多奖项。她的面容似乎也渐渐被“镀”上一层刚毅。或许，这就是为什么她成不了“慈祥版”贾母。

所谓伊人

西施：中国往事上的一抹唇红

1

春秋末年，吴越争霸。我们后来印象中那些操一口呢喃软糯之语，在花柳繁盛地、温柔富贵乡吟诗作赋、曲水流觞的江南雅士，还没有生长定型。那时节，他们强悍骁勇的前辈持长戈利剑，沐血雨腥风，在吴越大地拼死厮杀，天与地都为之苍黄灰暗。

唯有一个女子，成为这铅灰粗粝背景下的绯色。是她，西施，令这段凄惶仓促的岁月，有了另一个侧面，并以美艳、柔润的方式定格。

从此，西施成为一个符号，代表极致、绝色之美，代表女人的奇异魅力，还代表别的许多……她在“俗”和“雅”两种文化中被一再抒写，比历史上任何一位著名美女都更频繁地进入成语、俗语、典故。在中国语言和文化中，“西施”两个字已经无法被置换。

甚至，为着图保险求省事，历代人还达成心照不宣的共识，但凡至美至鲜之物，干脆一概拿“西施”命名了事：那种毛发华丽、仪态万方的宫廷宠物犬被命名为西施犬；贝壳类海产沙蛤，内藏鲜嫩雪白的“小舌头”，被称为西施舌；美食家冒死一尝的河豚，它淡红色的特别细腻鲜美的鱼白，就叫西施乳……

在杭州通判任上，苏东坡经常留连西湖。1073年的一天，他闲来又与友人泛舟湖上。天光水色，清婉旖旎，把酒临风，怡然自得。不过，西湖的天也是说变就变。方才还空明晴朗，忽然就飘来雨丝风片。好在，西湖是晴有晴的妙，雨有雨的美。那首最滋养西湖的《饮湖上初晴后雨》，也就顺风顺水涌上笔尖：

水光潋滟晴方好，山色空蒙雨亦奇。
欲把西湖比西子，淡妆浓抹总相宜。

西湖的秀润、恣媚，只有最端丽、明艳的女子才够资格与之媲美。想来，落笔时，古往今来多少名姝佳丽从苏东坡脑海里飞快掠过。这个，不够吻合；那个，欠缺一点。忽然灵光骤闪，有个形象翩若惊鸿，跃进脑子——西施。

这首诗一出，西湖与西施就永远被组合在一起。查慎行评说，“多少西湖诗被二语扫尽，何处着一毫脂粉颜色。”武衍说：“除却浓妆淡抹句，更将何语比西湖？”真是这样，后来的诗人点染西湖，谁人能出其右？于是，西湖别名西子湖。以西子之美形容西湖，也成千年定评。

除了这首最负盛名之作，东坡诗中还屡屡将西子与西湖并称：“西湖真西子，烟树点眉目”（《次韵刘景文登介亭》），点缀西湖的淡烟疏柳，仿佛西子的美眉妙目；又有“只有西湖似西子，故应婉转为君荣”（《次韵答马忠玉》）；连颍州西湖也沾了光：“西湖虽小亦西子”（《再次韵德麟新开西湖》）……

东坡的才情何等奔涌恣肆，无论写景状物抒情，笔端何等摇曳飘洒，时而以佳茗喻佳人，时而用“玉环飞燕”形容身材差异，总是妙丽奇巧，新意频现。但他就是喜欢一再拿西子比拟西湖，决不怕单调重复，决不让西湖跟别的美人也多点牵连。东坡是一根筋地认定，他心目中最美的女人一定要与最惬意的景致搭配，相互烘托，相得益彰。

春秋末年，吴越争霸。吴王阖闾在公元前496年的槜李之战中败给越军，因伤而亡。自此两国结怨愈深。夫差继位后厉兵秣马，发誓替父报仇。正好勾践主动挑战，夫差率吴军大破越军。勾践被俘，在范蠡、文种等大臣辅佐下，以厚礼、美色重贿吴国太宰伯嚭，得免一死。此后，越王与王后等到吴国为人质，卑事吴王。历经万般屈辱，卧薪尝胆，越王终于返国，并采用文种之策，以美女和奇珍异宝献与夫差使其奢靡丧志。最后，勾践终于率越军成功破吴，一雪前耻。

算起来，自公元前473年勾践率越军大败吴师，夫差自杀，吴国灭亡，西施离开著名的馆娃宫，已两千四百八十余年。时空漫漫，但西施的故事依然妇孺皆知。最通行的版本是：勾践在吴国为奴，被夫差准许回国后，经多年经营，越国国力渐趋强大，但仍毫不松懈。他下令于国中遍访佳丽，用以继续迷惑吴王。范蠡慕名而至诸暨苎萝山下浣纱溪畔，寻得名不虚传的浣纱女（一说卖柴女）西施。返回国都，西施甫一亮相，果然艳冠群芳。范蠡和西施此时已互生爱慕，虽千般缠绵，为国家大计，却不得不搁置儿女私情，将佳期约定在灭吴之后。西施、郑旦等美人经过多方精心训练，“饰以罗縠，教以容步，习于土城，临于都巷，三年学服而献于吴。”（《吴越春秋》）被送与吴王夫差，夫差果然目眩神迷，不理朝政。最后，吴国文恬武嬉，而越王励精图治。吴国大败，夫差羞愤自刎。西施、范蠡终续前缘。

无疑，西施很难左右或影响夫差的决断。最大可能是，文种“灭吴九术”之一：“遗之以好美以荧其志”（赠送美色珍物以扰乱吴王，使其消沉、迷惑）。这一计或许有效。至于说吴国之亡，全仗西施以谗言让吴王怒诛伍子胥，继而亲小人、远贤臣，骄奢淫逸，使百姓怨声载道等，未免有越国人出自善意的夸张或吴国人有失公允的迁怒。

这一点，历来倒有许多人都看得明白。晚唐诗人崔道融说：“宰嚭亡吴国，西施陷恶名。浣纱春水急，似有不平声。”（《西施滩》）。晚唐另一位诗人罗隐也同样为她鸣不平：“家国兴亡自有时，吴人何苦怨西施。西施若解倾吴国，越国亡来又是谁？”（《西施》）绝色佳人从来不是倾城倾国的祸水，她们跟家国兴亡之间，难以轻而易举画上等号，这是罗隐一贯的立场。他的绝句《帝幸蜀》也为杨贵妃鸣不平：“马嵬山色翠依依，又见銮舆幸蜀归。泉下阿蛮应有语，这回休更怨杨妃。”当初唐玄宗避安史之乱入蜀，“六军不发无奈何，宛转蛾眉马前死”。杨玉环当了替罪羊，被迫投缳自尽。待到僖宗也避乱奔逃四川，总不可能再去嫁祸杨贵妃了吧？王安石也持类似观点，他的诗借西施的口吻说：“谋臣本自系安危，贱妾何能作祸胎？但愿君王诛伯嚭，不愁宫里有西施。”

2

西施初入吴宫，一上玉阶，便显出令人眩晕的美貌。她轻盈地步入大殿，飘然行来。原本漫不经心的夫差立即聚精会神，甚至情不自禁地整了整衣冠，理了理胡须。西施愈走愈近，粲然夺目，艳光四射。夫差惊讶得合不拢嘴，那一瞬间，所有珠环翠绕的绝代佳人仿佛纷纷隐身，那些花容月貌也曾赏心悦目，此刻却顿失鲜妍。他的眼睛立刻被西施填满。

夫差对越王的臣服、驯良、善解人意，十分满意。自此，“馆娃初起鸳鸯宿，越女如花看不足”（吴梅村《圆圆曲》）。西施成为吴王宠妃。

说起来，吴越自古多娇娃，远一点的齐晋美女也不逊色。那时，越国早已匍匐称臣，夫差还动不动就要伐齐攻晋的。以吴国之威、夫差之尊，吴王饱览秀色，对美女早已见惯不惊，但西施异乎寻常地令他惊艳。

西施不是寻常意义上需要固宠的后宫娇娃，她能超逸绝伦，脱颖而出，除了庄妍靓雅，还需秾丽、佻巧、慧黠……可以想象，她别有一番秀媚颖慧与气韵生动。古人品藻丽人，常以美而韵、美而慧为至高境界，西施无疑既韵且慧。

但是，她的吴宫岁月，被幽微浩渺的心事重重封锁。那些缭绕不去的纷乱头绪，跟她的使命有关，更跟范蠡有关。

范蠡与历史上那些同样叱咤风云的名臣良将有些不同，他的形象似乎更具兼容性和理想色彩。在历代文人和民间艺人的集体叙述中，他作为英雄、才子、情种与富豪的混合体，诸般气质被糅和得恰到分寸，在不同性别的视角和不同价值观的书写中，各具丰神。

范蠡辅佐君王成就大业再飘然而去的独特经历，尤其与士大夫的人生理想、自我期许高度吻合："胸有韬略，位居宰辅"，立盖世之功，赢不朽之名，然后安享泛舟五湖、寄情山水的逍遥，身边还有相互倾心的绝代佳人陪伴。更难得的是，"居庙堂之高，处江湖之远"，进退、隐显，都全凭自己的意愿，随心所欲。尤其是退与隐，都不像后世那些贬谪、失意之士，乃不得已而郁郁为之。

越王勾践即位的第三年，勾践见吴王夫差日夜筹备攻越以报杀父之仇，意欲先发制人，抢先伐吴。范蠡权衡利弊，力谏不可。但勾践一意孤行，兴师伐吴，导致灭顶之灾，仅剩残兵五千，在会稽被吴军包围得铁桶一般。勾践后悔莫及，一筹莫展，最后是范蠡为之定计，使勾践得以被吴王赦免。善于审时度势，这是范蠡的高瞻远瞩。

勾践夫妇、范蠡等到吴国为人质，昔日的国王、王后、上大夫尽执贱役。夫差欣赏范蠡的文武兼备，有心重用，让他弃越归吴。范蠡却不为所动，他有理有节地拒绝：亡国之臣，不敢语政。臣在越国不能辅佐越王为善，以致得罪大王。不被诛灭，已是万幸，哪里还敢奢望富贵？换成很多人，一眨眼就能从吴王的阶下囚变为重臣新贵，多么求之不得呢？舍身而取义，这是范蠡的忠直。

夫差曾在远处高台上眺望他身份特殊的囚犯，见范蠡与勾践夫妇，虽乱头粗服，身处马圈，做笨重肮脏之活，但恪守君臣之礼。

那场面连夫差也禁不住赞叹、歆羡。处困厄艰险而不失规矩秩序，这是范蠡的仪度。

越王勾践历时二十余年，终于一雪会稽之耻。夫差万般无奈，挥剑自尽。在勾践报仇雪恨的过程中，范蠡是自始至终的灵魂人物。勾践自会稽之败后，已经深知范蠡见识卓绝，对他言听计从。我们在史籍上不断看到这样的记载：勾践经常去问范蠡，我们现在攻伐吴国可以了吗？范蠡每次都说不行。有一次勾践又问他：可以了吗？范蠡终于说，可以了。于是出兵，于是顺理成章得胜。运筹帷幄，克敌制胜，这是范蠡的谋略。

辅佐越王复仇后，范蠡功成身退。明白“飞鸟尽，良弓藏；狡兔死，走狗烹”的道理，“有贤俊之姿，独见之明”，洞悉勾践（或所有君王）赢得大局之后阴森戒备的心思，懂得进退出处的分寸和君臣关系的微妙。这是范蠡的智慧。

范蠡的才华终于可以为自家施展了。他也真是通才，样样出手不凡，“居官致于卿相，治家能致千金”，归隐后经商致富，成为一代巨商，“十九年中三致千金”。这是范蠡的商才。

司马迁的《史记》有不少篇幅给了吴越争霸以及夫差、勾践、范蠡、伍子胥等，仅有寥寥数笔提到越国的美人计：“勾践献美人、宝器于吴王。”在成书于汉代的《越绝书》和东汉赵晔所撰《吴越春秋》里，西施正面亮相。这两本书史料丰富，后一本被学者们认为掺杂了一些逸闻传说。紧邻诸暨的萧山区博物馆收藏有东汉铜镜，上面镌刻了几组吴越交锋的关键人物，画像旁注明了勾践、夫差、伍子胥的身份，有两个盛妆女子，却只含糊地称为“越女”。

其中的一位会是西施吗？

西施的故事，早年很是依稀模糊，但被一些文人不断地勾勒润饰、烘托渲染，渐趋丰满。从民间津津有味的讲述到进入史书和魏晋隋唐的志怪、拾遗小说；从唐宋诗人兴致盎然的吟咏到元代关汉卿、赵明远的杂剧《姑苏台范蠡进西施》《陶朱公范蠡归湖》……而这部政治兼爱情“正剧”的集大成者，就是明代梁辰鱼万历年间完成的传奇《浣纱记》。

《浣纱记》开场便道出故事大纲：“今日搬演一本范蠡谋王图霸。勾践复越亡吴。伍胥扬灵东海。西子扁舟五湖。”全剧四十五出中，仅《游春》《捧心》《迎施》《泛湖》等五出戏涉及西施，占的比重并不大，不过其爱情主线贯穿全剧。西施的爱国女青年形象和一段与政治深度纠缠的爱情佳话，都从《浣纱记》开始定型。该剧辞藻富丽，场面宏大，上演后轰动一时，在昆曲发展史上有里程碑意义。清代中期以后，昆曲舞台经常上演其中《回营》《转马》《打围》《进施》《采莲》等折子戏。其他剧种的西施剧目，也大都脱胎于《浣纱记》。

无论戏里戏外，范蠡主动送已经定情的西施入吴是最经不住推敲的薄弱环节。《浣纱记》第二十三出“迎施”中，范蠡用一句“想国家事体重大，岂宜吝一妇人”便轻轻绕过了自己的那丝犹豫。用今天的眼光看，当然相当荒诞。

在《浣纱记》里，起初两人在溪边已经赠纱为盟。后来，范蠡因自己未能履约及时迎娶，向西施道歉：“君父有难，拘留异邦，有背深盟，实切惶愧。”西施宽慰他道：“国家事极大，姻亲事极小，岂为一女之微，有负万姓之望。”显得很是通情达理。接下来，范蠡让西施远赴吴国。她理所当然地犹豫，让他另外找人——这也属人之常情。范蠡则晓之以理：“社稷废兴，全赖此举。若能飘然一往，则国既可存，我身亦可保，后有会期，未可知也。若执而不行，则国将遂灭，我身亦旋亡，那时节虽结姻亲，小娘子，你和我必同作沟渠之鬼，又何暇求百年之欢乎？”看来，西施最终被范蠡说服了。梁辰鱼让他的女主角在同意接受艰巨的卧底任务时，入情入理地发出了一声呻吟，又无辜又无奈：“何事儿郎忒短情，我真薄命。”

人们定会想到，西施担纲女特工，是身不由己还是深明大义？范蠡“不吝一妇人”，是敢为天下先还是绝情寡义？用不同的价值观、伦理观，结论会非常矛盾或含混。梁辰鱼让西施和范蠡有缘有情，有盟在先，实施美人计在后。这一情节拿今天的眼光看，当然经不起深究，但它与“社稷江山”比天高比命大的传统思维方式又是吻合的，也让这出传奇在当时更牵扯观众。

让西施与范蠡先结情缘再赴吴国的安排，从某种意义上说，也是一代代中国人集体加工、润色的结果，大家乐意认同这种讲述——男女主角有曲折、隐忍、持久之情。英雄美人或才子佳人的搭配，总让人感到顺理成章，而绝色佳丽与英雄兼才子的遇合，因为经历千般磋磨，更成千古绝唱。于是乎西施越眷恋范蠡，范蠡越神武智慧，她深陷吴宫与他无法相守的遭际也就越令人感喟。

这样看来，西施极像是春秋版《色戒》的女主角。电影里，王佳芝谋刺易先生，爱国热情和诸多因素之外，更有对邝裕民的爱慕。她要跟他同心协力，共谋壮举，将危险、痛苦置之度外。她心甘情愿做他认为需要做的任何事，包括向敌人献身。看来，古往今来爱国女青年的舍已忘我，还是找得到心理依据的。

起初，王佳芝纯粹是去色诱易先生。后来，她跟谋刺对象的关系却渐近渐密，变得微妙暧昧起来。若是将易先生置换成吴王夫差，西施的间谍生涯中，阴谋与爱情是怎样胶着、渗透的？对无限娇宠她的夫差，西施有怎样复杂的感情？

范蠡与西施的关系，因为情与理、公与私的深度纠缠，还因为男配角夫差的不容忽略，尤其充满张力。多数人愿意将此看成理智战胜情感的佳话。这出美人计能够在西施尖锐的内心冲突中岌岌可危地演到最后一幕——任何环节出了纰漏，便功亏一篑——并胜利闭幕，西施的担当和隐忍让人称奇。

所以，西施不是通常意义上的美人。她被后人赋染了华贵、庄严的颜料，与轻薄、轻巧绝缘了。

3

有关西施的结局，说法甚多。

版本之一：越军破姑苏城，夫差被缚。西施见灭吴大事已竟，沉水而亡。

版本之二：吴国亡。吴人怒沉西施于江，用以追逝被夫差投入江中冤屈而死的伍子胥。

版本之三：西施归国。越人见她依然美貌绝伦，觉得这女子既然“狐媚偏能惑主”，能令吴国沦陷，当然也可能使越国倾覆，遂沉西施于江。这个版本对西施包含的戒备与谴责，太具讽刺意味，且尤其矛盾。似乎，她从前“不惜万金躯，何惧险象生”的种种艰辛、贡献，都被“红颜误国”的腐论任意抹煞。这腔调倒不新鲜，不脱“女人为祸水”的思维定式。

不管怎样，上面几种说法，西施都脱不开“一代倾城逐浪花”的命运。黛玉也是这么认定的，所以她不免唏嘘感叹：人们都只知笑话那傻乎乎捧着心口效颦的东施，却不知羡慕东施能在家乡一生平安，到老依旧可以悠然浣纱，而西施早已随流水而逝。

那么，西施的归宿究竟如何？人们大多愿意相信另一个喜乐的尾声——她与范蠡驾一叶扁舟，凌波蹈浪，从此翩然而去，两相厮守。“小舟从此逝，江海度余生。”

这样的收束算是对她艰险的潜伏生涯的回报吧？让我们这些两千五百年后的旁观者，也多少感到心安与平衡。

之所以这么说，是因为人们认定西施盘桓吴宫的岁月是一种牺牲。以柔弱之身承载家国重负，既有无法言说的惊惧，也有对故土和范蠡难以割舍的思念，或许还有对夫差混合着复杂情感的不安与内疚。

这些足以将神经撕扯、搅拌得崩溃的紧张焦虑，无论她的白昼如何深陷绮罗珠玉之林；无论她的晚间如何夜夜笙歌，都无法轻易挥散。虽然夫差大兴土木，特意为她营造的馆娃宫精美堂皇、富丽绝伦；虽然夫差别出心裁，在宫殿构筑的“响屧廊”，使得西施每一次轻移莲步，楼阁台殿都回旋着清澈空灵之声；虽然夫差为她建造的人工湖群芳争妍、锦帆点点……但心事驳杂厚重，如乱石横陈，这些豪奢、享乐能否让她真正舒展眉头？当然也可以说，西施有另一层欣慰：毕竟，令夫差挥霍靡费、少理国事，正是她赴吴的重要任务。

所谓佳话，往往是一路朝着简洁、轻快的旋律靠拢的。它们像孔洞大而稀的筛子，将某些善意的质疑和难耐推敲的细节通通漏掉了事。比如，西施潜伏吴国数年后归国，她曾经心乱如麻，满腹纠结，又亲历玉碎宫倾和夫差的溅血而亡，红颜难免憔悴，心情不免残损；而以范蠡的身份，帷幕后、枕席间都不可能虚位以待。这些年来，他的心上和身边增添了多少情爱或情欲的插曲？这一对浑身积满风尘的旧人会用怎样复杂的眼光彼此相视？还能够波澜不兴地重新牵手吗？

不过，这些大煞风景的怀疑、计较，都被更快意更热烈的后续故事干脆利落地覆盖了。范蠡在完成灭吴大计离开越国后，居然成为富甲天下的陶朱公，这真是大快人心。《史记·货殖列传》载：“朱公（范蠡离开越国后改名易姓，称朱公）以陶（今山东定陶）为天下之中，诸侯四通，货物所交易也。乃治产积居，与时逐，而不责于人……十九年中三致千金，再分散与贫交诸昆弟，此所谓富好行其德者也。后年衰老而听子孙，子孙脩业而息之，遂至巨万。故言富者皆称陶朱公。”

这个故事的美妙之处更在于，范蠡不仅成为巨富，还乐善好施，富而且仁，富而“好行其德”。

所以，西施最终与范蠡重逢、隐身江湖这种结局，是万众一心、顺水推舟达成的共谋。它的确能告慰人们曾经的揪心与不忍，最符合大众期冀大团圆的心理。这个被民间智慧和民间温情浸润、琢磨了千百年的版本涵盖甚广。国家大义，儿女私情，被一网打尽：一个深明大义的女子忍辱负重、得偿夙愿；一对饱受离别之苦的爱人历经曲折终于团聚；一代君王卧薪尝胆，依靠群贤辅佐反败为胜……它昭示着人们，所有磨难和艰险都可能翻越，而那些百转千回的念想终将实现。

或许，正因为现实生活往往残缺、破败和黯然，人们才需要大团圆故事的大俗大喜来耀亮枯索、泛黄、晦暗的心境。

也因此，山重水复之后柳暗花明的西施传说，在四大美人的故事中，最为人津津乐道。

杨贵妃虽宠冠六宫，君王从此不早朝。但两人先前再怎么缠绵，生死存亡关头，唐玄宗在马嵬坡为求自保，竟是赐给她一丈白绫，可谓将从前恩宠一笔勾销。此后，李隆基再怎么日思夜盼，杨玉环终究“魂魄不曾入梦来”。当然不可能来了，任是谁也不会再去轻信七月七日长生殿的信誓旦旦——“在天愿作比翼鸟，在地愿为连理枝”。那出悲剧里有感情难以蒙受考验、誓言不可轻信的凋敝和伤感。

昭君和亲，被讴歌成化干戈为玉帛的奇女子。但从家乡秭归、到帝京长安，再到陌生的蒙古高原，极目南方，乡关何处？想来是要柔肠寸断的。呼韩邪死后，思乡情切的她曾经请求回归汉地，但中央政府让她遵从匈奴“父死，妻其后母”的习俗，嫁与呼韩邪之长子。她至死没有离开胡地，与大漠孤烟、苍茫原野相伴。

貂蝉在成功实施王允的连环计后，成为吕布之妾。吕布后来被曹操所杀。据说貂蝉被曹操送与关羽，企图使桃园结义三兄弟因绝色美女而内生嫌隙。貂蝉的下落，一说被向来重义轻色的关羽杀掉，以预绝后患。也有说被关羽释放、出家或不知所终的。关羽若杀了貂蝉，美人的鲜血无非将红脸关公的面孔染得更紫。若他果真放了貂蝉，倒也不辱没“武圣”的尊号。可是，不论这出戏唱出哪种尾声，此前在凤仪亭离间董卓、吕布时被施以浓墨重彩的貂蝉，一旦功成，叙述者对其身后事竟是异常浮皮潦草：她要么成为刀下鬼，不知向谁诉说冤屈；要么行踪飘忽或形单影只，做人做鬼都说不尽的孤寒。

所幸还有西施和范蠡好事多磨、花好月圆的尾声，以慰众生。西施的传奇承载了大众对理想化生活与理想化人格的诸多遐想，有关爱情恒久、苦尽甘来、舍生取义……寄寓了他们对人生圆满的无限向往。

所以，西施位列中国四大美人之首，不是没有缘由的。用这样的眼光来看西施之美，咀嚼这个故事澄澈、丰饶、醇厚的那个侧面，品味其中的声色俱佳、情理交错……不禁感叹，西施和西施传奇，仿佛印在中国往事上的一抹唇红：华丽、夺目、惊艳。

朝云：冰姿自有仙风

从第一次读苏东坡的《蝶恋花·花褪残红》开始，就不可遏制地崇拜上他。任何时候读他的文字，都有酣畅淋漓的快感。因为自己算得上半个眉山人，所以对苏东坡的喜爱里还有点点攀上了一个著名“老乡”的虚荣。小时候，我曾经在眉山住过大半年，至今还可以说一口还算流利的眉山话。平心而论，眉山方言的口音有些浊重、执拗，算不上很好听。不知道宋代的眉山话什么样，跟现在有无承传关系？不过，只要想到“花褪残红青杏小”“月有阴晴圆缺”“何妨吟啸且徐行”等这些华彩篇章，第一次是由苏东坡吟咏出的，我就对眉山话顿生好感。

当然，会像追星族似的，对苏东坡的家世、遭际以及他那些令人忍俊不禁的逸闻趣事兴趣浓郁。读林语堂的《苏东坡传》，更是把注意力放到了他周遭的女子，尤其是朝云身上。

1

在苏东坡的时代，词是和乐的唱词。有许多文人兴致勃勃地填词。不过，他们绝大多数都将此看作副业，因为“词为艳科”，通常局限于表现绮靡浮艳的儿女私情，不像诗文那样有廓大的意境和宽泛的题材。当然，苏东坡是开风气之先的例外的人物。他“一洗绮罗香泽之态，摆脱绸缪婉转之度，使人登高望远，举首高歌，而逸怀浩气，超然乎尘垢之外”。

当时，声伎之乐乃士大夫日常生活中不可缺少的组成部分。然而，除非特别的因缘，那些歌曲的主要传唱者，也即歌妓，大都湮没无闻了。假如不是一次别开生面的聚会，我们也许不知道这个叫李琪的歌妓。

东坡谪居黄州，“每有燕集，醉墨淋漓，不惜与人。至于营妓供侍，扇书带画，亦时有之。”（《春渚记闻》）在一次为他送行的宴席上，一直想获其墨宝的李琪，趁东坡酒酣，举杯再拜，拿来披肩求他题诗。李琪“小慧而能书札”，也非庸脂俗粉。东坡回头打量李琪一刻，命她磨墨，随即饱蘸浓墨大书：

东坡四年黄州住，何事无言及李琪？

写得平易。大家不以为怪。应景之作，敷衍塞责一番很自然；或者一时笔力不逮，也属人之常情，即使大才子恐怕也在所难免。东坡掷笔继续饮酒，与众人谈笑风生，对题诗之事仿佛心不在焉。后来，李琪不甘心只得到半首诗，鼓起勇气请他续完。东坡这才挥毫龙飞凤舞：

却似西川杜工部，海棠虽好不吟诗。

东坡题过诗的积压扇子，瞬间被抢购一空；东坡题诗的歌妓呢，哪怕是游戏笔墨？这首诗固然也是应酬文字，但转折不动声色，譬喻从容妥帖，读来妙趣横生、轻倩空灵，当时就博得满座击节称妙。李琪从此声名远扬，后来的人无须了解她是否容颜俏丽、歌喉婉转，只凭这四句小诗，她已经芳名永播。

朝云到苏家做丫鬟，是此前东坡在杭州通判任上。杭州这样钟灵毓秀的地方，跟诗人最是相得益彰。西湖令东坡流连忘返，诗兴浓郁。他吟咏西湖的绝句《饮湖上初晴后雨》更是脍炙人口。公务之余，东坡纵情山水，遍访古刹名寺。在游钱塘净慈寺时，苏夫人王闰之见歌女朝云聪颖伶俐、眉目清秀，遂动心将她买为丫鬟。朝云短暂的一生，从十二岁开始走上迥然不同的道路。

我们只知道朝云是钱塘人，姓王，字子霞。倘若不是父母亡故或家境贫寒，她也许不会小小年纪就沦为歌女。当时东坡已是家喻户晓的诗人，也开始填词，不拒绝歌妓求诗，不回避醇酒美人的题材，但绝少有绮靡颓唐的艳词。朝云那时少不更事，顶多初识文墨（据东坡的文字，她到苏家后才开始念书习字）。或许她此前似懂非懂唱过的曲子里，就曾有东坡的词作？诗人的大名早就家喻户晓，朝云此前一定听说过。到这样的人家作侍女，更多的是惶恐还是窃喜？她或许也隐约知道，歌女也好，侍女也罢，以自己低微的身世，很可能只会有一个飘萍飞絮似的未来吧。

有一点倒是清楚，东坡先生不是刻薄挑剔之人，从他的许多行事可以看出。有一次，朋友蒲宗孟写信给东坡，介绍自己觉得很受益的沐浴方式：每天洗脸两次，洗足两次；每隔一天正式洗澡一次。其中，小洗浴用二十四桶水，五六个仆人侍奉；大洗浴也用二十四桶水，但使用药膏，衣服置金属网上，以名贵珍稀香料熏蒸，由八九人侍奉。对蒲宗孟的推荐，东坡委婉而坚决地回复道："闻所得甚高，固以慰。然复有二，尚欲奉劝，一曰俭，二曰慈。"幸好东坡崇奉节俭仁厚；幸好他洗浴时没有那么多繁琐讲究，否则朝云她们会累得人仰马翻了。

大约二十岁，朝云成为东坡的侍妾。她也是他后半生的知己之一。在颠沛流离的放逐生涯里，朝云始终陪伴、照顾着东坡。

1093 年，东坡的第二任妻子王闰之在他任礼部尚书时去世，年仅四十六岁，葬礼备极哀荣。如果我们不希望她过多地经历磨难——比如，此后不久便需随再度被贬谪的东坡踏上流放长旅——或许我们可以将她的去世看作某种程度的解脱。

现在，朝云义无反顾地陪伴着"罪臣"东坡。她是他事实上的妻子、最后的眷属。到贬谪地惠州那年，朝云才三十一岁，但她短暂的一生似乎已快到尽头。

东坡曾写下"予迁惠州一年，衣食渐窘"的文字。其实，他一生中困窘、蹇迫的日子何止这一段？他们在惠州的居所多次迁移，不得稍安。最后，东坡才在河边小山白鹤峰上因地制宜盖了房子，名为白鹤居。或许，朝云多少分享过作为名诗人眷属的荣誉，但更多的时候，她分担他的困厄。在东坡衣食窘迫、流离迁徙的岁月，朝云安之若素。她不是势利的人，即使是当时被人视作畏途的岭南，她也要陪东坡一道踏上。东坡原来有几个侍妾，四五年间相继辞去。待他再度流放，前途莫测，只余穷愁衰老，唯有朝云随他南迁。东坡写有《朝云诗》赠她："不似杨枝别乐天，恰如通德伴伶玄。"白居易侍妾樊素在前者老病之时离开，"春随樊子一时归"。而东坡幸运得多：朝云像樊通德陪伴老年刘伶玄那样，对他不离不弃。

2

苏东坡的第一任妻子王弗能干而富有见识。续弦王闰之性情柔顺。苏东坡曾写诗很欣慰地说，他不像有些学者那么不幸，遭遇悍妇。其实，王闰之的贤良，岂止于不作河东狮吼？她陪伴丈夫二十多年，随着东坡仕途的游移、起伏，时而尽享敬慕荣耀，时而饱尝颠沛流离，但始终"妇职既修，母仪甚敦"，对堂姐王弗的儿子，也视同己出。

朝云也得到过许多赞叹。秦观的《南歌子》形容她"霭霭凝春态，溶溶媚晓光"。她当然是明媚鲜妍、生气勃发的美人。但朝云的资质不凡，更多的还从聪慧灵秀的方面显现出来。所以，东坡在其墓志铭里称她"敏而好义"。出自《梁溪漫志》的这个故事一向有名。朝云显然很懂得东坡：

> 东坡一日退朝，食罢，扪腹徐行，顾谓侍儿曰："汝辈且道是中何物？"一婢遽曰："都是文章。"坡不以为然。又一人曰："满腹都是机杼。"坡亦未以为当。至朝云，乃

曰："学士一肚皮不入时宜。"坡捧腹大笑。

《词林纪事》引《林下词谈》记载，东坡谪居惠州时，曾让朝云唱他的《蝶恋花·花褪残红》。这首词在《宋六十名家词·东坡词》中题为《春景》，是伤春、伤情的名篇。结果却没有听成——

> 子瞻在惠州，与朝云闲坐，时青女初至（即秋霜初降），落木萧萧，凄然有悲秋之意，命朝云把大白，唱"花褪残红"。朝云歌喉将啭，泪满衣襟。子瞻诘其故。答曰："奴所不能歌，'枝上柳绵吹又少，天涯何处无芳草'也。"子瞻翻然大笑曰："是吾政悲秋，而汝又伤春矣。"遂罢。朝云不久抱疾而亡。子瞻终身不复听此词。

苏东坡有自己强国富民的政治理想和不同流俗的耿介，更有贤人君子的纯良仁厚。在王安石施行新法时，他出于对民间疾苦的同情和忧虑，固执地反对；东坡诗文名满天下，几任皇帝、太后都为他的才华折服。太后曾告诉他，神宗皇帝吃饭时若是拿着一篇文章久久不肯下箸，大家就知道他必定在读东坡的文章。才华超群又不知韬光养晦，注定容易成为小人的标靶和心腹大忌。东坡却丝毫不收敛锋芒。他是伶牙俐齿、机趣甚至顽皮的。

王安石当时醉心于他的字源说，研究字的结构与来源。他说，"波"者，"水"之"皮"也。这固然牵强。东坡见了他免不了要打趣一番：既然"波"是"水"之"皮"，那"滑"就应该是"水"

之“骨”了？以“拗相公”王安石的固执自负，就算无言以对，脸上怎么挂得住？

于大事小事，东坡都是不合时宜的，所以朝云不愧是他的知音。她能够洞察，敏于表现，懂得东坡的价值取向，为东坡颠簸的处境深切地忧虑；理解他的任性，还善于以同样调侃的方式回应他。如此知己，不是任谁都有幸得到的。朝云固然是红袖添香的角色，但玲珑剔透的她为东坡添上的，是心有灵犀的“异香”。

3

说到东坡性情的洒脱不羁、口无遮拦，人们大抵会说起他在小儿子初生时写的诗：

人皆养子望聪明，我被聪明误一生。
惟愿孩儿愚且鲁，无灾无难到公卿。

这个新生儿被父亲用来自嘲，也嘲笑那些愚钝却又通达的贵人。他就是来到世间仅十个月的遁儿——朝云于1083年生下的儿子。假如没有意外，父亲是聪明盖世的苏东坡，遁怎么可能“愚且鲁”？

上天赐给朝云当母亲的幸福，现在它却要将这一切蛮横地剥夺了。她二十出头，健康明艳，怀里抱着个新鲜灿烂的婴儿，可遁儿却突然无可挽回地夭折了。那些日子，东坡身不由己，接朝廷之命，由贬谪地黄州迁往汝州，他携全家沿长江顺流而下。在炎热的南京，遁儿患病身亡。东坡记叙儿子早夭的诗歌无比伤感：

> 吾年四十九，羁旅失幼子。幼子真吾儿，眉角生已似……吾老常鲜欢，赖此一笑喜。忽然遭夺去，恶业我累尔……归来怀抱空，老泪如泻水。

老来喜得幼子。这个眉眼很像东坡的遁儿，多么慰藉一路坎坷的父亲，可怜“忽然遭夺去”。东坡再老泪纵横，朝云都比他加倍悲伤：遁儿是东坡的第四个儿子，却是朝云唯一的孩子。古时良家妇女几乎难以从丈夫子女之外获取任何寄托，不论嫡妻还是侍妾。假如朝云别有子女，假如她不那么颖慧敏感，假如她在精神上另有依傍，或许她的创痛能略微减轻？然而，所有的假设都不成立。她只是渺小的、母性的、无奈的女人，所以只能每日以泪洗面。东坡有“我泪犹可拭”、“母哭不可闻，欲与汝俱亡”的诗句。每个做过父母的人都能深切地体会他们的悲苦，也能感受朝云坠入黑暗的绝望。她神思恍惚，终日虚弱地躺在床上，难以消化这灭顶之灾。

东坡在黄州时已开始精研佛学。到惠州后，北归无望，他的宗教情感更趋浓厚。随东坡谪居惠州后，朝云在尼姑义冲的引导下皈依佛教，一心一意礼佛、行善，还同东坡一道建放生池。他称她为“天女维摩”。

4

中国古典文学里，悼亡是令人感动的主题。即便在女人基本上作为男人附庸的时代，许多有情义的文人还是真心写下过无数缠绵悱恻的文字，为他们妻子的辞世忧戚伤悲。而这类诗文，论影响力，论才情，论感情的曲折深邃，无有超过苏东坡《江城子》的。

> 十年生死两茫茫，不思量，自难忘，千里孤坟，无处话凄凉。纵使相逢应不识，尘满面，鬓如霜。
>
> 夜来幽梦忽还乡，小轩窗，正梳妆。相顾无言，惟有泪千行。料得年年肠断处，明月夜，短松岗。

这首诚挚哀恸的悼亡词是东坡为原配王弗写的。她通脱大气，同苏东坡结婚十一年，仅二十七岁就病故。《江城子》写于她去世十年后，苏东坡任密州太守时。

如果我们要举例说明汉语在表情达意上无限细密、饱满、深厚的特质，这首词应该不会被漏掉。记得大学上古典文学课时，老师曾感慨地说，学校里不止一位丧妻的老先生每当诵读《江城子》，总是禁不住号啕大哭。隔着九百多年的迷蒙烟云，苏东坡的文字依然有直抵心扉的穿透力。

朝云进入苏家时，王弗已经过世。不过，东坡用《江城子》痛悼王弗时，朝云刚进入苏家不久。服侍才名冠绝一时的大诗人，本人天分又极高，念书习文是自然而然的事。那时，聪慧的小女孩朝云是否似通非通地读过这首悼亡词，我们不得而知。但可以肯定，她绝对没有想到，自己的一生将与苏东坡异常紧密地维系在一起；更猜想不到，她会先于年长二十六岁的东坡去世。

1096 年，在南方湿热的夏天，朝云染瘟疫不治而亡，年仅三十四岁。苏东坡也为她写下过许多凄恻悲恸的文字：

> 玉骨那愁瘴雾，冰姿自有仙风。海仙时遣探芳丛，倒挂绿毛幺凤。素面常嫌粉涴，洗妆不褪唇红。高情已逐晓云空，不与梨花同梦。
>
> ——《西江月》

清丽绝尘的梅花，是朝云高洁脱俗格调的象征，梅花和词人依恋的女人已融为一体。《西江月》写于朝云去世后不久，东坡将他对朝云的思念、赞叹和痛惜，都寄寓于梅花。明代学者杨升庵曾盛赞此词，认为“古今梅词，以坡仙绿毛幺凤为第一”。

《悼朝云》等诗词同样沉郁悲伤，虽然不及悼王弗的《江城子》那样流传广泛，但不难看出，侍奉东坡二十三年的朝云去世，对“心如已灰之木，身似不系之舟”的诗人，是怎样致命的一击。

他在《惠州荐朝云疏》中沉痛地说：

> 轼以罪责，迁于炎荒。有侍妾王朝云，一生辛勤，万

里随从。遭时之疫，遘病而亡。念其忍死之言，欲托栖禅之下，故营幽室，以掩微躯……

根据朝云遗嘱，东坡将她安葬在惠州丰湖（又名西湖）边的小山上栖禅寺的松林中。东坡给友人的信里说，朝云的墓地，可瞻大圣塔，有梵钟缭绕，跟她的天性正好吻合。附近寺院的僧人在墓上建了六如亭纪念朝云。苏东坡写下楹联："不合时宜，惟有朝云能识我；独弹古调，每逢暮雨倍思卿。"

此地距家乡钱塘何止千里，但朝云既少小离家，以她的身份和东坡罪臣的处境，也肯定难生叶落归根之念。何况，她其实是无根的，身后也无子女祭扫坟墓。何处青山不是归宿呢，就安心让惠州的水土收留自己吧。

几年前，东坡在为夫人王闰之写的祭文里已经很沉痛地表示，将来要和她葬于同一墓穴。数年后，东坡的弟弟和后人把他们夫妻合葬于河南汝州。

当苏东坡已不在惠州、不在人世时，他在惠州的住所"白鹤居"被后人称为"朝云堂"。当地人在朝云的墓周遍植松梅，至元明时，已有松梅千株。每年清明，惠州人络绎不绝到朝云墓前烧香祭拜、补种梅花，已成风俗。丰湖竹枝词云："六如亭上草成茵，来拜朝云问夙因。不羡成仙共成佛，羡他生死托才人。"

除了个别例外，旧式妇女缺乏足够社会地位和经济地位，倘若无法寄希望于丈夫的仁厚和儿子的出息，人生真是索然寡味。而大多数姬妾介于主仆之间的低微身份，使她们的一生更添无奈与凄惶。朝云或许稍稍幸运，不曾“遇人不淑”。而且，作为前无古人后无来者的苏东坡的眷属，她生前曾赢得人们真心赞誉，虽然天不假以寿，身后却在文字里获得永生了。

当然，身前名、身后事，都早已随风而逝了。

陈芸：闺房之乐与坎坷之愁

1

第一次知道《浮生六记》是在1991年读宇文所安的《追忆》时。在《复现：闲情记趣》那一章，他通过解剖《浮生六记》的几个片段，探究了作家们难以逃离的困境：他们一遍遍讲述同样的故事，同时又不断努力着渴望摆脱复现；但新的故事往往仍然无法掩盖某些不能忘却的东西。所以宇文所安认为，看一个作家是否伟大，在某种程度上，取决于他们与复现抗衡的力量。可惜，仅靠《追忆》引用的片段，我对沈复与往事纠缠又试图忘却的尴尬处境，难以更全面地了解。不过，对《浮生六记》这部有爱情、曲折的性灵之书，颇觉向往。

《浮生六记》是沈复中年时（清嘉庆年间）怀念逝去的妻子陈芸、回味逝去日子的忆旧之作。沈复，字三白，乾隆二十八年（1763年）生于一个诗书之家，家居苏州沧浪亭畔。他未能博取功名，遂跟当时许多仕途不畅达的读书人一样，走上习幕、授课之类的老路，当塾师、游幕、卖画、经商，一生坎坷愁困。虽然能书会画、擅长篆刻、交游广泛，但沈复当年并无文名。不过，他没有想到，篇幅不长、笔调流丽的《浮生六记》，既值得在文学史上书写一笔，更让陈芸成为旧式妇女中难得的另类典型，一个享受过生之乐趣的幸运妇人。她以性情洒脱、趣味高雅为后人称道。

陈寅恪曾指出《浮生六记》中《闺房记乐》一章的不同凡响：

> 吾国文学，自来以礼法顾忌之故，不敢多言男女间关系，而于正式男女关系如夫妇者，尤少涉及。盖闺房燕昵之情意……惟以笼统之词，概括言之而已。此后来沈三白《浮生六记》之《闺房记乐》，所以为例外创作。

林语堂将沈复和陈芸推介到英语世界时，则不加掩饰地表露自己对陈芸的喜欢：

> 芸，我想，是中国文学上一个最可爱的女人。她并非最美丽，因为这本书的作者，她的丈夫，并没有这样推崇；但是谁能否认她是最可爱的女人？她是我们有时在朋友家中遇见的有风韵的丽人，因与其夫伉俪情笃令人尽绝倾慕之念，我们只觉得世上有这样的女人是一件可喜的事。

林语堂说，这两位平常的雅人，在世上并无特殊建树，他们只是欣爱宇宙间的良辰美景，山林泉石，知足常乐。他之所以要翻译陈芸的故事，是因为这故事值得让世界知道：一方面为流传她的芳名——在芸身上不可多得地汇集了各代女人的贤良美德；另一方面，他从这对夫妇的简朴生活中，看到了他们在穷困坎坷中对美丽的追求，善处忧患的恬淡自适。林语堂也为芸叹息，正是她爱美求真的天性与现实的冲突，导致半生不顺。幸而她的丈夫，一位平常的寒士，详尽、细腻地记载了他们曾经共享的闲情逸趣，使我们知道，世上曾有过这样一位饱尝穷愁与快乐的女子。

2

1995年秋，我才读到“全本”《浮生六记》。沈复用《闺房记乐》《闲情记趣》《坎坷记愁》《浪游记快》等六篇小记，各有侧重地讲述了自己的半生经历，兼及山水景物、闺阁闲情、文论艺评。

沈复很赞赏陈芸的聪慧：靠《琵琶行》学会识字，无师自通而能写出“秋侵人影瘦，霜染菊花肥”；他还钦佩妻子虽为女流，而“具男子之襟怀才识”；沈复更用浓墨重彩，回味他俩的默契、温存、快乐，包括苦中作乐：风平浪静、衣食无忧时，常常别出心裁地吟风赏月、谈诗论赋；即便穷愁潦倒，窘迫困苦，一炊一馔也简而不陋。大约，要身处太平年景，长于灵秀的苏州又居于沧浪亭畔，才能酝酿出这么清雅脱俗的情致吧。沈复的文风，的确像繁复工丽的苏州园林，山石珑玲、曲水婉转、林木亭榭皆精雕细琢、匠心独运。当然，缺陷也是气象不够廓朗，有时太过工巧。

沈复很骄傲地举了很多例子来印证他和陈芸每时每刻的趣味相投。他们同游沧浪亭赏月，“一轮明月，已上林梢，渐觉风生袖底，月到波心，俗虑尘怀，爽然顿释”；跟当时许多妇女相比，芸确实是个兴致勃勃的放旷女子。为了与丈夫同赏太湖，她在公婆处借口回娘家，终于得以偿愿。当她站在湖边见风帆沙鸟、水天一色，不禁感叹不虚此生，并深为那些见不到太湖的闺中女子遗憾；听沈复讲起水仙庙白天的演戏和晚间的“花光灯影”，陈芸十分羡慕，干脆着沈复的衣冠，化妆为男子前往。

陈芸，字淑珍，是沈复的表姐。他俩十八岁结婚。陈芸四十岁出头病故。结婚二十余年，遭遇大多不顺，往往衣食难以为继。沈复称，“贫士起居服食，以及器皿房舍，宜省俭而雅洁。”他喜欢小饮，芸为他准备了一个梅花盒，用六只小巧的白瓷碟子放于梅花盒上，中间一只，外围五只，分别放置小菜。底盖上有柄如花蒂，看上去犹如“一朵墨梅覆桌”；他们居城郊时，紧靠荷花池。芸就用小纱囊裹茶叶少许，放于花心。次晨取出，以天泉水冲泡，“香韵尤绝”；他们扫墓时拣到许多有纹理的石头，商量着将石头捣碎，再用掺有碎石末的油灰堆砌假山，在宜兴窑长方盆内竖立一峰，仿倪云林笔法，令悬崖凹凸有致，上植茑萝。经过悉心经营，盆景极造物之妙，“神游其中，如登蓬莱”。谁知，盆景被调皮的猫打碎，陈芸和沈复的反应如此一致，“两人不禁泪落”；此外，无论静室焚香、案头雅供，还是设计花园、赏菊东篱、寄情山水……他和她都是行家里手。虽无钟鸣鼎食之族的奢华铺陈，要论日常生活的趣味和在艺术化人生里的悠游，他们毫不逊色于锦衣玉食者。

读中学时已做好的上山下乡的心理准备。年少时接受的根深蒂固的教育，是对“资产阶级”审美观和生活方式的鄙薄。其实，资产阶级这个阶层早已被革命消灭和改造。我们当年就将“资产阶级”理解为衣着鲜亮、讲究吃喝，那几个用烧烫的火钳卷头发的高年级女生就属此列。在物资匮乏、普遍贫穷的年代，假如不是特别有所谓“情调”的慧根，大抵会习惯于欣赏粗鄙或曰质朴的生活方式。

那时节还不晓得，虽然我们的祖先饱经忧患，但他们一面咀嚼现实的苦难，一面也营造了华丽飘逸的精神世界。那条与沉重的现实人生平行的优雅脉络，在烹茶煮酒、琴棋书画、林泉山石里浸润、繁衍，延续了几千年。虽然不时被灾荒、战火、动荡、异族入侵阻断，但文明的“香火”总能自我修复，再次续上，甚至同化那些异类的力量。所以，我们从古诗词、字画、古琴、古筝里，总能嗅到几分古人凝神于青山秀水的物我两忘，以及他们从一花一草里采撷的美好。

3

当然，这脉络终于断裂了。因为工业化浪潮的必然来临，因为舒徐、凝滞、悠闲的传统生活与现代节奏已经冲突，还因为革命。古人的生活模式已经无法机械地模仿，就好比旧体诗已经不适宜反映当代生活；“松下问童子，言师采药去”，“疏影横斜水清浅，暗香浮动月黄昏”，这样舒缓的节奏、静谧的心境，今人怎么可能具备？但是，却也不妨碍我们遥远地欣赏一阵，被那份清灵、隽美“熏蒸”一回。

所以，沈复和陈芸不惮繁琐，对闲情逸趣的沉浸，包括张岱的《陶庵梦忆》等书，会让人兴趣浓厚。

张岱出生的年代比沈复、陈芸早一些。他生于山阴（今绍兴），本是明末贵公子。早年咏诗抚琴，斗鸡臂鹰，生活优越。明朝灭亡后披发入山，遗世隐居，鲜衣美食的日子不复存在，有时布衣蔬食也匮乏短缺，“不能举火”。《陶庵梦忆》通过回忆明末的山川风物、舞榭歌台、书画笔砚、精馔美酒，抒发了对逝去时代及故国的怀念感伤。

张岱的“梦忆”，通过对昨日的流连来反衬亡国者和遗民对新朝代、对现实的郁懑。“想余生平，繁华靡丽，过眼皆空，五十年来，总成一梦。”他越是咀嚼往日的精美细节，就越是流露出今日的落寞无奈。“偶拈一则，如游旧径，如见故人，城郭人民，翻用自喜，真所谓痴人前不得说梦矣。”

“梦忆”大多记载崇祯年间之事。在张岱清澈的文字下，明末人访名山古迹、观说书演戏、看斗鸡养鸟的日常生活气息跃然纸上；古时秀水灵山、茶楼酒肆的不同景象也呼之欲出。张岱落墨最多的是明代文人雅士沉醉的诗文字画、丝竹管弦、清茶佳肴。他仔细讲述兰雪茶的烘焙、烹制及配套的素瓷茶具；描述无意中发现的名泉之水，“走看其色，如秋月霜空”，“又如轻岚出岫，缭松迷石，淡淡欲散”。这泉水冲茶，滋味不言而喻。张岱居然还有特异功能，能准确辨识某地某井之水；他曾在八月往白洋湖观潮，冬游栖霞赏霞，秋往不系园看红叶。其中最知名的一次隆冬赏雪，则发生在西湖的湖心亭：

> 大雪三日，湖中人鸟声俱绝。是日更定矣，余挐一小舟，拥毳衣炉火，独往湖心亭看雪。雾凇沆砀，天与云与山与水上下一白。湖上影子，惟长堤一痕、湖心亭一点与余舟一芥，舟中人两三粒而已。

有些意外，亭上竟已有两人对坐饮酒。原来是客居杭州的金陵人。彼此大喜，欣然同饮。“及下船，舟子喃喃曰：‘莫说相公痴，更有痴似相公者。’”看看，跟张岱同样痴气的人并不只于他一个。纵情山水、吟赏烟霞的痴迷之气，沈复、陈芸与张岱一脉相承。

4

沈复一生有很多时间，靠游幕或当塾师为生，偶尔也为衙门代司笔墨，失业的时候不少。有一次，沈复跟随表妹夫徐秀峰去岭南贩货。那次他很难得地兜里有了几个闲钱，开始优哉游哉地携妓冶游。在花艇上相交了一个妓女喜儿，居然觉得她的模样在月下依稀像妻子，所以“熄烛而卧”。有一天，他和徐秀峰因召妓到寓所，还曾惹出大麻烦，乘着夜色狼狈逃窜。沈复跟喜儿情投意合，遂频繁往来，“一夕之欢，番银四圆而已”，口气不小。沈复还沾沾自喜地说，因为他对喜儿的温存体恤，其他妓女都很羡慕，闲来无客时，见他一到，往往来喜儿船上相访。“合帮之妓无一不识，每上其艇，呼余声不绝。余亦左顾右盼应接不暇，此虽挥霍万金所不能致者。”那四个月，他浪游花艇，花费一百多两银子，觉得“亦生平快事”。盘桓日久，鸨母索价五百两银子，要沈复纳喜儿回家，他不堪其扰，“遂图归计”。第二年，父亲不许他再跟徐秀峰去岭南，喜儿见不到他，差点寻短见。沈复听说后，相当得意：“噫！‘半年一觉扬州梦，赢得花船薄幸名’矣！”

后来，徐秀峰新纳一美妾，炫耀于人前，还邀陈芸去看。陈芸却觉得那女子“美则美矣，韵犹未也”。徐秀峰很不服气：那你给丈夫纳的妾，肯定是既美且韵了？陈芸表示肯定，并从此开始为沈复物色小妾，但苦于无资。沈复三十三岁那年，芸娘终于见到一个“美而韵”名憨园的女子，名妓温冷香之假女。沈复也为憨园“一泓秋水照人寒”的丰姿倾倒，不免想入非非，只是担心憨园“非金屋不能贮”，遂半推半就道：自己乃一穷措大，“岂敢生此妄想哉！况我两人伉俪正笃，何必外求？”芸却费尽心思筹措，还设法与憨园结为姊妹。沈复当然顺水推舟就同意了。不料，憨园被有势力者夺去，对方以白银千两为聘礼，并许诺奉养温冷香。因为给沈复纳妾受挫，也因与妓女结盟而招致物议，陈芸竟因此大病且不见容于公婆。

对妻子热心张罗为自己纳妾显示的大度、贤惠，沈复很满意。他俩是姑表姐弟，芸比他年长十个月，算是两小无猜。他年少时就说过“非芸姐不娶”。结婚后无论境遇顺逆，他们始终亲密。沈复“连年无馆”无学生可授，设了一个书画铺子在家门内，但“三日所进，不敷一日所出”。大人孩子都没有冬衣，冷得发抖。芸因此“誓不医药”，以省花销。她病体支离，骨瘦形销，还奋力绣花挣钱贴补家用。辛劳之后，更是卧床不起。沈复虽自诩夫妻恩爱，但妻子和一双儿女常年忍饥受冻，家里几乎揭不开锅，他竟然也不自量力，向往着“非金屋不能贮”“亭亭玉立”的憨园。

沈复在《浮生六记》里对妻子的尊重和欣赏，平等而诚恳，他对待女人的态度，比同时代很多人要清明得多。这是沈复令现代读者欣赏的地方。临终时，陈芸对沈复说：“知己如君，得婿如此，妾已此生无憾。若布衣暖，菜饭饱，一室雍雍，优游泉石，如沧浪亭、萧爽楼之处境，真成烟火神仙矣。”如果说，陈芸的贫贱不移、恬淡自甘出于她的禀赋与德行；那么反过来，如果沈复的一生再志得意满一些，这对烟火神仙难说没有变数。至少，憨园已称心如意娶回家了，花艇上的喜儿之流，更不知逗引了多少。当时陈芸陷入穷愁依然快乐、自足。若沈复享有富贵，她的处境就很难说了。

这么据实道来，也不算破坏佳话吧。

赛金花：此生终被风尘误

1

曾朴小说《孽海花》第七回“宝玉明珠弹章成艳史，红牙檀板画舫识花魁”这么描摹以赛金花为原型的名妓彩云：“面如瓜子，脸若桃花，两条欲蹙不蹙的蛾眉，一双似开非开的凤眼……正是说不尽的体态风流，丰姿绰约。”

赛金花对自己的模样，也相当自负。她晚年跟刘半农等回忆：十几岁时，已出落得俊俏非凡，又天生喜欢涂脂抹粉，穿好衣服。“渐渐苏州城内没有不知道周家巷有个美丽姑娘的了……有时我在门口闲立，抚台、学台们坐着轿子从我跟前过，都向我凝目注视。”

看上去很美吧？可惜，照相术的发明，摧毁了大众对部分美女的想象。人们不会怀疑古时那些绝代佳人是否“沉鱼落雁，闭月羞花”，却会在面对有的相片时略显意外：喔，原来如此。有照片存世、姿色中等的赛金花，便最能引发这种真相大白后的遗憾。

美人的成色被她的“真容”打了折扣。不过有一点倒是千真万确，赛金花嫁给了状元。旧时的话本、戏剧里，不知有多少花魁与状元喜结良缘的故事，它们将大众对才华、富贵、爱情与香艳的综合向往，巧妙地揉成一团。而赛金花的传奇还可以添上一点：洪钧是自古以来第一个出使西洋的状元，赛金花也就成为风尘女子里当过公使夫人的第一人。

据赛金花自述，她十三岁开始去花船上当清倌人。清倌人通常不卖身，宴席陪坐或弹琴唱曲。不过，赛金花不像别的姑娘自幼经过培训，所以不擅长琵琶、昆腔、小曲之类。不久，她认识丁忧回苏州的状元洪钧，很快于光绪十三年（1887 年）正月嫁给他。他原有一妻一妾。赛金花本姓赵，乳名彩云。他给她取名“梦鸾”。洪钧于同治三年（1864 年）中举，同治七年（1868 年）以一甲一名进士及第，授翰林院修撰。后来仕途通顺，光绪九年（1883 年）升内阁学士兼礼部侍郎。

赛金花对刘半农、商鸿逵讲述，她生于 1874 年，当清倌人没几天虚岁十四就嫁给了洪钧。而瑜寿的《赛金花故事编年》经多方考证，比较有说服力地认定，赛金花生于 1864 年。这样她出嫁时年龄实为二十三岁；她的花船生涯也远非三月五月。冒鹤亭在《孽海花闲话》里也很肯定地说：他认识赛金花先后有二十余年，只得过她一句真话——生于同治三年，也即 1864 年。

1887 年 4 月，洪钧服满回京，5 月被任命为出使俄、德、奥、荷四国公使。赛金花随之赴任。为何不是洪钧的原配夫人而是新纳的小妾陪他去欧洲呢？冒鹤亭将这段故事讲得很有趣：洪钧先假意邀约夫人与之同行，夫人欣然答应。洪钧随后告诉她，按照西洋风俗，公使夫人必须跟外宾握手、接吻。夫人一听，连连摇头道，这个我可办不到。洪钧表示为难：各国使臣都有夫人随行，中国也不能例外的。夫人说，那就让彩云代我去吧。洪钧等的就是这句话，却又故意迟疑道，彩云去也不合适，外国人哪里有妾呢？夫人于是应允将自己的朝珠补褂等命妇礼服，在彩云出国期间借给她。

光绪十六年，洪钧携赛金花从欧洲回国，并出任兵部左侍郎，兼理外交事务。光绪十九年（1893 年）八月病故于北京，终年五十四岁。

《孽海花》的作者曾朴回忆，他在北京做内阁中书时，经常出入洪钧家，常见到赛金花。她绝非国色天香的美人，不过面貌端正而已，但为人落拓，不拘小节，见人极易相熟，有超凡的应酬能力，“眼睛灵活，纵不说话，而眼目中传出像是一种说话的神气。譬如同席吃饭，一桌有十人，赛可以用手、用眼、用口，使十人俱极愉快而满意。”

赛金花当然知道，眼风灵动、眉目传情是自己的强项，很是沾沾自喜：“从没有一张相能够把我的眼神传出。”她对自己的职业水准也相当自负，曾对刘半农等说：“当姑娘最讲究的是应酬，见了客要有‘十八句谈风’。陪客时，处处都要有规矩，哪像现在‘打打闹闹’就算完事。”言下，对青楼后辈们的粗疏、简陋做派，很是瞧不上眼。

这样八面玲珑、段位高超的女子，丧夫后对未来当然有另外的期许，哪里可能甘于深宅大院的寂寞，循规蹈矩、青灯孤枕地守寡呢？无论洪家是否愿意留着她，赛金花都会选择重出江湖的。洪钧去世后，赛金花跟洪氏亲属一起扶柩到苏州，经谈判分得财产后，将四岁的女儿德官留在了洪家。她随即前往上海，买了两个姑娘，设书寓于二马路的彦丰里，以“赵梦兰”之名重张艳帜。她有一个遗腹子，不到一岁时夭折了。

当时上海勾栏林立，妓院分为书寓、长三、幺二、花烟馆、野鸡等诸多等级。书寓姑娘的色艺、身价最高，不轻易陪宿，陪宿的代价也高，还需事先“摆酒”。“赵梦兰”的不寻常身世不胫而走，慕名求见者络绎不绝，欲一睹状元娘子、公使夫人风采，一时车马盈门，缠头争掷。那些年，赛金花与京剧名角孙菊仙的族侄、票友孙少棠（孙三）同居，后者作为书寓名义上的老板支撑门户。后来，他们将生意做到了天津、北京，在天津开妓院“金花班”，并结识了一些显贵。

1900 年八国联军入侵北京时，赛金花的妓院开在石头胡同，她会讲点德语，遂有机会与德军接触并有食、色方面的生意往来。她与德国皇后的合影，一直悬挂在卧榻之前，见过的人很多。

1903 年，赛金花的妓院迁到陕西巷。她买了六七个姑娘接客，生意红火，王孙公子，一挥千金。她每日招财进宝也恣意花销。不久因“虐婢致死”，赛金花被拘禁于刑部大狱。北京官场有不少人代她求情。次年，她被判押送回苏州原籍，虽属从轻发落，经此官司，她已耗尽家财。

闲居一年后，赛金花跑到上海重开妓院，挂牌“京都赛寓”，还附注英文，一些旧相好都来捧场。那两年，恰逢《孽海花》前二十回出版并畅销，第二十一至二十四回也在杂志连载。赛金花的妓院，竟也因此风生水起。小说中嫁给状元金沟（以洪钧作原型）为妾的名妓彩云，聪明美艳又工于心计、风流成性，与仆人阿福和伶人孙三通奸而气死状元。赛金花对《孽海花》的许多描写，尤其是她与阿福私通的情节相当反感，但小说在客观上推波助澜，提高了她的知名度。而冒鹤亭的《孽海花闲话》则证实，阿福确有其人。他离开洪家后，去了当时代理上海知县的袁树勋家。

清朝灭亡前夕，上海花界后起之秀层出不穷，赛金花年龄渐老，及时抽身，嫁给铁路职员曹瑞忠。有资料说，他是沪宁铁路的稽查。但曹瑞忠很快病故，赛金花第三次“下海”。

赛金花的第三任丈夫魏斯炅于民国初期担任过江西财政司长、民政厅长和省参议员，后来因参与反袁被通缉，逃亡日本，经过上海时结识赛金花。后来他曾在新加坡经营橡胶园。1916 年赛金花跟他同到北京，住在樱桃斜街。魏斯炅虽然已有妻妾，1918 年与赛金花在上海举行的西式婚礼，颇为隆重。赛金花披婚纱捧鲜花，挽着胖大的魏斯炅，显得苗条玲珑。婚后她改名魏赵灵飞。

1921 年魏斯炅病故。第三次丧夫的赛金花离开魏家，迁到离天桥不远的居仁里，一住十五年。那是老北京平民的聚居区。赛金花去世前，因为多年积欠的房租已达几百元，被房东控告。法院判令她 1937 年端午节前搬出。她于 1936 年岁末病故。

陈谷的《赛金花故居迁吊记》详写了她临终的情境：室内炉火不温，赛金花拥着破絮连连呼冷。欲食藕粉而难以下咽，鸦片烟也无法吸食了。最后陪伴她的是民国初期开始相随的女仆顾妈。

2

住在居仁里的赛金花，萧条冷寂，老病穷愁。从前的富贵风流、奢华闹热早已随风散尽。她没有想到的是，日暮途穷之时，竟然又被世人垂青，无数学者、教授、记者等兴致勃勃跑来听她细说往事。

1932 年前后，赛金花被几家报纸发现，旧事一经炒作，昨日黄花遂重获瞩目。管翼贤等报人既在经济上资助赛金花，宴请名流时也借她作为招徕。以她为主角的戏曲又一次热闹上演，甚至饭馆开业也请她去撑场面。赛金花很乐意、很配合，一遍遍津津有味地讲述她的传奇。北大教授刘半农等访问者都曾接济过她；各界好奇者不时登门，往往也赠以钱物。她和顾妈渐渐养成习惯，接待来客时附带一点物质要求。

刘半农和学生商鸿逵从 1933 年冬开始采访赛金花，拟为她写传。次年刘半农去世，由商鸿逵完成以第一人称叙事的《赛金花本事》，当年年底在北平出版。这本书可算是早期的口述实录。

采访赛金花时，刘半农、商鸿逵很想听她叙述些晚清诸名人的逸闻轶事，然而“她以学识缺乏，当时即未能注意及此，迄今更如过眼云烟，不复记忆矣！甚至提一人，道一事，也不能尽其原委”。

刘半农等约请赛金花口述过十几次。她的欧洲生活，听来也未免平淡，哪有半点《孽海花》里的活色生香？使馆在柏林，她随洪钧去圣彼得堡、伦敦、巴黎等地也待过几天。她除了循例觐见过德皇、德后、俾斯麦首相，其他印象并不深。

十九世纪八十年代，能够涉足欧洲的国人寥寥无几，赛金花有缘睁眼向洋看世界，机会多么难得。可惜，她在柏林三年，记得清晰的，无非是国内带去的两个女仆不敷使用，又雇了四个年轻的德国女仆。她们比中国仆人体贴、忠实。在使馆里上下楼梯，四个“洋丫鬟”要打着明角宫灯给她带路。这排场一如在国内时。另外，她请了一位受过高等教育的少女当女伴、教德语。

为撰写《赛金花外传》，曾繁也曾去五方杂处的小巷居仁里采访她，门口贴的红纸条上写着“江西魏寓”。陋室破败凌乱，乍一看赛金花并不显老，体态轻盈，皮肤白皙，操一口流利的吴侬软语，“如画如描的一双宫样眉儿，两只长而灵巧，留有旧日俏皮神态的眼睛……显然她早年是个能言善辩、机警圆滑的小妮子……和我娓娓的畅谈往事的时候，顾盼间常常露出自豪、自慰的神色。”

穿着破棉布衣、旧绒线鞋的赛金花，记得最牢、最津津乐道的，还是从前的服饰华贵、仪态万方，她回忆柏林生活：

> 那时我是一个花枝儿青春美貌少妇，披着孔雀毛的围巾，穿着二十四条飘带的六幅湘绫裙，每条带都悬住一个小银铃，走起路来银铃叮当地响得雅致有趣，而且还要斯斯文文的小步小步走……欧洲人对我的服装和仪态是向来赞不绝口的。（曾繁《赛金花外传》）。

一介烟花，与状元结缘，还随同出洋。赛金花的身世本身有一定的戏剧色彩。而她在光绪庚子年（1900 年）与八国联军主帅瓦德西似是而非的绯闻，以及她在京城陷落时挺身而出维护百姓、促成议和的“义举”，后来则愈传愈神，俨然成了正史。

樊增祥是光绪年间进士，曾任江宁布政使、署理两江总督，擅长诗歌与骈文，姿容俊秀，其歌行体诗尤其冶艳，人称“樊美人”。1899 年、1903 年，他先后写过《彩云曲》与《后彩云曲》，为人传诵。“瓦赛情事”经樊增祥的长诗渲染，愈发有声有色：“徐娘虽老犹风致”的赛金花让瓦德西意乱情迷，他俩同居于仪鸾殿，夜半失火，衣衫凌乱的瓦德西抱着她穿窗而出；那时节，“言战言和纷纭久，乱杀平人及鸡狗。”幸而，仰仗“彩言于所欢，稍止淫掠”，“彩云一点菩提心，操纵夷獠在纤手。”

赛金花起初对采访者说，自己在德国时并不认识瓦德西。后来又说，他们在德国已相当熟识。据她陈述，德国驻华公使克林德被清军击毙后，他的夫人对清廷提出很多苛刻条件，不依不饶，全权议和大臣李鸿章简直束手无策，亏得自己屡次苦苦相劝，要瓦德西做些让步；她还亲自出马，说服克林德夫人，以给公使竖立牌坊的方式表示道歉，克林德夫人终于偃旗息鼓。

赛金花曾经正色道，庚子年间虽然与瓦德西每天见面，交情很好，常并辔骑行或宿于营中，但谨守规矩，从无一语涉及邪淫。后来她又坦承，与瓦德西确有一段情缘，在仪鸾殿（即后来的怀仁堂）缠绵了四个月。他要带她回德国，她不愿意，两人依依惜别。

赛金花的叙述矛盾甚多。开始她只是炫耀自己为人地生疏的八国联军解决了粮草。在北京城呼风唤雨，以至王孙公子都来趋奉她，一时门庭若市，轻裘宝马，富贵骄人。到后来，“赛二爷”的形象被塑造得日益高大——她让瓦德西下令安民，振肃军纪，又劝定克林德夫人，促成议和……讲得活灵活现。跨国情事兼救国壮举被赛金花不断地复述、修饰、添加，细节日益“丰满”。后来竟说她从德国兵手中救了一万多名北京人；联军欲将慈禧太后擒来剁成肉酱，也全靠她说情开解。因为调停议和有功，此后还蒙太后召见。

居仁里的逼仄小屋，蛛丝暗织，残灯昏暗，杂物凌乱。那些惊天动地、晶光闪烁的“丰功伟绩”，似乎将陋室都耀亮了。赛金花添枝加叶，报纸、戏曲等推波助澜，大众深信不疑，“妓女救国”的传奇，日益动人心扉：异族铁蹄之下，“三千壮士齐下拜，竟无一个是男儿。独名妓赛金花以一弱女子，凭三寸不烂之舌，使全城百千无辜生灵，免遭涂炭”，“至为悲壮，可歌可泣”。日本侵华后做了汉奸的潘毓桂，当年替赛金花写的碑文，恭维她可“媲美于汉之明妃和戎”；曲江春《赛金花轶事汇录》的前言将她尊为救黎民于水火的女杰：“当八国联军入京之际，清廷两宫仓皇西遁，满朝文武百官，乱窜如丧家之犬，敛迹缩头而不敢露面，一任联军之屠杀劫掠。当此之时，朝野寂焉无人，独有赛金花者以一弱女子，挺身而出，周旋于联军统帅瓦德西及各重要首领之间，诱以情，导以理，动以仁，律以纪，卒使联军就范，而燕市百万之民，乃得卸去惊愕之容，重登衽席。于是赛二爷之名，亦被歌颂九城矣。”（《赛金花本事》，人民大学出版社，2006 年 5 月版，第 151 页）。

赛金花真的有偌大能耐拯救黎民与社稷？

萝蕙草堂主人的《梅愣章京笔记》回忆，八国联军侵占北京时，厦门海关三等帮办葛麟德在为德国人当翻译。他嗜好很多，喜欢到赛金花的妓院吸鸦片。因此，石头胡同的其他妓院遇到德军侵扰，都请赛金花转求葛麟德，代为疏通、维护。有时确能奏效，所以他们对赛金花不乏感激。

该书还记叙，丁士源等常去赛金花处应酬。有一天，赛金花对葛麟德说："葛大人，上次求你带我游览南海，你答应了却一直没有兑现。"葛麟德说："瓦德西大帅在南海紫光阁办公，军令森严，我辈小翻译不能带妇女入内。"葛转而询问丁士源："阁下数次拜谒瓦帅，或许能带她进去参观？"丁士源对赛金花说："那得让我看看你着男装有无漏洞。"赛金花一听，赶紧洗脂粉，梳辫子，穿上金丝绒马褂，头戴皮帽，小脚上裹绒布，再外套靴子一双，装扮完毕，似乎没有破绽。

次日十点，一起骑马前往，赛金花假充丁士源的随从。至景山、团城，守门的美国、法国兵分别准许他们通行。经过北海与中海分界处的金鳌玉蝀桥时，赛金花情不自禁大呼一声"好景致，好看！"丁士源连忙让她噤声。到了南海大门，告以要拜谒瓦德西，德国守兵说他已经外出，四人无奈返回。这番经历被钟广生和沈荩听得，加油添醋写成稿件，寄给上海的《新闻报》和李伯元（即《官场现形记》作者）主笔的《游戏报》，"谓赛金花被招入紫光阁，与瓦德西元帅如何如何，说成活现逼真……妄人又构《孽海花》一书，蜚语伤人，以讹传讹，实不值识者一笑。"

后来与梅兰芳密切合作的剧作家、戏曲理论家齐如山（年轻时进入同文馆学习德文等。庚子事变后曾辍学经商）恰好与赛金花接触较多。齐如山的《关于赛金花》回忆，当时的确见过赛金花跟德国军官一同出入，不过都是中尉、少尉之类下级军官。赛金花知道他懂德语，待他很殷勤，意欲请他帮忙拉德军的生意：去她的妓院喝一次茶八元钱，过夜二十元，外加一点赏费。齐如山有一天去中南海，见赛金花与两个军官在紫光阁里。恰逢瓦德西远远走来，那两个军官面露仓皇神色。齐如山出去与瓦德西交谈了几句，后者离去。还有一次，赛金花与另外两个军官在瀛台，遥见瓦德西与站岗士兵交谈。两个军官怕他过来，骤然紧张起来。赛金花同样不敢露面。

齐如山还曾在前门大街遇到与德军骑马同行的赛金花。她手指前方说："这都是我们的占领区！""我们"一词，让在场的中国人觉得刺耳，两个德国军官也互递眼色，做了一个鬼脸。

另一次，赛金花跟人合伙，卖给德军的二十吨土豆出了纰漏，请齐如山帮忙交涉。她跟他说话尤其透着亲昵、娇嗔，眼风顺势就抛出来了，后来还要送钱感谢他。齐如山因此知道，赛金花的德语不敷使用，水平有限。她在德国人那里也远非后来标榜的那么呼风唤雨，更别说与瓦德西谈论国事了；她有求于人时，那股又热络又轻佻的风度依然是青楼本色，哪来丝毫"公使夫人"的端庄。

暮年赛金花像一件前朝旧物，被世人从尘灰里扒拉出来重见天日，但终究已经破败。赛金花深知机不可失，为着衣食之需，顺水推舟编故事，铆足了劲吸引眼球。"护国娘娘"的神话，在二十世纪三十年代日本威逼中国的背景下，既暗合民间对超凡力量的幻想，又为知识界批评当局御辱不力提供了素材。所以，左翼文人夏衍的话剧剧本《赛金花》一发表，就被誉为“国防文学之力作”。蓝苹（即江青）与王莹争演女主角，还为“文革”时王莹被迫害致死，埋下伏笔。

著名小说家张恨水在“赛金花参与的一个茶会”一文里，转述朋友马君的印象：赛金花微抹脂粉，青缎旗袍的袖口式样，老早就不流行了。她当然张口就讲到，从前跟洪状元到欧洲，什么繁华没有经过？又说起瓦德西……却也不掩饰当下的窘境——维持一主一仆的衣食都艰难。赛金花带来的娘姨面色憔悴，衣衫黯淡，“手上捧了两个未切开的面包，紧紧抱着，总不肯放下……她一定是要把这面包带回去，当她们主仆一顿餐饭”。

民国初期上海舞台流行的“文明戏”，已经演出过“状元夫人”。后来，赛金花一再成为戏曲的主角。她对刘半农等讲述时，有诸多掩饰、回避。有句话倒是说得真切：“他们把我都当作花旦。但是，唉，赛金花是个苦命的人，毕生流离颠沛，应该是个青衣。”

赛金花的三任丈夫都待她不薄，可惜都先后早逝。她的三次婚姻都很短暂。暮年的孤凄既因造化弄人，也跟她不安于室的天性有关联。赛金花在欢场上练就八面玲珑的手腕和操纵男人的诸般武艺，有灵机应变的聪敏和谋生存、求富贵的能耐。只是，年少时就堕入花船，早早陷进泥淖，使她一生都未洗掉庸脂俗粉的浑浊、腻味。虽然也曾跻身士大夫圈子，赛金花却没能像柳如是、李香君那般，沉浸艺文，涤尽风尘气息，以才华、志节、见识秀出群芳。

赛金花充满原始的、热气腾腾的生命力，擅长俚俗的、物质层面的生活技巧。她一生忙个不休，从应接不暇的名妓到生意兴隆的鸨母，再到深谙世故的老妇，享乐与虚荣都曾有过，说到底却还是苦涩居多。穷愁潦倒之际，逮到机会，她当然要回忆往昔珠光宝气的富贵，呼风唤雨的体面，再顺便敷衍点救国救民的大话。

再品文心

最是寂寞女儿心

张爱玲

有一些作家，在某个阶段很强烈地撞击过自己。后来，不管怎么时过境迁，每当看到他们，感情总还是不一样的。

第一次读张爱玲时，比她写下那些文字的年龄，总要大了好几岁，却看得我一惊一乍、拍案惊奇。记得是从同事那里转借的一本《流言》。书曾经被人拿去复印过，很小心翼翼地打开，力图不造成损坏，但那本书被过度使用过的痕迹依旧明显。因为喜欢的人太多而导致紧俏，竟不得不拿去复印来看。我边看边感慨，这个横空出世的奇女子确实值得这么隆重对待。

赶紧去读张爱玲的小说。二十世纪四十年代，才二十出头的年纪，她便一鸣惊人。一支笔舞得花团锦簇，妙语佳言如行云流水，更有洞明世事的幽邃与尖利，仿佛是提前阅尽苍凉、参透沧桑的智者。她再怎么年轻，也得仰视呢。

写《小团圆》的时候张爱玲已经老了，但依旧陷溺在年轻时的创痛里，无法抚平伤痕。看的过程，令人很挣扎：是拿它当自传看还是当小说看呢？不消说，我也未能免俗，很快就不由分说地变成了索隐派，在字里行间跟踪、窥视并不停地与她以前的自述性文字、与胡兰成的《今生今世》对照。当然，无论我们如何东嗅西闻，也难以真正重返他们笔下的往昔并抵达“现场”。文字这东西跟所谓的客观和深不可测的内心，永远是隔着距离的。

读着读着，渐渐心痛。不由自主就要用长辈看孩子的眼光看女主角九莉：感情缺失、家庭环境怪异带给她的委屈和凄伤、自卑和焦灼，竟比我们想象中的深痛十倍。笨拙、拘谨、生活低能等，从前张爱玲自嘲似地讲出来，好像是文字的机捷、顽皮，却原来那些尴尬、难堪都是真的，尤其是还要时常受母亲打击。

父亲差不多恩断义绝了，她似乎还能够将他从心底连根拔起，漠然埋葬。在感情上已经将他屏蔽，所以父亲几乎伤不了她。对母亲的感情则复杂得多：母亲的美貌、能干乃至风情使年少的张爱玲私下羡慕。无奈母亲是那个时代的前卫女性，不肯为孩子牺牲个人追求（尽管那些追求最终也多属镜花水月）。张爱玲从四岁开始，就习惯于看母亲忙碌而专心地收拾行李的背影。后来她也凄冷地想过，自己学母亲学得最好的便是能将无数东西软硬搭配、天衣无缝地“镶嵌”进行李箱。

母亲强势而理性，对两个孩子很有些漫不经心，对张爱玲更有恨铁不成钢的蔑视。女儿无比渴望被母亲承认，这渴望又总是被轻易碾碎。母亲那些自私、自恋、僵硬、生冷的片段，永远如芒刺在背、骨鲠在喉——做女儿的越是爱她在意她，得不到回应的焦虑与荒芜越是像大火蔓延，深度烧灼心腹，痛楚难熬。她因此始终没有原谅母亲。

年轻而枯寂的心也期待着爱情。她正在暗衬：二十二岁了，写爱情小说却没有谈过恋爱，读者知道了，不好的。胡兰成就来了，不幸得很，这段感情却又这么破絮沾泥似的。她从来不曾完整地拥有过他：当时他有两个妻子（据说一个疯了），还有一些所谓的情调故事。就算张爱玲可以将他从前的女人们看成鬼影子假装视而不见，心底其实十分计较和在意。所以胡兰成的离婚和他俩随后的结婚，张爱玲真是打心眼儿里欢喜。

无奈地，她总是需要跟别人分享他。胡兰成动作飞快地拈花惹草，可恶的是竟还要喋喋不休地跟她讲起他的野草闲花。他是炫耀还是骨子里的自卑呢？张爱玲从小受过训练，大家闺秀的行为举止要云淡风轻，遂尽量淡然自若地听着，鄙夷于他们村俗的打情骂俏方式，却又被矜持和骄傲捆绑，不能由着性子村俗地扇他几个耳光。然而，她到底跟寻常女人一样，有副血肉之躯，会痛会伤又敏感，“那痛苦像火车一样轰隆轰隆一天到晚开着，日夜之间没有一点空隙”。

就算在他们最好的时光，张爱玲也看得穿胡兰成的自负、虚荣与虚弱；后来她更是跟他决绝地分手，从此不闻不问。她跟友人的通信，都只用“无赖人”指代他。不过，张爱玲终其一生都在咀嚼那段短暂婚姻的点点滴滴。比如，胡兰成在《今生今世》写他逃亡时张爱玲寄钱给他，张爱玲在《小团圆》里却也很详细地讲述，之前胡兰成拿回不少钱交给她；她也写胡兰成最后离去时，自己临别赠金，包括后来还寄去一笔写电影剧本的稿费。

胡兰成曾说张爱玲能够破坏佳话，所以写得好小说。很多人觉得《小团圆》这么写，也是“破坏佳话”的大手笔——在她，并非对胡兰成余情未了。只是因为胡兰成曾经给过钱给她，她如今不过是还钱而已。

我以为，钱这个细节之所以耐人寻味，就在于胡兰成当时曾经对她说过一句：“经济上我保护你好吗？”张爱玲固然需要钱：因为母亲供她念书已属不易，学费之外她尽力省俭，所以一向拮据；自己靠写作谋生后，尽管作品畅销，但版税收入毕竟有限，又害怕高产了写滥；还计划着还母亲的钱。然而，他们短暂的婚姻从来不正常，要么残缺，要么地下。所以她比钱更为欠缺的是寻常夫妻居家过日子的世俗模式。胡兰成拿钱回来给她时，张爱玲表面上调侃他这是资助作家，心底享受到的其实是男人在养家糊口的意味和丈夫顾怜爱惜妻子的家常式甜蜜。“爱玲的书销路最多，稿费比别人高，不靠我养她，我只给过她一点钱，她去做一件皮袄……她心里欢喜，因为世人都是丈夫给妻子钱用，她也要。”

所以，她要坦然地用“自家的”（包括丈夫给的）钱去还给母亲（外人）。一旦感情断绝，胡兰成也成为外人，钱自然要还给他，从此两不相欠。张爱玲说过：“我想表达出爱情的万转千迴，完全幻灭了之后也还有点什么东西在。”这些琐细的、复杂的回味，也算那点曾经在过的“什么东西”吧。

温情、安全感之于张爱玲，是先天不足后天失调，所以，苍凉成了她的主色调。当然，并不是所有在成长期浸泡过冰水、苦水的人，都必定凉薄、警觉。只不过，她的故事就是这个版本了。

最是寂寞女儿心。这个浅露的标题怎么适合拿来搭配张爱玲呢？不知道为什么，看完《小团圆》突然就想起这句歌词，而且，竟也想不起拿别的什么去替换了。

斯文渐远，客厅已空

宋以朗十二岁时，来香港写电影剧本的张爱玲曾在他家住了两周，就住在他的房间。他暂时搬去客厅睡觉。许多年后，有无数人跑去问他对张爱玲的印象。小时候，宋以朗怎么知道张爱玲三个字将来会那么如雷贯耳，只晓得这位又高又瘦的阿姨整天关在室内写作，不苟言笑，看东西要往前倾（因为近视），家里的女工还注意到她喜欢吃隔夜的面包。

1995年张爱玲去世后，根据其遗嘱，遗物交给多年好友宋淇、邝文美夫妇。宋淇夫妇相继离世后，他们的儿子宋以朗作为张爱玲的文学遗产执行人，陆续出版了张爱玲的遗稿《小团圆》《雷峰塔》等，成为华语文学界的知名人物。这位统计学博士在美国生活多年，作为“理科男”，跟张爱玲并无交往。此前，他对张阿姨所知不多、兴趣不浓，但命运却让他成为当今最接近、最了解张爱玲的人之一。在成堆的资料中他涉足渐深，成为研究张爱玲的专家。

张爱玲二十世纪五十年代初从上海抵达香港后，直至在美国去世，宋淇、邝文美夫妇是她最亲密的朋友。他们对张爱玲倾情相助，温暖并支撑着这位飘零异乡的文学天才。宋淇还充当了张爱玲的文学经纪人与顾问的角色。

宋淇夫妇与张爱玲互通六百余封书信，多达九十万字。宋以朗手上有丰厚的独家研究资料。这就不难理解为什么《宋家客厅：从钱钟书到张爱玲》一书，有关张爱玲的篇幅占到了将近一半。而这部分内容，除了令张爱玲的个人形象更为丰满，也使得围绕她作品的不少疑团迎刃而解。有关张爱玲生平、创作的许多以讹传讹的部分，也能轻而易举地纠错了。

举例来说，电影《色·戒》热映后，有很多文章揭秘说，王佳芝的原型是谋刺大汉奸丁默邨的中统特工郑苹如。但张爱玲与宋淇的多封往来书信表明，小说《色·戒》的原始素材其实是宋淇提供的，主人公是宋淇在燕京大学的学生。关于这篇小说的构思、写作、修改，在书信中张爱玲、宋淇多有讨论，来龙去脉相当清晰。宋以朗因此觉得，自己既然掌握了那么多第一手文献，就有责任“向公众交代一些不为人知的事实，让文学史家能根据更准确的资料对张爱玲和宋淇作出公允的评价”。

当然，读完《宋家客厅》，对一个世纪以来的文学史也增加了可触可感的了解。该书以宋家的家族叙事开篇，讲述了宋家先辈由中产而至巨富的缘由；宋以朗的祖父宋春舫和父亲宋淇醉心文艺的丰富人生；回溯了戏剧教育家、藏书家宋春舫的学霸传奇、文化建树和平生交游。它让翻译家、文艺评论家、电影制片人宋淇，从曾经幽深的幕后走到台前。

宋淇与钱钟书、傅雷、吴兴华等文化大家是相识已久、相知至深的老友。《宋家客厅》细述宋淇与他们的交往始末，从纷纭往事与密集通信里，看得到那一辈文人的才思灵动、学贯中西以及他们彼此的惺惺相惜、情投意合。几个人的不同性情也跃然纸上。宋以朗深入文字的宝山秘府，以他统计学的学术背景尽力去作客观的呈现；有时候，却也忍不住对父执点评一二；偶尔还有作为晚辈的欲言又止。而这些小角落，恰好也是最耐人寻味的。

宋以朗不时会循着文字的蛛丝马迹去探究旧闻，厘清困惑。比如张爱玲 1944 年发表的小说《殷宝滟送花楼会》。她在 1982 年给宋淇的信上直说这一篇写得太差，同时黑纸白字地表明“是写傅雷的”。宋以朗吃惊之余，赶紧去做功课，遂翻出了傅雷与女高音歌唱家成家榴当年的一段情史。像这类往日秘辛，固然可以算作引人入胜的八卦，却又未尝不是研究傅雷与张爱玲的有价值的环节。

宋淇一生涉及文艺评论、翻译、话剧、电影诸多领域，著述丰厚，成就不低但为人低调。宋以朗多少有借《宋家客厅》为父亲张目的意思。他说，自己讲述父亲对张爱玲的影响，并非要标榜他是她的什么军师，父亲向来不稀罕虚名，“换了是他，一定是只字不提的。但我应该为了避嫌而抹杀他吗？你会这样对待自己的父亲？”

宋淇的诸多贡献，的确不容忽略。夏志清的学术名著《中国现代文学史》以堪称奢侈的篇幅介绍钱钟书与张爱玲，给予了他们别有洞见的高度评价。该书流行之后，曾经在公众与学术视野沉寂多年的钱钟书、张爱玲等，在文学史上的地位从此被改写。而夏志清隆重推举钱、张，最早的灵感就来自宋淇。

张爱玲多么高冷，但她对宋淇夫妇从来不吝于表达赞美。她称宋淇是“古今少有的奇才兼完人与多方面的 Renaissance man（文艺复兴时代的博雅之士）。”对郈文美更有难得一见的深情流露：“你的友情是我的生活的 core（核心），我绝对没有那样的妄想，以为还会结交到像你这样的朋友，无论走到天涯海角也再没有这样的人。”像钱钟书一样博学善思的大才子吴兴华也对宋淇感叹：“亲爱的朋友，我常想在我一生不多的幸运事件中，我之认识你可以算是最大的。”

宋淇与他的老友们已经渐行渐远。宋家客厅，唯有宋以朗还在故纸堆里鉴宝寻珍。然而，前辈才士的绝代风华，历久弥新；唾珠咳玉，回声仍响。

春花秋月何时了

《长恨歌》所描绘的那个富丽而又颓败的城市，有一种丝绸的质感。丝绸就是这样一种独特的东西，新鲜的时候固然明媚，但那份光泽是圆融的、收敛的；褪色了却也有褪色的淡然、笃定，因为好歹是有几丝底气作支撑的。其实，《长恨歌》本身也有类似的特征。回想当年，跟许多人一样也是手不释卷一口气读完。现在再去翻它，发现好多情节甚至某些人物已经淡忘，但那个美人王绮瑶跌宕起伏、让人欲说还休的身世，滋养她也磨蚀她的城市，却在记忆中印痕至深。最难以消散的，还是弥漫其间的苍凉：王绮瑶是零落了，那个千娇百媚的旧上海也杳然了。

王绮瑶的一生，借用苏轼名诗“事如春梦了无痕”似乎恰好可以概括。她是一朵早开的花，明妍娇弱，本该占尽风光，却又只能寂寞无主地开放着也凋谢着；上海就不用说了，多少人沉浸在那段依稀仿佛的海上繁华梦中，难以自拔。说起来伤感似乎是不可避免的，但王安忆在文字里流露的情绪既是上海人的，又不是上海人的；有冷静又有触动，既是伤怀的、沉浸的，又是有间离效果的。从某种意义上说，那些冷暖胶着的文字指向旧人旧事，更指向流逝本身。

先说旧人吧。从前选美的三小姐 1949 年以后隐居陋巷，她依然（其实该说必然）是那里的一道耀眼风景。光阴流转，所有“爱不欲生和痛不欲生”的往事都沉淀了，世界又翻新了。在追逐时尚的后生们饥不择食的脚步中，王绮瑶照旧是精致、矜持、不失风韵的。当民国结束，新时代来临时她还不到二十岁，但她在关键时刻精气神都被摄走了，或者说是浓缩了、凝固了。所以，后面的几十年固然漫长，但王绮瑶终究是个旧人。王绮瑶是上海女人的代表，风情万种却不事喧哗，坚韧顽强又圆融机智。她们与浪漫无缘，却是有分寸、有担待的。

王绮瑶身边那些过客，总是来去匆忙，聚了又散，或者散了又聚，最终她却依然是形只影单。这不奇怪，王绮瑶有些像算盘上的轴，那些散乱的木珠子是全靠她收拾、连缀的。她串联起的是自己庸常无奈的日子，也是一个城市萦回周折的历史。这当然不是浮在潮头浪尖的历史，但小人物掩藏在时代洪流背后的随波逐流，又何尝不叫人揪心和感喟。

《长恨歌》里的上海，王安忆落墨更多的还是它的旧。好些年来，怀旧都是不退潮的话题，而说到往日繁华，怎么也绕不开上海。所以，我们一再被告知，它从前是何等繁盛、绮靡，如何富于情调，如何雕饰。总之，是大街上橱窗里的敞亮显豁的情景，或者像一出欧洲宫廷戏剧的布景，华丽中有些空洞和遥远。《长恨歌》也写旧上海的排场和考究，比如“沪上淑媛”的社交，电影厂的神秘，选美中的浮华，爱丽丝公寓欲藏还露的风流艳情。但是王安忆深知，上海毕竟是“东方巴黎”而不是巴黎。这个城市的肌理，是那些隐藏在大街后的纵横交错的弄堂，以及弄堂里或殷实或局促的门户。如果这个城市是件大衣，她看到了奢华的面料，也耐心地撩开了它妥帖、朴素的衬里。所以她也写僻街小巷：弄堂里有亭子间、有闺阁、有厨房，还有挥之不去的油烟。这才是可以触摸的柴米油盐。这些家常场景的出现，哪里就让上海的华美褪色了呢？只能增添它的人情味和真切感。

王绮瑶后来居住的平安里就是这种人间烟火的所在。嘈杂的布局中，混合的气息里，隐藏着许多锦衣绣户的碎片和不可言说的秘密。最后，当时髦又成为时髦，王绮瑶却深谙，那些霓虹闪烁、香雾迷离的景象，“是从三十年前照搬过来的，只是蒙了三十年的灰垢，有些暗淡了”。这就是怀旧本身的怅然，昨日无法重现。

现在想想平安里，我似乎是去过的。记得是1985年，参加工作后第一次出差就是去南京、上海、苏州。出了上海火车站，莫名其妙就被“掮客”介绍到一个简陋的小旅馆。它坐落在一片鳞次栉比的平房深处，需要穿过曲里拐弯的小巷才能抵达。巷侧那条不知名的小河（或者叫小沟）散发着颓丧的气味。我们外出回来，在昏黄的路灯下，简直无法找到返回旅馆的路径，只得向路边在一间低矮厨房里忙活的老太太问路。她却并不回答，怔怔地愣着，是对陌生人的戒备，是听不懂普通话，还是对外地人的不耐烦？那时候还不知道张爱玲，看过的《霓虹灯下的哨兵》《子夜》等戏剧和文字，凝固也局限了人的想象力；“读图时代”又没有来临，除了外滩、南京路、复旦，我对上海知之甚少。但一个大城市隐藏在闹嚷、繁盛背后的慵懒、散漫甚至落魄的景象，却一点都没有令我惊讶、惆怅。这就是一个真正的城市的模样呀。

至于那个发愣的老太太，她当然不是阅尽风情的王绮瑶。她和我都不知道，第二年，也就是 1986 年，王绮瑶就离世了。

暗香浮动

沈祖棻

念大学的时候，正属心性飘浮的时节，有关未来职业的幻想从未停止过。有那么一两年，是三年级吧，很为沈祖棻的《宋词赏析》着迷。于是向往成为大学教师，像沈祖棻那样，可以把读词、赏奇析疑当作专门从事的工作。产生这样的念头，既因为宋词，也因为让人舍不得匆匆读完的《宋词赏析》。

沈祖棻之外，还有叶嘉莹解读的古诗词，也有出神入化之功。此外，翻过许多砖头一样的“赏析”“博览”，除了个别学者，难得看到像她俩那么自出机杼的见识与文字。女性学者来解析宋词似乎特别合适。宋词里当然不乏苏轼、辛弃疾等人的豪放之作，其总体特征却依然是纤细、感伤、细腻的，多少还带些颓废，就像我们印象中的宋朝，那个崇文而不尚武的时代——无论苦心经营的北宋还是偏安一隅的南宋，今天看来都颇似褪色的丝绸：华美、绮丽又有一丝迷蒙。

词在那时候是和乐的歌词，很像今天以爱情为主题的流行歌曲。宋词中给人印象最深的往往是“杨柳岸晓风残月”“满城风絮，梅子黄时雨”“衣上酒痕诗里字，点点行行，总是凄凉意”“春去也，万点飞红愁如海”这类幽婉迷离的文字。不论北宋的晏殊、欧阳修、柳永、周邦彦，还是南宋的姜夔、吴文英、张炎，他们有的在题材上、风格上将写诗与填词截然划分，其词作通常是带有某种风雅姿态的“情语”；有的则异常讲究词的格律、声韵，无一字不精心推敲、雕琢，形式考究，雍容、典雅、精美到极致。以至于有时写家国之恨也颇类身世之叹。张炎不满吴文英词的胶着板滞，在《词源》中称其“如七宝楼台，炫人眼目，碎拆下来，不成片段”。然而，大学时正值多愁善感的年龄，迷恋雕章琢句，宋词中那些浸染着浓郁感伤气息，辞藻晶莹润泽和形式繁复华丽的篇目与片段，令人沉醉。有时，真的是“一语之艳，令人魂绝。一字之工，令人色飞”（见王世贞《词评》）。哪怕是只言片语也像锦缎的零料或珠玉的碎片，精微华美，叫人爱不释手。在闷热得困顿、萎靡的夏日午后，若正好无课，躲进宿舍的蚊帐看《宋词赏析》，丝丝凉意似乎也弥漫开来，驱散困意，也赶走暑热。

我偏爱那些风格柔婉曲折的词家，但苏东坡是个例外。他无论写得雄浑还是清隽，都技压侪辈，所谓“横看成岭侧成峰”。所以张炎在《词源》里说，“东坡清丽舒徐，出人意表，不求新而自新，为周（邦彦）、秦（观）诸人所不能到。”沈祖棻在《宋词赏析》里告诉我们，即便苏东坡这样一个擅作“大江东去”“老夫聊发少年狂”等俊朗、豪爽调子的大家，一个流派的开拓者，也并不乏“萦损柔肠、困酣娇眼、欲开还闭”“细看来，不是杨花，点点是离人泪”之类温柔缱绻之语，只不过格调并不浮艳。所以有“词话”说，东坡《春闺》中的“彩索身轻常趁燕，红窗睡重不闻莺”，若“令十七八女郎歌之，岂在‘晓风残月’之下？”他那首为人深爱的《蝶恋花·春景》，前段伤春，后段伤情，风格柔婉妩媚。王士祯在《花草蒙拾》也说：“‘枝上柳绵’恐屯田（柳永）缘情绮靡，未必能过。孰味坡但解作‘大江东去’耶？”（见胡云翼《宋词选》）当然，东坡与柳永的“缘情绮靡”大异其趣。

苏东坡并不鄙薄那些婉约细腻的词家。他盛赞秦观的一首《满庭芳》，干脆取其首句称秦观为“山抹微云君”，还将其《踏莎行》中自己所“绝爱”的“郴江幸自绕郴山，为谁流下潇湘去”两句写在扇子上。他称道秦观，但很反感人们“学柳七作词”。实际上秦观和柳永同属婉约一派。苏东坡只是不认可柳永异于士大夫清高、雅正格调的市民气息，也即不喜欢柳词中俚俗和轻薄的部分。

而且，东坡也相当客观，对柳词的妙句给予了最高评价。杨升庵《词品》记载：“东坡云：人皆言柳耆卿词俗，如‘霜风凄紧，关河冷落，残照当楼’，唐人佳处，不过如此。”

虽然柳永有不为当时和后人推崇的一面，但柳词的委婉、细密、秾丽，却也不是任谁都能轻易胜过的。他写羁旅之愁、离别之恨，只一首《雨霖铃》，便称得上风华绝代了：“方留恋处，兰舟催发。执手相看泪眼，竟无语凝咽”“多情自古伤离别，更那堪、冷落清秋节！今宵酒醒何处？杨柳岸、晓风残月。此去经年，应是良辰好景虚设”……叙离情别绪能超越这首《雨霖铃》的，古往今来凤毛麟角。就凭“今宵酒醒何处”等千古名句，柳永的名字也已经久不会褪色了。

年少时的种种向往，毕竟容易抛诸身后，我当然没有当上大学教师。时间一长，宋词、《宋词赏析》和沈祖棻都几乎被淡忘。毕竟，日子过得匆忙繁乱，相对于世象缤纷的“现代”生活，宋词和它产生的时代、宣泄的情绪、频繁出现的意象，都显得有些“隔”了。如今到哪里去领略“月台花榭、琐窗朱户”“瑞脑消金兽”、“凤髻金泥带”呢？我们耳边弥漫的流行乐曲，常常诉说浓情蜜意与惆怅感伤，往往写得善解人意。

不过，偶尔翻翻宋词也会发现，跟这些柔婉、修饰的句子比较——“仿佛这是一场梦，我们如此短暂的相逢”，“月色朦朦夜未尽，周遭寂寞宁静。桌上寒灯光不明，伴我独坐苦伶仃，人隔千里无音讯，欲待遥问终无凭”，“如果爱情这样忧伤，为何不让我分享”，还是可以触摸到古代与当今的流行歌曲，有某种奇妙的牵连。

“舞低杨柳楼心月，歌罢桃花扇底风。”古代那些征歌逐醉的场合已经遥远地谢幕了，词乐今已不存。通过词，也即流传下来的“歌词”，我们能否想象当时的歌台舞榭、歌女墨客，勾勒了怎样的时代情绪？同样，后人从当下的流行曲中，可否窥见一点二十一世纪初的集体无意识？那些知名的歌词作者早已有了品牌效应。不过，要论普及和知名度，宋代大词人的家喻户晓，却是眼下的词作者无法比拟的。他们耀眼的程度，更类似现今的当红歌星；词也更深入地渗透到当时社会生活的各个层面。人们常说，“凡有井水处，皆能歌柳（永）词”；也是《词品》讲述，秦观的女婿范温是著名史学家范祖禹之子，外祖父吕公著官至宰相。范温“为人凝重”，曾经跟随黄庭坚学诗，著有《诗眼》一书。有一天出席歌舞宴会，在座中一言不发，不知是他的清高还是落寞引得歌姬好奇：“公亦解词曲否？”范温浅浅一笑：“吾乃山抹微云女婿也。”歌姬也太小瞧范温了，竟问他是否“解词曲”。范温无需正面回答，轻轻将岳父的招牌一亮，大家便已心领神会。那时，一定是文人的黄金时代吧。

沈祖棻说，晏几道《临江仙》中的名句“落花人独立，微雨燕双飞”是从五代翁宏《春残》诗中照搬的，但放在词中，确实又比翁诗更觉珠联璧合并得以流传，其间涉及风格学的问题。这让人联想到曾经脍炙人口的《涛声依旧》。不少人发现，这首歌的意境几乎是张继《枫桥夜泊》的借用，但人们并不因此否定歌词作者陈小奇对古诗有创意的借鉴。《涛声依旧》也一度成为流行歌的代表。由此，我们也可发现，唐诗宋词等确乎是某个时代的专利。她们不可能也没必要在今天复活或被复制；但即使我们早已进入瞬息万变的新时代，前人那些灵敏、丰饶的韵致和洞幽烛微的才情，仍旧让我们满怀景仰与感激。交通的便利使得羁旅的漫长与艰辛减弱了，但永远会有分离的亲人为别情苦恼；男女之间不再有授受不亲的障碍或陆游、唐琬似的悲剧了，但为情所恼、为爱所伤的痴男怨女，总是一茬茬层出不穷。伤感的时候，他们是不是也可以念两句“才下眉头，却上心头”？

红楼难续

张爱玲在《红楼梦魇》里提起过“三大恨事”：一恨鲥鱼多刺，二恨海棠无香，三恨《红楼梦》未完。其实她对好友宋淇夫妇还提到过第四恨：高鹗妄改——死有余辜。她说自己小时候看到八十回后的《红楼梦》，“一个个人物都语言无味，面目可憎起来”，便止不住抱怨：“怎么后来不好看了？”长大后知道了缘故，恍然大悟。

《红楼梦》问世以来，续书何止三五本。坊间通行的程（伟元）高（鹗）续本，对于普及《红楼梦》的确有功劳，但后四十回的种种粗陋荒唐、可厌可气，显而易见。

平心静气地想，《红楼梦》其实是不可续的。它是中国文学的登峰造极之作。哪怕八十回后的小半部残缺了，也难掩其空前绝后的瑰丽、精深。所以，任何续写都难逃“狗尾续貂”之嫌。

当然，红楼未完之恨，两百多年来，引得多少人痛心疾首。扼腕叹息之余，有人难免心痒手痒，存三分狂想、二分侥幸，想补齐全书。出发点往往是好的，又属个人的意愿或曰雄心，说来也未尝不可。只是，续书会有多少人看，看了如何评价，却又另当别论了。

刘心武以虔诚之意、敬慕之情，集二十年之辛劳，研究、探佚、钩沉，通过前八十回“草蛇灰线，伏延千里”的伏笔以及脂砚斋评语的诸多透露，兼及其他资料，加上他的推测揣摩，写成《刘心武续红楼梦》二十八回（他认为全书并非一百二十回而是一百零八回。《刘心武续红楼梦》，江苏人民出版社，2011 年 3 月版），也实属用心良苦。

应该说，刘心武花了很大工夫钻研红楼梦的文字。他的遣词造句力求靠拢原作。某些段落也还有一定的韵致。但是描摹、复制得过于亦步亦趋的部分，稍显刻意与紧张；而那些放松了警惕的地方，一不小心，当代人的表述习惯、用语方式，又很突兀地暴露出来。张爱玲熟读《红楼梦》，“不同的本子不用留神看，稍微眼生点的字自会蹦出来”。一般人当然达不到她那个段位，但凡熟读过红楼，也熟悉曹雪芹文字特有的味道与气象的读者，一“闻”之下，便可以立刻判定两者之间的差距。

因为自信了解曹雪芹的通盘考虑，也即洞悉八十回后的情节走向、人物命运，刘心武很着意去交代书中各色人等的经历、结局，力图面面俱到，又要与原书中金陵十二钗的判词、人物诗词以及对话中预留的消息对应。所以他忙着交代后事，忙得团团转，很多章回颇有慌不择路之感。有时候，一回就要写死几个人，连黛玉、宝钗的死都肤皮潦草。高鹗续书写黛玉死在宝玉与宝钗成亲之际，或许不符合曹公原意，但那一段焚诗稿、焚手帕的文字，确为后四十回的精彩之笔。反观刘心武续书，还找不到类似的给人留下深刻印象的段落。此外，刘心武续书中有太多篇幅用于解释和回溯以往的情节。在他固然是好意，唯恐读者淡忘或无知，但未免喋喋不休，有画蛇添足之嫌，像是拼命要强调前后的衔接乃天衣无缝，却又反而露了怯。

看得出来，刘心武续写红楼梦，也是正心诚意、呕心沥血，每笔每划都透着恭谨。也不是任何人都有才情功力，写成这副模样。只是，世间有谁能跟曹雪芹相提并论呢？所以，我们无法由衷地赞美续书，只能诚恳地说一句：刘心武老师，难为了你这番辛苦。

古典芬芳，弱德之美

《红蕖留梦：叶嘉莹谈诗忆往》由叶嘉莹口述，张候萍撰写。叶嘉莹追溯往昔，品藻诗词，也与读者分享了她自己的古体诗词。

从小在伯父指点下写格律诗。少女时代，叶嘉莹笔下的庭院景致、薄雾轻愁，已别有滋味。《对窗前秋竹有感》云：“记得年时花满庭，枝梢时见度流萤。而今花落萤飞尽，忍向西风独自青。”大学时代，叶嘉莹与恩师顾随时有唱和，那是她写诗填词最密集的时段。顾先生有一次给她的评语说：“作诗是诗，填词是词，谱曲是曲，青年有清才若此，当善自护持。”1948 年，叶嘉莹离开北平去上海结婚时，伯父写有一首伤感的五言古诗，对侄女的文采斐然，不乏欣慰：“有女慧而文，聊以慰迟暮。”

叶嘉莹的诗词婉转绸缪，声幽意远，词旨清新，是她自抒胸臆、忧生伤世、表情达意的最佳途径。唯有刚去台湾那几年，叶嘉莹颠沛流离，多愁多病，困于生计，很难有时间和心绪提笔。

对古典诗词的鉴赏、研究与解析，更是让叶嘉莹痴迷沉醉。念辅仁大学时开始到毕业工作后，她都坚持听顾随教授的课，如此长达六年，直到结婚南下。她说，顾先生评析诗歌，精深微妙，旁征博引，“上天入地，兴会淋漓”；与此同时，他也讲立身为人的道理，讲诗人的品格与诗风的关系，强调修辞以立诚为本，诗人应当有对大自然和广大人世的同情与关怀。

叶嘉莹说，顾先生的讲授展示了古典诗词深微高远的意境和璀璨光华，那也是她终身热爱诗词的一个重要原因。她听课记笔记时，总是心追手写，一字不漏。后来几十年，从北平辗转南京、台南、台北和美国、加拿大，那八大本笔记她一直随身携带。多少书籍、衣物都散失了，笔记本却完好无损。四十年后，她把它们交给顾随的女儿，由后者整理，辑成七万余字的《驼庵诗话》。

二十世纪三四十年代那一批学人，屡经战祸离乱，饱经忧患。叶嘉莹的一生，更将生离死别、颠沛之苦、生计之艰、遇人不淑，样样尝遍。其间既有世道沧桑、时代悲情，也有造化弄人。少年时，由于父亲因战乱而音书断绝，母亲病逝，她早早就体会到人世的悲凉无常；青年时辞别故土，如转蓬失根。那时正值台湾的多事之秋，她的丈夫被捕将近四年，叶嘉莹也曾抱着吃奶的女儿身陷囹圄。此后一度居无定所，生活困窘，身心俱疲，她“只能苟延残喘地活着”；1976年，两个女儿都已结婚。原本可以过轻松日子了，她的大女儿与女婿却在车祸中丧生。这一灭顶之灾，让叶嘉莹再次遭遇锥心裂肺的伤恸，日日泪涌心寒：“噩耗惊心午夜闻，呼天肠断信难真。”“检点嫁衣随火葬，阿娘空有泪千行。”从1979年开始，每年到南开等大学授课，她才从痛不欲生的深渊里，略微转移。

叶嘉莹将历代歌咏里的儿女情长讲得缱绻动人、声情摇曳，她的情感生活却与诗歌的浪漫清甜全然无缘。丈夫出狱后工作总是干不长，她不仅勉力养家糊口，更要忍耐他的狂暴乖戾、“咆哮欺凌”，“他就是要把所有美好的东西毁掉”。如此风刀霜剑，性格和教养却又牵引她忍辱负重，并告诫自己不怨天尤人，无论境遇怎样，都“守身如执玉，积德胜遗金”。

叶嘉莹生于1924年，虽然成长于西风东渐、古风式微之时，但幼承庭训，受传统文化、传统道德深刻浸润。她从背诵得最熟的经书《论语》里体悟最深的是儒家思想中柔顺而坚韧的美德。她也身体力行，谨守古典伦理，认为完美的持守是一种最高理想，无论人际的另一方行为如何，自己都应持守品格。后来叶嘉莹也反省：“这原来是造成人际关系之不平等的一种懦弱的道德观，不过我的积习已成，所以直到今日仍没有改变。”她在七律《天壤》里，含蓄地抒发了婚姻不如意的黯然。尾联说：“回头三十年间事，肠断哀弦感不禁。”

叶嘉莹将词体的美感特质称为“弱德之美”。所谓弱德，是自我约束和收敛以委曲求全的品质，“是贤人君子处在强大压力下仍然能有所持守、有所完成的一种品德……‘行有不得者皆反求诸己’‘躬自厚而薄责于人’，这是中国儒家的传统。”这既是词的美感特征，也是她立身处世的准绳吧。

幸而，诗词歌赋终生涵育、滋养叶嘉莹，赋予她宠辱不惊的君子风度，给予她从苦难中前行的从容。她说：“我对诗词的爱好与体悟，可以说是出于自己生命中的一种本能。”那些灵章妙句“蓄积了古代伟大诗人的所有的心灵、智能、品格、襟抱和修养，”而她孜孜不倦授课六十多年，将欣赏古诗词的喜悦传递给世界各地的学生，更使先贤的生命心魄，得到又一次再生。古典诗歌之于叶嘉莹，早年是兴趣导致了迷恋，之后在悲苦压抑心境下时有情感共鸣，后来她则是带着传承文化的自觉走遍几十所大学授业解惑。她从来不以学者自期，对自己的作品也从来不以学术著作自许，至今不倦于讲学和写作，只因“我所要传达的，可以说都是我所体悟到的诗歌中的一种生命，一种生生不已的感发的力量”。

叶嘉莹评赏诗词，精于层层剥笋，缕缕抽丝，道出不为时空阻隔的人类同有之情和幽微曲折的言外之意。听了叶嘉莹讲课的席慕蓉，由衷赞叹：她“仿佛整个生命都在诗词之中涵泳”，“我们面对的是世间难得一遇的才情和生命！”席慕蓉说，叶嘉莹的衣着、笑容、声音，都有一种“出尘的秀雅的女性之美”。

喧闹与悲凉

《草莽艺人》的作者田川，跟随剧团、戏班子的演员，深入山西、河北、吉林等省的县乡剧场或小戏台，近距离地观察、再现他们的台前幕后、戏里戏外。那些比较边缘化的剧种——丝弦、山西梆子、瞽书、皮影、河北梆子、二人转等，在他的文字和镜头里，慢慢浮现。

五台山脚下的一个戏台，就在供奉龙王第五子的五爷庙里，庙宇香火很盛，用于化妆的门房则狭小而昏暗。代县乡村又旧又小的破败戏台，也对着一座小庙。这两个戏台不约而同地都有一面糟朽的墙，其上写满了过去剧团的留言。五爷庙的戏台墙上有“香港回归举国同庆，百年国耻从此肃清”；代县小戏台的题词历史更悠久：“咸丰元年（1851 年）四月，东升班到此一乐。”“同治十二年（1873 年）四月初八、初九、初十日，祁邑‘上聚梨园’到此一乐。”

一百多年里，艺人就这么来来往往，唱念做打，令戏台下的观众抛洒许多痴迷；一百多年的月色日光，在两堵旧墙壁上重叠，不知堆积了多少悲欢。老戏旧腔，生旦净末，流年碎影，也就纷至沓来。

跟随剧团下乡演出时，作者常与演职员们同吃同住，颇能领略他们的满足、失落、尴尬，还有他们的温暖、义气、狭隘。草莽艺人大多数不具备太高的知名度，难得登上光鲜耀眼的大都市舞台。农村观众是他们的衣食父母：有的人为还愿而请剧团去唱“愿戏”，有的村庄逢年过节包几场戏，或者某批发市场开业剪彩，请戏班子前往助兴。演出不饱和，收入也就微薄。一位文化馆长对田川说，演大篷戏时，演员们中午就在地里揪把菜叶子，煮点挂面吃。晚上在凉地上打地铺，“那罪不是一般人能受的”。

几位丝弦女演员在演出前找到田川，让他帮忙拍几张像样的剧照。“我很乐意接受这项工作，因为很觉得她们可怜”：丝弦是地方小戏种，哪怕唱得像样的演员，“豆蔻年华已过，荣誉、媒体却难光顾，连一张好的上妆照都没有。那种心情，没唱过戏的人很难理解。”

待在这个日益落寞的行当里，很多人的坚守源于热爱：晋剧团一位武生说，自己十三岁进剧团，如今已经三十九岁了，“这么多年下来，你不让我唱它，我舍不得。”还有的则是循规蹈矩，依从了职业的惯性；也有戏校毕业的小青年，拿着只够糊口的工资，之所以没有另寻出路，是舍不得同伴之间的感情与好玩。

很多时候，田川大海捞针般去寻访民间艺人时，只是个背着相机东找西问的陌生人。他没有官方背景可以依赖，甚至没有熟人提供线索，可以想见，在一个保留了浓厚农耕文化色彩的熟人社会，他的探寻之旅，注定充满曲折、艰难和不确定因素。而这些琐细、不美好、有点憋屈的经历，恰巧非常好看：基层文化官员的推诿、慵懒，客车司机和售票员的冷漠、不负责任，小旅馆老板的世故、富于心计……有时候匪夷所思，会把人气得笑起来。但田川不怄气，或许是怄过了，他写得心平气和，笔带诙谐，读来也饶有趣味。

民间戏曲就生长和存在于这样的土壤。它们那么慷慨热烈、喧嚣高亢，也悲切凄楚。也许，咿咿呀呀的弦索和声嘶力竭的吼叫，多少可以抚慰、熨平生活的粗粝、艰辛和心底的暗伤、悲怆？然后再低头思量，百转千回。所以，“乡土戏文能热闹地充满人心，但莫名地又让人倍感凄凉”。

《草莽艺人》留下了民间戏曲在二十一世纪初期的侧影，也留下了乡土中国、文化中国的一个侧影。它记录的是两千年左右北方艺人的演出与生活。在戏曲式微的大背景下，演出市场日薄西山，寒意浓厚，民间艺人早已对未来充满忧虑。如今，又是许多年过去，这些艺人和他们赖以生存的传统戏曲，不知近况如何？

渐行渐远的乡村

小时候，我曾在中和场住过一阵子。那时候，中和场只有一条主街，赶场天简直水泄不通，平时就比较安静。从主街旁的任何一条小巷往河边走，就是人迹稀少的野外了。锦江流得舒缓沉默，河这边有农田，对岸是茂密的竹林。

我妈厂里的孩子们放假后，好像都齐聚中和场，东奔西窜，煞是热闹。有时我们三三两两坐渡船去对岸的竹林玩，兴致起时，挑选长一些的竹心，一根根抽出，积成一把攥回家，据说熬水喝是清火的。有时则去小路边掐车前草、马齿苋，前者熬水后者凉拌，好像也有什么功效。都不难吃，却也说不上美味，好玩的是挑挑拣拣的过程。

有一次，一群人冲进差不多干透的稻田。稻秆已经不知被先前哪一拨捣蛋鬼弄得倒伏，又厚又软，最宜斜卧。周遭一派金黄，烈日当空，暑气蒸腾，竟也不觉得难受。躺得舒服了，就随手折一把稻穗送进嘴里。早已灌浆却还未熟透的稻穗，嚼得出甜丝丝的米浆，又丰腴又清香。突然，生气的农民像吆喝雀鸟般舞着手臂，吼叫着冲过来。大家就哄地散开，跑得不知去向。

当年，每次去中和场还是很麻烦的。从我们住的东丁字街，经向荣桥，过走马街，去东大街口坐电车，到九眼桥下车，再走一截去转郊县客车，抵达后还要从场口一路走进去。总共要花小半天时间，颇为辗转累人。但后来回想，假如没有在中和场生活的这一段，童年的回忆似乎要缺一点色彩，往事的层次也要单调一点。

二十世纪四十年代中期，南京金陵大学西迁成都时，该校几位大四学生曾在中和场作社会调查并完成毕业论文。美国威尔斯利女子学院学者玛丽·博斯沃斯·特德雷根据这些调查资料，撰写并出版了英文著作《中和场的男人和女人》。前两年，朋友送了一本该书的同名中译本（张天文、邹海霞译本）给我。我读得津津有味，不断将四十年代的更为老旧的中和场与童年记忆交相对照——有许多差异；有某些类似，点点滴滴，都很有趣。

后来又跑去那里看了一眼。中和场已经并入高新区，僻街陋房、竹林稻田，都换了新颜，已经水乳交融地与闹市的街区衔接。

突然想起这些是因为这两天在看沈书枝的《八九十枝花》一书。原本以为，要稍微上了年龄的人，才可能亲近过本色的田园生活，才会那么富于感情地收藏乡土回忆。结果，沈书枝生于1984年，那么年轻，她童年和少年生活的安徽南陵，竟也有滋味如此浓厚的风俗风物，似乎跟周作人、汪曾祺他们的小时候并无想象中那么遥不可及的反差。想来也是，城市急剧扩展、乡村面积渐渐萎缩并越来越边缘化，确实是到九十年代后期才更趋明显。

很喜欢书里的这一类描述：二姑父家种了一二十株桃树，“离我们村有十几里路，翻过两座小山、一座稍大的山才能走到。平常我们不敢随便走那三座大山，年年桃子熟的时候，必先由人带了口信来，叫小孩子去吃桃子，大人则过去一同喝酒。”有一年，表哥亲自来接，大清早就笑嘻嘻地站在了她家门口，“那真是过节一样！”乡间人情的美满，风俗的醇厚，身处其境，一定更能领略。

皖东南的农村，肥田的紫云英、蒿子粑粑、映山红、布谷的叫声，鼓苞的稻穗，成熟的毛栗子，坛子里的年糕，瓷罐里的炒米……一年四季，看的吃的玩的，都值得回味。沈书枝写到家乡的野草闲花、小塘浅山、果蔬小吃，实在是很爱它们的。她没有文人采风似的田园牧歌情调，以及随之而来的拔高、感动、诗化。比如，她知道《牧童横笛图》之类的，或许好看，但骑在牛背上其实不太舒服。因为她就是那些牧童中的一员，早上要将牛牵到田埂草坡喂饱了，才匆匆吃一碗饭去上学。

乡村生活的美好与艰难，沈书枝都自然而然地涉笔。写到喜悦处，并不抒情、夸饰；写到难过时，也不咬牙切齿。她喜欢废名的文字，学着他有意“抱了一颗小孩子的心”去写自己恋恋不舍的景与物、人与事。其间也有初涉世事的忧伤和青春期不可名状的怅惘。

作者与她的家人、村邻等，后来都逐渐离开家乡了。他们的村庄也将要被城市化。《八九十枝花》算是在深情地回望渐行渐远的乡村。

外省最后的风情画家

1

我第一次读李劼人的《死水微澜》《暴风雨前》大约是1978年，在念初三。记不清从谁家借到的，开头和结尾很多页都缺损了，看了许久才理清里面的人物关系。不过，依然觉得这两本书好看又特别。

这是当年首次读到以成都及近郊乡镇为背景的小说。虽然知道巴金是成都人，他的《家》《春》《秋》里的觉新、觉民、梅、琴等也是成都人，跟李劼人笔下的郝又三、郝达三、蔡大嫂、罗歪嘴、武大嫂生活的时代虽略有差异，但他们游玩、奔忙、出入的是同一座城市——闭塞、舒缓，富庶与穷困并存。不过，觉得李劼人的成都跟巴金的很不一样。那就是巴金小说的背景如果移植成别的规模相当的内陆城市，或许依然可以部分成立，但李劼人小说的背景是无法置换的。它们的地域特征太明显、太“成都”了。

《死水微澜》和《暴风雨前》里，所有街名、地名都用实名。二十世纪七十年代，成都的城市规模、街道走向、商业区与住宅区的布局等，跟清末相比，变化固然也大。然而，那些年，大张旗鼓的市政建设并不频繁，旧的城市格局还大致保留着。所以，我熟知书里所有地名：蔡大嫂和罗歪嘴居住的天回镇在城北，他们流连忘返的东大街二十世纪七八十年代仍旧是成都人爱去逛的商业街；郝又三家的公馆在暑袜街，葛寰中的公馆在北纱帽街，我经常路过；郝家老少的轿子随着拥挤人流、穿过柳荫街去青羊宫赶庙会，后来的市民游青羊宫依旧可走这条路线；武大嫂家住的下莲池，一位邻居从前住过……小说里竟然散布着自己居住城市的一幅地图，那种惊讶和亲切的感觉，至今没有淡忘。

更亲切的是书中男女老少那口标准的成都话。当时阅读的小说，以普通话写作的居多；其次，则有北京、东北、华北、陕北、山西、四川等地方言，使用地道成都话的不多。李劼人笔下人物的谈话口吻，自然上口，鲜活灵动。视身份的差异，还有“上流社会”和底层市民两套迥然不同的语言。他们时而泼辣、粗野，时而曲折、机趣。其中，绝大部分是七八十年代的成都人仍然使用着的；而小部分词汇，则只有更年长的老成都才习惯说了。看到只有成都人才能领会准确含义与微妙潜台词的方言停留在书面上，以那么明白晓畅、富于表现力的方式被复活，阅读时不觉有种异样的快乐和莫名的骄傲。李劼人为那些方言词汇写的注解，往往追根溯源、引经据典，读来饶有趣味。

《死水微澜》与《暴风雨前》最吸引人的，是那些梳长辫的男人与吸水烟的女人以及他们演出的光怪陆离的故事。对郝又三、罗歪嘴等遭遇的时代波澜以及新旧思维方式、行为方式的碰撞，那时的我几乎没有在意，或似懂非懂。许多年后，印象还深的一个细节是：从日本归国不久的革命党人尤铁民被官府缉拿，躲进老朋友、官绅之子郝又三家里。尤铁民有横扫旧秩序的气概，但此刻风声正紧，整天困守书房，受向往革命的郝又三之托，教他两个妹妹学日文，遂跟郝的大妹、聪慧秀美的香芸多有接触。当又三的父亲郝达三设家宴款待尤铁民时，郝家人问起尤铁民为何年将三十还未成家，尤铁民只管作豪迈状，端着酒杯慷慨陈词："匈奴未灭，何以家为？！"说话的同时却情不自禁拿眼角去瞟香芸。尤铁民这个人既夸张、可爱又造作、尴尬的性情叫人忍俊不禁。

2

1986年6月，买到四川人民出版社的《李劼人选集》——洋洋洒洒几大本，这才第一次读《大波》并重读《死水微澜》与《暴风雨前》。读罢颇为震惊：李劼人的小说放在现当代文学背景下，绝对可以跻身一流作品的行列，可惜他不像别的大家那样为人们广泛熟悉。再看这套《李劼人选集》的出版时间，早在1980年我进大学那年就已问世。初三的那次阅读不算，为什么这么晚才真正接触到这样的精品呢？后来才知道，早在二十世纪三十年代，中华书局就出版过《死水微澜》等三部曲。我初中读到的纸张发黄发脆的那两本，应该是五十年代作家出版社的。

李劼人被长期埋没、低估。随着时间推移，他作品异乎寻常的价值越来越显著地凸现出来。

据李劼人先生自己介绍，《死水微澜》以成都郊外一个小乡镇为主要背景，反映 1894 年到 1901 年（即甲午战争到《辛丑条约》签订时）内地社会教民与袍哥两种恶势力的相激相荡；《暴风雨前》则从 1901 年写至 1909 年，即《辛丑条约》签订后，民智渐开，改良主义者的维新运动勃兴的时期。作者着力描写一部分知识分子对当时社会专制、腐败、蒙昧状态的激愤、厌恶，与随之而起的一系列行动；《大波》则以时而细腻、时而寥廓的笔触，以候补知县黄澜生及其交游的官绅阶层的经历，再现了 1911 年波澜壮阔的辛亥保路运动。正是那年 9 月，当时的川督赵尔丰大开杀戒，酿成“成都血案”。全省保路军围攻成都，清廷急调鄂军入川，武汉兵力空虚，革命党人得以乘机武装起义，清王朝才寿终正寝。孙中山曾经评价辛亥年的四川保路运动：“若没有四川保路同志会的起义，武昌革命或者还要迟一年半载的。”

李劼人的大河小说三部曲以闭锁、慵懒的内陆都会成都为背景，描绘了清末不同社会力量与新旧观念剧烈碰撞、交锋的微妙惊险时刻。他二十世纪三十年代出版的《大波》，显然比五十年代后改写的版本更出色。四川文艺出版社于 2011 年 9 月出版的十七卷《李劼人全集》，收录的就是旧版《大波》。

也许是作者亲历和掌握的材料太多，也许是四川保路运动本身有盘根错节的复杂情态，新版《大波》对那段历史的讲述过于正面、周详，将复杂万端的时代风云、时局变迁推于前台，纤毫毕露地展露，追求面面俱到，唯恐挂一漏万，未免有斧凿痕迹，也稍嫌枯燥。这既影响到其艺术成就，也减弱了读者的阅读兴趣。毕竟，历史小说不同于历史教科书。

旧版《大波》则以黄太太与楚用表少爷的恋情为主线，牵出翻卷涌动的时代波澜。黄澜生、黄太太、楚用、孙雅堂等几个虚拟人物，基本上是辛亥保路运动的旁观者，虽然有时也想投机或偶尔被动地“客串”一回配角。他们在运动中的观望、担忧、惊惶和游移，反映了当时官绅阶层的心态和作为。黄太太和楚表少爷的不伦之恋，写得风情摇曳、起伏跌宕，最是好看；此外，各色人等或优裕或局促的日常生活，男人在官衙的出入，女人在商业场等繁华街区的流连，诸种场景也写得家常、自然。小说中涉及当年成都街市铺面、吃穿用度、人情世态的文字，尤其风趣灵动，精确透彻。可惜，作者完整讲述历史事件的企图过于明显了，这类极具可读性的篇幅时常戛然而止，让位于那些硬而干的时政内容。

比较起来，《死水微澜》和《暴风雨前》同样细致入微地反映了起伏跌宕的社会风潮以及新旧胶着中人们的矛盾心情，但前者非常成功地塑造了罗歪嘴和蔡大嫂这对刚烈泼辣、性情特异的恋人；后者用郝又三在官绅圈子的出入周旋，用他无意间在贫民区收获的艳遇，令他自由穿越于公馆、府衙、学校、陋巷，巧妙地反映了清末成都各阶层的生活方式和世纪末的世态人心。士绅、官僚、市民、军人在清王朝摇摇欲坠、变局来临时，或向往、或忧虑、或惶恐、或骑墙的心态，被展露得淋漓尽致。这两部小说没有让历史事件游离于角色的行为之外，不像油与水的无法融合；微泛波澜或急风暴雨般的时代风潮，看似作为背景存在，并未刻意铺陈，但人物的命运却与之休戚相关。这一特征在《死水微澜》里更为突出。

《死水微澜》是李劼人最好的小说，也是现代文学史上应该名列前茅的优秀小说。天回镇诚实经商的兴顺号老板蔡傻子，自从娶回美貌聪慧的邓幺姑——后来的蔡大嫂之后，生意愈发兴隆。蔡傻子的表哥罗歪嘴（“其实嘴并不歪，只因每每与女人调情时，不免要把嘴歪几歪”，遂得此绰号），是袍哥组织里呼风唤雨的大管事，一向四处飘荡，难得回天回镇常驻，回来了也总是轮换带着个妖娆的妓女陪伴，向来对女人是不放在心上的。谁知，在特别的机缘下，罗歪嘴竟与蔡大嫂堕入情网。这原本不奇怪，他们一个是不安分的在目前的婚姻里无法满足的灵巧女子；一个是心智极高却从未对任何女人真正释放激情的豪放男子。所以，一旦心有灵犀，迅猛爆发的能量冲破藩篱，他俩全然不顾小镇的禁忌、礼俗和人们异样的眼光，陷入迷狂。

此后，蔡傻子已经不成其为障碍，觊觎蔡大嫂的所有人，比如陆茂林等，论智力、体力都不是罗歪嘴的对手，等待这对恋人的将是一条爱情的阳关大道。那个蔡大嫂正眼也不瞧一眼，木头木脑、曾被罗歪嘴等戏弄的土粮户顾天成，就更不消说了，起初是喝凉水都塞牙，倒霉事一桩接一桩，连信教似乎都未能挽回颓势。可惜，世事难料，最后竟然是他抱得美人归：蔡傻子入狱，罗歪嘴仓惶逃窜。教民与袍哥两大势力的冲撞、较量，竟回肠荡气地演绎出这段英雄美人、刀光钗影的传奇。

《死水微澜》里，教民与袍哥的交锋、两股力量的消长转换，都是放在罗歪嘴和蔡大嫂的爱情脉络和几个主角的遭际背后交代的；或者说，清朝末期，袍哥在城乡的影响力渐渐削弱、教会势力不断渗透进内地城镇的时代特征，与蔡大嫂、罗歪嘴、顾天成等人物的命运已经水乳交融。所以，小说没有刻意渲染社会背景，但浓郁的时代氛围已经弥漫在所有章节里。

《死水微澜》仅十多万字却有恢宏的容量与巨大的张力。在不同年代、不同心情下阅读，每次都能读出新意。恋爱中的罗歪嘴和蔡大嫂是小镇的时尚、另类人物，个性鲜明而招摇。叛逆与优柔、敦厚与奸狡、正与邪、前卫与保守，异常含糊、斑驳地混杂于一体，很难用惯常的道德观或为人处事的标准去衡量他们，或用一道简单的标签去归纳他们。这场来势凶猛的爱情，由于人物的身份和性情，显得不那么风花雪月、缠绵悱恻。但，正因为袍哥五爷罗歪嘴和杂货铺老板娘蔡大嫂迥异于才子佳人的套路，他们才提供了新异的恋爱模式：粗犷、泼辣、凶蛮、果敢，令人耳目一新。

与此同时，小说中外来力量与传统势力的此消彼长，乡村对城市的向往，传统社会格局的分化、瓦解，新的消费时尚对人的诱惑……与一个世纪后的今天，在本质上竟然惊人地相似，倘若把那些故事放在二十一世纪初，又何尝不吻合？只消将服装、道具、街景等置换一番即可。问世于二十世纪三十年代中期的《死水微澜》，有着令人讶异的生命力。

3

四川文艺出版社的《李劼人说成都》（曾智中、尤德彦编）里，有关成都历史、城市旧貌和老成都人婚嫁、节令风俗的描写，包罗万象。编者将三十余万字的篇幅分为“说历史”“说城墙”“说满城”“说街道”“说场镇”“说丧葬”“说川菜”“说茶铺”等二十个部分，有些篇幅摘录于李劼人小说中有关成都的描写，另一部分则取自他的《二千余年成都大城史的衍变》《成都历史沿革》《话说成都城墙》《危城追忆》等研究和回忆文章。李劼人先生对家乡精细入微的描摹和通今晓古的功底，再次读来，依旧兴致浓厚。

编者做了件“功德无量”的事：“为告慰先贤、保存乡邦文献计”，将李先生1945年发表于《风土什志》一卷五至六期的《旧账》全文重刊。《旧账》于1949年以后未刊行过，曾经湮没半个多世纪。

今天看来，这本曾经被忽略的旧账目，有原始形态下的细节，和早已被风吹雨打去的无限繁华与趣味。那是李先生外婆家里无意中留存的一本旧账簿，记录1836年、1861年承平时节一个“小布尔乔亚家庭”办理丧事的开销。李先生在外婆家看到这本置于残书破帙里的旧账时，发现它“真可算是一部社会组织和社会经济的变化小史了”（《旧账》按语），从中可见清代道光、同治年间“一般小布尔乔亚的生活情形”（《旧账》按语），遂从外家携归。此后数次搬家，别的书报杂志损失不少，唯独它还幸存。故于1944年夏天将《旧账》分上下两部略加编排，重新抄写。两部分相隔二十五年，分别详记了李先生的外高祖、外高祖母的丧事用度。

李先生的外祖父家族，并非他自谦的“一般小布尔乔亚”，而是出过几位廪生秀才、教谕，在清代和民国的成都学界颇有名望。1836年和1861年两次丧事的办理过程，既为一个多世纪后的人们留下精彩的经济学、民俗学、丧葬史、餐饮史的第一手资料，也无意间让后人窥见了当时世家大族的铺陈、礼仪和排场。仅看丧事办理期间，十六次规格、级别不等的宴席菜单——“成服席单”“奠期席单”“送点主官满汉席单”“请、谢知客席单”“请帮忙席单”“夜酒席单”“奠期日早饭单”“苏坡桥早饭单”“祠堂待客席单”等，就包含了无尽内容——宴席的规模、丧期迎客请客的规矩、成都的时令菜肴、小吃等。

从《旧账》第一部分的席单上看到焖鱿鱼、樱桃肉、板栗鸡、圆子火锅汤之类菜肴，今天的成都人会备觉亲切；而《旧账》第二部分（银钱花账）上的物件和开销，却让人有浓厚的隔世之叹。“纸扎轿子轿夫跟班”“抬寿木工人酒钱”还好理解，“装水烟工资”“做孝鞋工”也能猜到，“檀香钮子”“钱串”“条珠”“元青缎引帘檐”等在丧仪里扮演的角色就看得人一头雾水。好在李劼人先生对繁杂疑难处都有注释和考证，将《旧账》与注释参照起来读。人们对旧日成都乃至四川的衣帽服饰、物价水平、世风流俗、饮食起居、传统职业等，便有了直观细致的印象。

《旧账》后两部分记丧事仪仗、录逝者后人的两篇祭文，同样非常详尽。旧账的价值，正像李先生所说，并非无用的“隔年皇历”“它或者可以作一种研究的资料”“何况那祭文还透露给我们，在鸦片战争之前，所谓承平时节一般小布尔乔亚的人生”。家族前辈当年一丝不苟记录的账目居然没有散轶，还被一代代无意间保存下来，而它们最终竟奇迹般流传到一个留心于乡土文化的后人手里，终究不曾“被识货的拿走，被不识货的烧却”。我们也才有幸见识清代中后期成都人的生活场景，是那种原汁原味的、风俗的场景，未经任何涂改、粉饰和扭曲。

李劼人笔下清末、民国的成都面貌无可挽回地消亡了，幸而他曾经像拍摄纪录片一样，为这座悠闲与困窘并存、风雅与粗糙杂糅的城市留下脉络清晰、画面宏大的图像。无论其他城市是否有他们的李劼人，我为成都有过一个李劼人而骄傲。

4

当年，好友王泽华和我写作《民国时期的老成都》时，除了走访许多对旧日成都有深刻印象的老人，也查阅了大量文字资料，不少前辈对往日成都有刻骨铭心的记忆与细节清晰的观察。那些忆旧文字，大部分使用标准的书面语，仅少量用成都话写作。我们发现一个有趣的现象：看惯了流利的书面语（有点西化的语法、基本上采用普通话词汇），乍一见夹杂着方言词汇、语法简单的成都话，首先的印象是有点“土”。但是，唯有李劼人等少数作家，虽然着意采用地道的方言，却丝毫不“土”。

所谓“土”无非有封闭、落伍、狭隘等含义。李劼人用成都方言写作的小说却恰好相反，精致、透彻、气象恢宏。为什么会有这么大的分野呢？

细想来也不奇怪，语言是文化和思想的载体，方言能反映独特的地域特征，但深邃的思想和开阔的视野却注定无法被地域拘束。李劼人跟别人的差异，就好比同样用乡土的原料蜡染、扎染做服装，因为设计思路、剪裁方法和做工水准的差异，成品的视觉效果和穿着的舒适度会有天壤之别。

有浓郁乡思，对地方掌故和风俗了如指掌的李劼人，不是足不出川的冬烘先生。他青年时曾留学法国，回成都后一度在报社工作，做过大学教授、开过工厂、办过餐馆，二十世纪五十年代起任成都市副市长。创作之外，曾翻译许多法国小说。远渡欧洲的求学经历，开阔了视野、胸襟，让他用地道方言写乡土风情和外省的遥远边缘特征时，有着松弛和从容的心态。

人们通常认为，李先生受左拉的深刻影响，娴熟运用了自然主义的创作手法。《李劼人说成都》的编者曾智中却注意到李劼人对法国“风土画”派代表作家巴散的特别关注：“他论及法国作家对以巴黎为中心的‘左拉’学派的不满，认为‘这派下的作家的眼光，总难看出巴黎以外。所以反抗左拉学派的潮流起后，专一描写地方风俗的，也成了一种新趋势。这一类的人物颇不少，而较为专门的，恐怕要数巴散了。’”“他（巴散）的小说完全描写法国各地方的风俗人情、山川景致，地方色彩染得非常的浓重。”“所以有人说，巴散是一个地方社会的小说家，却也是一个画师。”曾智中从李先生《法兰西自然主义以后的小说及其作家》中引用的上述文字，再次透露了这样的信息，李先生醉心于描绘外省风情，并非偶然，确有他非常成熟的思索和超前的主张。

在李劼人创作那些鸿篇巨制的三十年代，传统社会的格局和四川的闭塞风习还未天翻地覆地改变，转眼间抗战来临。因为时间的距离感不那么强烈，也因为人们的注意力转向抗日的同仇敌忾中，这些渲染地方色彩的风俗小说在当年不易产生轰动效应；此后，五十年代开始移风易俗、破旧立新；再往后，又是狂躁的“文革”，所有优秀作品被烟封尘锁……李劼人的名字竟然渐渐淡出文学史。

后来，当城市在剧烈变化中容颜不再时，人们才去匆忙回望来时路，于是怀旧之情不可阻挡地来临；当所谓的现代化元素充斥耳目、令人目眩时，人们才兴致陡生，去打捞过往的锦绣或风流的碎片。对李劼人的热情终于汹涌而来，好在总算来得不太迟。

全球经济一体化进程加快，使得语言、消费、文化的趋同性也日益明显。在“文明程度”很高的地方，有心人甚至提出了要拯救方言。为什么？因为挟带着经济、政治等强势力量的文化总是带着更大的扩张性、侵略性，而地域文化乃至方言的逐步消亡，并非杞人忧天。区域的、传统的经济格局与日常生活细节，特有的山川地貌酿造的人文特色与心理特征，正渐渐瓦解或面临危机。这是人们为现代化付出的代价。在这样的背景下谈李劼人，就不再是孤立的话题，也不再是只跟成都人、四川人有关的话题。这时，再来读他对乡土的眷恋、热爱，也就更能读出深意。

寂寥旧影

人们提到读辛竹先生的《旧巢痕》和《难忘的影子》(三联书店，1986年6月第一版。记叙“青年A”二十世纪三十年代初在北京的游学经历)时，通常把它们归类为小说。但我从一开始，却是很固执地将这两本书当作自传来读的。

《旧巢痕》的叙述者无名无姓，也非第一人称的“我”。作者替他冠名为“小孩子”，有时也称小弟弟，可以算是第三人称。但通篇的视角却是主观的，也即“我”的。

“小孩子”的老家安徽S县，似乎经常是清冷潮湿的阴天，空气里弥漫着静谧、凝固和晦涩的气息。大部分影像是从很矮的角度“拍摄”的，以内景居多，构图散乱而随意，带着幼童的疑惑不解与天然的洞察力——“小孩子”原本个子矮小，他活动的场景也主要在深邃的院落、曲折的厅房，是一个不惹人注意的、悄无声息的旁观者，却又是被旧式礼教和特殊环境教养的、早慧的孩子。

作者在小引里说，这些故事来自一位“曾经形影不离的”故友的讲述：

我发现他的自叙见闻居然涉及几代的陈迹和几个社会阶层的不同人物，可惜的是他既不曾留下片纸只字可作为历史家的资料，我又不是小说家能够点染铺排使之有声有色；这些轶闻遗事也就理所当然地要随它的主人埋没于遗忘之中了。这本是大时代中小人物应有的下场。不过我总觉得“雁过留声”，难以忘却，不免随手札记下来，也算是“为了忘却的纪念”。

没有“随意点染铺排”是《旧巢痕》最大的特色。它的叙述语言也是简约的白描，原汁原味，清淡醇和。普通人的一生即便还有点峰回路转的戏剧性，自己再怎么感受到内心的起伏跌宕，放在大的背景下，终究是历史波澜里微不足道的涟漪——二十世纪初叶的中国，有多少改朝换代、宫廷密谋、纵横捭阖等轰轰烈烈的大事，令史家忙不迭地记载。但是，如果历史忽略“宏大”叙事之外所有普通人的命运与心情，漠视他们庸常的日子与琐细的得失，历史又是什么东西呢？它与我们有什么相干？

普通人的遭际、情绪、生活细节以及他们沉溺其中的风俗化场景，虽然已经流逝，但毕竟曾经肌理细腻、血脉流畅地存活过，可以呼吸与触摸，并令历史丰满而有弹性。《旧巢痕》写作于二十世纪七十年代末八十年代初，刚刚经历过“文革”，那个年代的文字多数还写得“高屋建瓴”、铿锵激越。而辛竹先生写“大时代中小人物”，从细处、淡处落笔，看似不动声色却又深邃浓酽，读来娓娓动人。

《旧巢痕》里贯穿着不同阶层、不同性情、不同遭遇人物的沉浮、挣扎与随波逐流，是近百年前一段遥远、漫漶的往事，绝非历史教科书中高度概括、提炼却也枯燥的章节，而是有温度、有情感、有细节的个人的历史。

“小孩子”的祖辈是安徽的农民。后来其中的一支慢慢迁移到了县城，又渐渐成为秀才，因机缘凑巧而入仕。“小孩子”出生不久，在江西当小县官的父亲即去世，这个男孩成为丫头出身的寡母唯一的希望。此后，母亲带着“小孩子”战战兢兢地“寄居”在这个成员复杂的大家庭——家里四个兄弟分别是四个母亲所生。曲折、微妙的人际关系、利益关系，使得这个亲情先天不足的大家族弥漫着稀薄、寡淡的空气。虽然大哥大嫂竭力维持着“诗书世家”的体面，内囊日渐空虚的现状却埋伏着、积聚着撕裂的力量。

1912 年出生后至“小孩子”记事的 1920 年左右，正是中国社会遭逢巨大变故的年代。虽然官宦和士绅们还因循着旧式的思维模式与礼仪法度，但传统社会的宗法关系、伦理秩序以及人们的生活方式已面临冲击。所以我们可以透过小孩子的眼光，看到形形色色的人物鱼贯上场、下场：一千多年来靠科举制度“搏出位”的读书人，失去了传统的进身晋爵之阶，有的却也在动荡年月得以施展左右逢源的本领。例如事实上承担了父亲角色的大哥；家境不算宽裕的酱园铺老板有个学业优秀的儿子，若依赖父亲的家底，是断然无力读大学的，但教会培养他从上海圣约翰大学毕业——这是小表哥预料之外的人生；大嫂精通琴棋书画，熟知官宦人家的所有礼仪，当家理财也井然有序。她有一个官职显赫的父亲，母亲却是通房丫头出身。她的身份像极了大观园里那个“才智清明志自高”的三小姐探春，连张扬的自尊、掩饰着的自卑，以及那一点委屈的心事和不甘的心气，都像。所以对尊卑之序刻意地恪守着，连对自己的亲生母亲都从不放下主子的架子——骄傲的却又不幸庶出的小姐，也是消逝了的时代中尴尬而斑驳的人物；留洋已经是当时富家子弟的时髦或镀金的必由之路，但留学的经历却千姿百态。比如那个颟顸的大侄子也随大流去了日本，最终却只知道日本人说话难懂，叽哩呱啦，字也奇怪，只写偏旁……

这个小大人似的孩子消磨的是清冷寂寞的童年。如果用今天的标准看，完全是贫血、窒息甚至残忍的。那是现在的儿童永远无法想象的生活——在阒无人声、寥落死寂的深宅大院里成天不跨出大门一步，没有玩伴，没有玩具，也没有任何适宜孩子的游戏。倒是要为将来成为仕宦人家的合格成员而接受各种场合应有的礼仪训练，比如过年、过节、朔、望、长辈生日、家族忌日以及亲友来访等。难为他小小年纪竟能跟着年长的哥哥们一跪三叩首或三跪九叩首，作揖行礼如仪，在应酬的饭桌上也还礼数周全。

此外就是读书。“小孩子”不到四岁就熟读“三、百、千、千”（从前的启蒙读物《三字经》《百家姓》《千字文》《千家诗》），随后是《论语》《孟子》。这个天资聪颖的孩子就这么不期然地走上了知识分子的道路。大嫂和三哥两位启蒙老师“像打铁一样，你一锤，我一锤，把小孩子打成了脱离工农群众的无用的书呆子”。后来他念了小学，有兴趣博览家里几十箱内容驳杂的藏书，此后又去北京求学，直到游学国外。这其实是民国初期那一代知识分子走过的类似轨迹。

“小孩子”成为读书人的那一天，他命运的伏笔已经埋下。作者心情复杂地写道：“人生识字忧患始。”后来，当他在牛棚里重新接受体力劳动的训练时，不免思绪纷乱：知识分子真有知识吗？知识分子究竟有什么用？有多大用？类似问题经常萦回在脑际。

这位辛竹就是学贯中西的著名学者金克木先生。他祖籍安徽寿县，青年时代去北京求学，后来远赴印度，几乎靠自学而精通数门外语。从《旧巢痕》和《难忘的影子》中了解了先生早年的生活细节，见到金克木这个如雷贯耳的名字时，不觉隔膜，还有一丝亲切。大约因为是看着“小孩子”和“青年 A”怎么从幼儿一年年长大的，私底下像是他的一个朋友，所以有熟悉、温暖的感觉。

伤逝比消逝更痛

读了洁尘的长篇小说《锦瑟无端》，忍不住要想到，城市的容量真是深不见底。它容纳密集的人群和他们纷繁的遭遇，也容纳人们平静神色下九曲回肠的心事，还容纳心事背后难以言传的伤痛与秘密。

洁尘把人心的斑斓与零乱掰开了呈现给我们，将女人之间、男人之间、男女之间各种层面的人际关系、情感模式穿插得疏密有致。那些欲说还休或幽深微妙的情态、场景、心绪，被她拿捏得妥帖，描摹得精准，一语中的，趣味横生。好些片段甚至是诙谐而有喜感的。

不过，越往后看，心也渐渐跟着收紧、下沉了。这一群都市男女，宋词、唐诗、佟敏、乔虹、小阿，有的看似没心没肺，有的仿佛深不可测，有的缠绕，有的佻达，包括那个又绝望又疯魔的何田田。他们哪怕是跌了一跤，爬起来定定神，多数尚能作若无其事状，基本上镇定自若着。这是成年人的行为守则，不足为奇。实际上，他们在感情上其实个个都是拿自己也拿别人没有办法的，这才是最大的懵然无力、手脚无措，也才是最深的宿命呢：爱还是不爱？靠拢还是走开？挣脱还是承接？对方是否适合自己？这份感情是否“相宜”？你掂得起放得下不？无论答案是一目了然的清晰，还是没有道理可讲的混沌，他们往往都“只能保存在这个状态里”，“没有办法”抉择。人难就难在跨不过这道没奈何，然后从这没奈何里又生出多少是非、得失、烦恼。

当然，无论多么惨烈的错过与失去，都无法与死亡带来的灭顶之灾相比。死亡这最极致最决绝的失去，既浓缩、提纯了相爱者原本饱满的情意，更将伤逝的生者长久推入万劫不复的深渊。《锦瑟无端》末段，朋友、非血缘姐弟，特别是爱人间的永别，洁尘写得节制端凝，却看得人心底泛滥成灾。

《锦瑟无端》交叉着使用了两套叙述语言。现实的当下的部分，写得沉静、疏淡、清简，有玻璃一般光洁润滑的凉意和距离感；往昔的或曰虚拟的部分，落笔则繁密热闹，是琐细、真切、世俗的质感。这两股文字的胶着，增添了小说的灵敏与厚重；它们抗衡又拉扯，并以交互渗透的力量，牵引着读者怀抱满腹好奇、狐疑、叹息，一步步紧张地踏往那个晦明不定的悬念。

小说《锦瑟无端》的最后，邂逅不久却好像前世就已熟知的陆一鹤与林采薇云淡风轻地走到了一起。这两个质地接近，因一部小成本电影《锦瑟无端》而建立起奇异缘分的中年男女，都曾经永失我爱并陷溺在无力自拔的创痛中。他俩之间虽然没有电闪雷鸣般的激情，却也可以像亲人那么默契、淡然地携手，走过清凉微温的后半生。这个结局，也终于将我们从前面呛入浓稠苦水的无底悲怆、窒息里打捞出来。这是情节发展的水到渠成，也是作家的温柔敦厚——无论世间有多少人力无法掌控的空虚、无常，人和人还是要借着气味相投的呼吸相互取暖，抵御长路孤旅中漫无边际的冷寂。当然，那也还是要仰仗机缘的。

传神写貌，洞幽烛微

1

斯蒂芬·茨威格写过很多倍受赞誉的人物传记，如《三大师》《罗曼·罗兰》等，但最为奇特的要数《一个政治家的肖像》了。茨威格以洞幽烛微的心理描绘和机警凝练的笔触，再现了十八九世纪之交法国著名政客约瑟夫·富歇传奇又阴暗的一生。

在通常的阅读经验里，成为传记主人公的，往往是一些耀亮了世界历史的英雄或大师。他们以超凡的力量、过人的天才加速了时代的步伐，丰富着人类的科技与艺术宝库，拓展了人们的认知空间。与此同时，他们还往往是人类道德的崇高榜样、精神领域的完美楷模。

斯蒂芬·茨威格

但富歇绝对是个例外。他从来不是英雄，连枭雄都说不上。他虽然位及人臣，但其深藏不露的神秘政治生涯写满猥琐、卑劣、背叛，一向被认为是天生的叛徒、卑鄙的警探、谄媚的小人……

富歇的一生与法国历史上最起伏跌宕

的年代同步：大革命、共和制、拿破仑、波旁王朝复辟。政治风浪波谲云诡，风云人物“你方唱罢我登场”，时而振臂一呼号令天下，时而被旋风似地推上断头台。只有富歇，凭借他的狡猾、冷酷和天才的“变色龙”本领，不动声色地躲过了一个又一个政客生涯的暗礁险滩，直抵权力的峰巅。

茨威格起初注意到富歇，是因为巴尔扎克曾经浓墨重彩地提到这个阴郁深沉、对世人的控制力甚至超过了拿破仑的家伙。巴尔扎克认为：从心理学的角度看，富歇是他那个时代性格最有意思的人。而茨威格之所以要解剖这样一个典型，显然别有深意。他要消除由来已久的误会以警示世人——世界的前途并不都是由真正崇高的人物决定的：

> 在现实的实实在在的生活中，在政治力量的活动范围内，起决定作用的并不是杰出的心智，不是思想纯洁的人，而是低下得多然而比较机灵的一种人——幕后活动家。

茨威格对富歇的神秘经历和奇异性格产生兴趣，继而下功夫透过他研究“权术家生物学”，是因为“各国人民仍然老实巴交地把自己的孩子和前途信托给肮脏的、往往亵渎神圣的政治游戏”。而普通人为了自卫，就得设法去看清隐藏在幕后的职业权术家的尊容，参透他们危险的秘密。他的这番话写在第一次世界大战结束还不太久的 1927 年。这既源于对近在咫尺的人类灾难的总结，又似乎预先向世人敲响了一记警钟。

即使对富歇这类极端的、集人性阴暗面之大成的典型，茨威格也没有把他妖魔化、漫画化，而是从剖析史料入手，在宏大的事件和不起眼的细节中捕捉瞬间显露的真相，也不隐讳富歇出色的治国能力和管理才华；茨威格还擅长从心理的角度再现人物的戏剧性遭遇及其内心纠葛；同时结合传主的家庭出身、独特经历和时代背景，分析其性格的成因。

就这样，距离茨威格一百多年，距离今天也超过二百年的富歇，活灵活现地站在我们面前，沉默、威严、肮脏。连他的细瘦身材、猥琐相貌和通体散发的晦暗气息，都能被我们真切感知到。

跟数不胜数的英雄传记相比，《一个政治家的肖像》属于传记之林中迥然不同的异类。在这里，茨威格的历史责任感绝不以呼唤崇高的途径出现。他用另一种方式表达了自己的深切忧虑，传递了作家的良知。因为，在世界的舞台上，富歇所代表的那一类政治生物，从来没有绝迹。

2

传记《断头王后》是斯蒂芬·茨威格又一本以心理分析手法连缀的人物传记，原书名叫《玛丽·安托瓦内特：一位普通女人的写照》。

在法国大革命爆发后，被推上断头台的路易十六王后是倍受争议的人物。她的形象曾经被戴上各种各样的面具登场。其中，最针锋相对的是保皇派恭颂她为伟大的圣人，而革命派则怒斥她为无耻的妓女。

抛开了所有极端的带有强烈感情色彩的评价，茨威格的确是把玛丽·安托瓦内特作为一个“普通的女人”来研究和描述的，虽然命运让她生于帝王之家，年方十四岁就嫁做法国太子妃，几年后随着路易十六的登基而成为王后。年轻的时候，美丽动人的安托瓦内特是一个漫不经心、懒散轻浮的女子，因为无法专心致志、戒绝奢靡而备受母亲（奥地利女王泰莉莎）担忧。假如不是时移势迁，她原本可能与以前的历任王后一样，在宫廷舞会、歌剧院和夏宫消磨尽浮华靡丽的一生。

然而，命运没有给安托瓦内特自始至终的厚爱：“她当年曾是雍容华贵的绝代佳人，以后是一位历尽辛酸的王后”。从大的背景看，是由于她处在一个危机四伏、必然山崩地裂的时代；从自身的原因看，则是因为她从来不曾懂得，在享有天赋君权的同时还应当自省自律，并承担相应的义务；她更不明白，水既能载舟也能覆舟，曾经山呼万岁的民众也能将国王和她送上断头台。

正因为将她看作一个普通的女人，茨威格对玛丽·安托瓦内特的评价才很矛盾。起初，他对这个沉溺于享乐、虚荣浮华的美人颇有“恨铁不成钢”的气恼和焦虑；后来，法国大革命爆发，安托瓦内特的遭际与从前恍若隔世，浮躁的悲剧女主角不得不沉稳、安静起来。从前每年要添置三百套时装的王后住进了阴冷潮湿的囚室，无法找到一件干净的换洗衣裳。屈辱、惊恐、绝望贯穿她生命的最后几年。法国大革命伴随着浓烈的喧嚣、失控、非理性，旧秩序土崩瓦解，“粪土当年万户侯”。其间，暴民的投机、报复心态及怪异、酷烈的行为方式，在这非常时期，更为变本加厉。当年花团锦簇的王后遭遇的凌辱、悲苦，是她从前做梦也想不到的。

苦难一定是浑浊灵魂的最好提纯剂。从前那个任性、蒙昧的女子终于脱胎换骨，不复存在——这个时候，茨威格开始对安托瓦内特显露真诚的同情；最后，母性的力量和蛰伏的意志力同时复苏，就连她和费森伯爵的恋情也绽放出纯粹的光焰。安托瓦内特显示出超常的镇定、尊严和骄傲，也让茨威格转而由衷地敬重她、怜惜她。

第一次读这本传记时，我即将生孩子。安托瓦内特作为母亲的命运和她后来的伤恸、坚韧都深深震撼了我。这远比她从法兰西地位最高的女人跌为阶下囚的变故，更令我动容。

一束光射进暗室

退休的日本高级音响代理商小津先生搬入格勒内勒街七号，给这栋高级公寓的邻居们带来一阵不小的骚动。按说，这楼里住的也都不是等闲之辈——国会议员、工业巨子、外交官、银行世家的女继承人、出版社高级审读、文学博士等。谁不是见多识广而且多少有点自命不凡的角色？但小津先生迷人的风度，雅致的趣味，神秘的东方魅力，包括他的富有，还是很撩拨邻居，尤其是女邻居们的好奇心。

那么，他跟那个矮胖、邋遢的门房勒妮，年已五十四岁的寡妇，顶多只会有点头之交了？出人意料，他和她竟有了奇异的默契、吸引与交往，并生发出不可思议的感情。他俩起初之所以心有灵犀，全靠那句不期然间脱口而出的“接头暗号”——列夫·托尔斯泰小说《安娜·卡列尼娜》的名句：“幸福的家庭都是相似的，不幸的家庭各有各的不幸”；他的猫叫吉蒂、列文，她的猫叫列夫，这难道不是妙极了的巧合？他们不约而同都喜欢托尔斯泰、荷兰画派，都迷恋小津安二郎电影里那些意味深长的细节。

早年，勒妮的姐姐被富家公子始乱终弃而不幸去世。勒妮因此从年少时起便对富人没有好脸色，并下定决心与他们保持距离，绝不想像姐姐那样因为不慎逾越阶层、地位而招惹麻烦。她对这个贫富悬殊、等级明显的世界，有不言而喻的憎恶。而勒妮服务对象中的大多数，那些淡漠矫饰自以为是的“上等人”，又令她凝固了这一成见。她基本上不与人往来，丈夫去世后，仅与一个女友相交。

尽管勒妮沉浸在普鲁斯特、胡塞尔、司汤达和歌剧、绘画的世界里，但她在人前总是竭力掩饰自己的聪敏、博学，并让自己的外表和行事看起来符合人们印象中门房应该有的模样。二十七年来，她成功地扮演了愚蠢、丑陋的门房角色，“当门房那台电视机播放着低级娱乐节目而保护着我的秘密时，我却在神秘小屋中眼含泪光，为艺术的奇迹而如痴如醉”。

然而，勒妮隐士般与世隔绝、静思默读的生活，却被无视世俗偏见的小津先生打破。小津仿佛带着 X 光，迅速洞穿了她平庸伪装下的渊博，还有刺猬尖刺里层的优雅，并被她的机趣、魅力吸引。他俩同时颠覆了自己的角色模式：外交官的儿子、富商小津，却原来跟勒妮讨厌的所谓上流人士迥然不同；而看似贫贱的勒妮，显然是个非同凡响的门房。

公寓里还有个十二岁的天才少女帕洛玛，早慧、狡黠、尖锐，也是一只小刺猬。富贵、造作的父母和戴着面具的成人世界令她厌弃、窒息，她在家里闭门独处，一门心思写自己的《深刻思想》和《世界运动日志》，还怀揣一个狂想——十三岁生日那天放火烧掉房子并且自杀。帕洛玛与勒妮却气味相投，她更从勒妮身上照见了自己的虚妄、浮泛、“为赋新词强说愁”。两个刺猬相互靠拢，也借着小津的诚挚、柔润、亮度（他仿佛是射进暗室的光线），卸下了铠甲。

法国女作家妙莉叶·芭贝里的长篇小说《刺猬的优雅》出版后，即获得“法国书商奖”等多项大奖，曾连续三十周高踞亚马逊网排行榜，销售量超过一百万册。它探究了人的孤独、疏离和视觉盲点，傲慢与偏见。而最吸引读者的，可能还是那条感情主线的独特、浪漫和骨子里的蜂蜜滋味。

小说结尾，或许是为了避免口味过于甜腻，作者让一段刚刚开始的跨国之恋戛然中断，不失为明智之举。尽管深邃的思想、广博的趣味和学识能够成就真正意义上的高贵和高雅，然而这肯定还不够。恋爱的双方再怎么相惜相契，要全方位逾越阶级与文化背景的巨大鸿沟，还真是个大难题。

勒妮和小津身份、经历的巨大差异，使得小说的恋爱模式有一份新鲜，避免了落入普通文艺小说的窠臼，但又恰好是这种“破格”的感情，有巨大的虚幻、不真实感。这或许是作者不得不安排勒妮突然死去的原因。另外，我不大喜欢勒妮，她鄙薄那些悠游于财富、社会地位，实则冷漠、虚荣的所谓精英，包括蔑视他们在文法上的疏漏。但是，当她为自己通今博古、精研语法而自鸣得意时，又何尝不是陷入了另一种优越和傲慢？

非洲与黄金般的喜乐

柏瑞尔·马卡姆1902年生于英国，四岁时随父亲来到肯尼亚。父亲在一片丛林、灌木里开辟农场并在此经营。她则完全像个野孩子般长大：赤脚在荆棘丛生的荒野纵情奔跑；手握长矛，随纳迪人长途奔袭去猎获疣猪；屏住呼吸与狮子对峙；与父亲驯养的马匹为伍并照管、驾驭、训练它们。

十八岁那年，柏瑞尔成为非洲首位取得赛马训练师执照的女性，1931年她又成为非洲第一位职业女飞行员，开始驾驶小型飞机在东非运送邮件、乘客，为狩猎队伍运送补给品，在空中搜寻大象踪迹。她之所以值得瞩目，并非身为女性又闯进了男人成堆的职业圈，而是因为她在这两个必须拥有勇气、力量、理智的领域，都成为顶尖高手——柏瑞尔是肯尼亚历史上最优秀的赛马训练师；1936年，她历时二十余小时从英国飞往北美，成为第一位单人驾机由东向西飞越大西洋的飞行员。

柏瑞尔惊心动魄的历险故事里，有无数次命悬一线、死里逃生：父亲的农场过于荒僻，猎豹曾经半夜潜入她的房间，叼走其爱犬布勒——居然放过了她；十岁时，她被父亲的朋友豢养的狮子袭击；曾经与愤怒的大象近在咫尺，差点被碾成肉酱……柏瑞尔成为飞行员后，更是一次次与死神擦肩而过。她身上充满纵横交错的伤疤，那是幼年的“放养”岁月和成年的冒险生涯共同留下的创痕。

柏瑞尔·马卡姆的《夜航西飞》撷取了二十世纪二三十年代令她目醉神迷的非洲记忆：骑马或驾机在莽原与天空恣意穿梭；与勇猛顽强的猎犬布勒生死与共；跟聪明或强悍的大象、狮子等野兽交锋、周旋；与当地居民的深厚感情；东非大地不可思议的复杂与美丽……

柏瑞尔津津乐道的，往往是华彩、粗粝的场面。非洲的狂野与舒缓、神秘与深沉，像正午阳光般的热烈、蓬勃、干爽、快意，正需要像她这样从小浸淫其间，相对于土著居民又带有异质文明背景的人，才能如此饱含热爱并饶有兴致地讲述。

那时候的东非蓄满了原始的野性。早期的工矿、商业开发也已热火朝天地起步，还吸引了无数冷峻无畏的探险者和冒险家前往。天性好奇、倔强的柏瑞尔，注定要经历一次次以命相搏的惊险，也要遭逢一系列传奇人物。著名飞行员汤姆·布莱克是她的飞行老师，法国飞行员、《小王子》与《夜航》的作者圣埃克絮佩里鼓励她写下自己的精彩；《走出非洲》的传奇人物布里克森男爵和丹尼斯·芬奇·哈顿曾先后与她共事。两人都是魅力与才智超群、名声如雷贯耳的“白人猎手”。她也给丘吉尔担任过猎象向导……

柏瑞尔几乎不涉及吟风弄月、伤春悲秋的情绪，你休想在书里找到敏感、纤柔、感伤的片段。倒是飞机引擎那机械、匀速的轰鸣声，浩瀚星空牢不可破的黑暗，夜航的孤独、疲惫，都让她既感辛苦又觉兴奋。书里有她的好几张照片，瘦削、高挑、漂亮，一点都不娇媚。她总是穿骑马装、飞行服，有种干脆利落、矫健流畅的美，就像她培养的那些赛马。

读的时候，不免对柏瑞尔的个人生活好奇，想从字里行间找寻蛛丝马迹，但那真是徒劳。就像她自己所说，《夜航西飞》不是自传，它缺乏自传所需的关键信息。我们只有从作家玛莎·盖尔霍恩（即海明威的第三任妻子）给该书写的序言和译者陶立夏的后记中得知：柏瑞尔结过三次婚，擅长驾驭男人如同驾驭赛马，一生有无数风流韵事。她四十年代初结识第三任丈夫、好莱坞影子写手拉乌尔·舒马赫，后者促成了《夜航西飞》的完成并为她润色文字。该书于 1942 年初版于美国，1983 年再版。不少人也因此有过疑惑：柏瑞尔是不是这本书的真正作者？ 1950 年，柏瑞尔与丈夫分道扬镳，返回肯尼亚首都内罗毕，重操旧业，去世前仍在训练赛马。有人在内罗毕看到，老太太金发飘飘、步履轻捷地走在街头，乍一看像妙龄女子。她宁折不弯的性格贯穿一生，八十多岁了还气势不减地跟入室抢劫的盗贼搏斗，身负重伤。“没有女人比她更不在意自己的物质环境。”她一生有很多时段经济状况都不算好。1986 年年底，也就是柏瑞尔在内罗毕郊外去世后四个月，《夜航西飞》成为《纽约时报》排行榜的冠军。

读到柏瑞尔 1929 年生子这条信息时，我不觉愣了一下：她 1931 年学开飞机，1933 年将 A 级飞行执照升至 B 级（即可以搭载乘客）。这一阶段里，她只肯写自己如何跟随教练，学会在气流诡谲的空中化险为夷，哪里看得出是一位稚童的母亲？这个硬朗的女人，还真是没有一丝“婆婆妈妈”。

玛莎·盖尔霍恩认定，《夜航西飞》应该获得与卡伦·布里克森的《走出非洲》比肩的地位。“两本书都是写给非洲的情书，她们的非洲，并不互为敌手，而是互为补充。”

1942年海明威写给文学编辑马克斯威尔·帕金斯的信里说起柏瑞尔：“在非洲时我和她很熟，从不怀疑她有朝一日会在记录飞行日志之外，拿起笔写写别的。如今所见，她写得很好，精彩至极，让我愧为作家。我感觉自己只是个处理词语的木匠，将工作所得拼装到一起，有时略有所成……由于我彼时正在非洲，所以书中涉及的人物故事都是真实的……它真的棒极了。”

海明威没有谬加夸奖。《夜航西飞》写得的确棒极了，遣词造句精准、洗练，叙述口吻灵动、幽默，像赛马那样刺激且富于感染力，像飞翔一样充满悬念、诱惑。

当柏瑞尔夜航西飞，在大西洋上空穿行于无边的孤独、黑暗，甚至逼近死亡边缘时，也曾自问自答：为什么冒这个险？“为着顺应天赋。”她觉得，“这一切并没有什么非凡之处，我掌握了一项技能，曾费尽艰辛才得以掌握它……现在它们已游刃有余……只有‘操控’才能为人类的劳动带来尊严。”换一个时候，孤独地翱翔于东非的丛林、山丘、岩石上空时，她也会说，冒险是为了免遭无聊的荼毒。柏瑞尔无疑有过人的强韧、勇敢、专业、专注，这些令人稀罕的特质却又不让她沾沾自喜、夸夸其谈。她觉得这一切理所应当、本该如此。这正是柏瑞尔的不寻常之处。她是我们日常视线与阅读经验之外的女子，生来就是为着创造传奇的。

不能承受之轻

1

我们从奥地利进入捷克，边境上并无任何建筑设施或哨卡，显示国度已经变化，但还是能感觉到轻微的差异。

照旧是绵延起伏的绿色坡地，被裹成碾子般大小打好包的草卷子，同样零星地散落在草地上，农舍也分布得或疏或密。比起奥地利民居一丝不苟的彩色外墙、窗边和阳台上艳丽的鲜花，捷克这边的房屋显得简陋一点，装饰也不那么精美；路旁偶然有夜店的招牌，指向树后一栋陈旧的小楼；我们随后入住的旅店很温暖舒适，但门、窗、家具的材料似乎不像奥地利的那么笃实厚重，抽水马桶的塑料材质也稍微薄一些……这些不妨忽略的细节，显示的就是老派资本主义的殷实富足，与曾经窘困的前东欧国家的落差吗？

米兰·昆德拉

一到捷克，我就忍不住这么急切地东张西望，还有些说不出的亲切、兴奋、期待。原因无他，因为这是昆德拉的捷克。

已经过去二十多年了，还记得初次读到《生命中不能承受之轻》（后译为《不能承受的生命之轻》）的激动。那种惊喜、迷醉的高峰体验，在我的阅读经历里，并不多见。那段日子，几乎人人都忍不住要谈论米兰·昆德拉。他的风靡一时，使得“不能承受之轻”连续多年成为最流行的句式。

再往后，似乎迷狂稍减，有人开始觉得：因为昆德拉描述了二十世纪六十年代前后捷克斯洛伐克动荡、黯淡的时局和知识分子飘忽、惶惑的命运，容易令有过类似心路历程的中国读书人“心有戚戚焉”。当时过境迁，脱去那层政治外套，小说的文学价值就得打些折扣。

然而，《生命中不能承受之轻》曾以魔力攫住我，对昆德拉的好感已烙上深印，不易消退。他来自冷战时期政治归属上的东欧国家（虽然捷克在地理位置上居于中欧），这背景使人一读他的小说就有异常的亲切感，仿佛血缘上的近亲；加之年轻时思绪纷纭零乱，心理状态也飘摇不定，热衷于从一切感兴趣的读物中寻求“生活真谛”。昆德拉的人物、故事和他的议论，就时常让人警醒。

比如，一直在竭力挣脱任何束缚的萨宾娜，不惜以最极端的方式逃逸：她作为画家，逃离被苏联占领的祖国捷克，又离开居住了四年的日内瓦，独自来到巴黎；与此同时，她毫无征兆地抛弃昨天还如胶似漆的情人弗兰茨（他正欲与妻子离婚，以便将跟萨宾娜的地下情转入地上），从此销声匿迹，绝无拖泥带水。好吧，打乱秩序进入未知，萨宾娜沿着背叛之路撒腿狂奔。本以为沿途风光尽皆奇妙诱人，但忧郁却不期而至。为什么摆脱了任何有重量有质感的拥有或负担，竟然会被弥漫的空虚所击中？弗兰茨孜孜不倦，成为举足轻重的大学教授。为什么他却突然痛感到那些曾带给他荣耀的学术成果空洞无谓？轻与重就是这么界限模糊、此消彼长？

从前以为，成长和成熟便是寻求解脱的过程，每一次顿悟都意味着卸去生命中不能承受之重。昆德拉看似矛盾的“不能承受之轻”，有如醍醐灌顶——重未必就不轻，轻也不见得就不重。此中微妙，耐人寻味。

除了轻与重的流转，书中类似阴阳对应的太极组合还有很多：特丽莎以她的软弱成为牵制托马斯的强韧力量（后者以男女关系放纵不羁而著名）；弗兰茨刻意展示肌肉力量的强健姿态，在萨宾娜眼中反而成了软弱的标志。这是重新定义过的弱与强；自从特丽莎进入自己的生活，托马斯从前欢会女人的随心所欲模式受到挑战，他在浪荡与收敛之间有点进退掣肘。这是自由与拘束、忠贞与放纵、灵与肉的牵制……

1984年于法国问世的《生命中不能承受之轻》，讲述知识分子在布拉格之春前后的命运转折和心路历程。因为去了捷克，遂有兴致再次重读昆德拉。我发现，面对涉及政治背景及国家、民族伤痕的文字，从前阅读时的那种强烈震撼感相对减弱了，但小说依然让人迷恋。

特丽莎与托马斯的婚姻状况，固然与捷克被苏联占领的时势、与持不同政见的知识分子载沉载浮的命运相关。但他们的关系，还是更多地从政治以外的方面显露出复杂内涵。托马斯和特丽莎的游移或疑虑、放纵或依恋、软弱或强劲、嫉妒或感激，难以把握对方的痛楚与实际上自有把握的笃定……几乎涵盖了两性关系中所有甜蜜、丰满与敏感、尖锐、伤悲的部分。每种对立的心绪或进退两难的境遇，都是模棱两可或对应转换的，像轻和重的辩证关系一样，难以找到绝对的答案，也无法逃避矛盾。爱情与背叛、自由与归属感、偶然与命运、事业成就与身心解脱……曾经让托马斯、特丽莎和萨宾娜等纠缠不清的困局，无论在怎样的国情下，都会横亘在男人女人面前，含混模糊又密实纠结，过去、当下或将来的人们，都无法快刀斩乱麻地决断。这就是因为其中包含了一些终极的追问吧。

看到昆德拉议论爱情的六个偶然，看到几对恋人的不同结局……重温那些依然熟悉或已经模糊的文字，甚至比多年前阅读时更受触动。是为那六个偶然中包含的神秘与宿命，还是为两性关系的胶着与疏离？那种积淀过的欣慰感激、似有若无的伤感无助、恰到好处的克制隐忍，有着中年人的从容、无奈和旷达，让人时而空茫时而豁达。重新看《生命中不能承受之轻》，读出了更多透彻淡定与清寂悲凉。

当年，因为《生命中不能承受之轻》，我开始去搜寻昆德拉的其他小说，很过瘾地读了《玩笑》《生活在别处》《不朽》《为了告别的聚会》《笑忘录》。

2

走在捷克的每一处都不由自主要想起昆德拉的小说。精巧、古典的玛利亚温泉市是疗养胜地，歌德晚年在那里与少女玛利亚有一段恋情。一到温泉镇，脑子里就不时浮现出《为了告别的聚会》，它的背景也是布拉格附近一个温泉疗养镇。小说写得严丝合缝：几天紧迫的时间，几个各怀心事的男女，几段错综复杂的关系，几番阴差阳错的爱恨生死，煞是眼花缭乱。人物的境遇五花八门：受牵制而不得舒展的欲望，想掌控却措手不及的局面，机关算尽的聪明，无可奈何的迷情；人物的性情也形形色色：迟疑、造作、痴情、清爽、狡黠……昆德拉以貌似轻松的笔触和精巧的结构，探究了人性微妙、隐秘的角落，展露了人与人之间深刻的错位，有讽喻有悲悯，落笔意味深长。

布拉格著名的瓦茨拉夫广场，烟火气浓郁。卖铁制工艺品的摊点前，围满了挑挑拣拣的顾客。更撩拨人的是烟熏火燎的烧烤摊子。柴火暖融融的，上面旋转着硕大的已烤得酥黄油亮的丰腴猪腿，要不是刚吃过披萨和捷式烤鸭，我们也很难抵御这道大名鼎鼎的捷克美食的诱惑。

瓦茨拉夫广场其实是一条长七百五十米、宽六十米的大街，它如今是布拉格的商业区，酒店、写字楼、快餐店和商场汇聚。街中央红色电车改装的咖啡馆，别有一番趣味。街心绿地常有摄影展，展出历史或现实题材的图片，引人围观。行人如织，装扮新潮，加上烤猪腿与烤香肠的浓香，让广场糅合了商业与美食的世俗气息。

但人们不会忽略，这里既是公共集会与庆典的传统举行地，更是许多重大历史事件的发生地：1968 年的布拉格之春、1989 年的天鹅绒革命，瓦茨拉夫广场都曾无数次聚集数万、数十万民众，呼吁民主或抗议侵略。1969 年初，相继有三名大学生在广场中心自焚，抗议苏联及华约成员国武装入侵。有几十万捷克人沉寂而悲愤地参加葬礼。如今，街心那朴素的墓地紧邻瓦茨拉夫雕像，被几丛常绿植物掩映。黑色花岗岩墓碑上镶嵌有两男一女的头像，周围摆放着市民敬献的鲜花。逝者分别生于 1948 年和 1950 年，最小那位去世时还不满十九岁。他们都长得很好看，有殉道者纯净、清朗的面相。

塔德·舒尔茨（当年为《纽约时报》驻捷克斯洛伐克记者）在他所著《“布拉格之春”前后》里讲述：1968 年初，新上任的共产党第一书记杜布切克顺应民心，在长期陷入僵化、萎顿的捷克斯洛伐克，探求一条“具有人性面貌的社会主义”道路，实施政治、经济、文化改革。知识分子一直是社会变革的呼吁和引领者，他们的影响力在文化和思想领域尤其明显。在前一年，也即 1967 年的作家代表大会上，昆德拉就曾带头发言。他强调，捷克斯洛伐克文化“最大的繁荣时期”是在两次世界大战之间，“可是这一发展首先由于纳粹占领，然后由于斯大林主义的影响而中断几乎长达 1/4 世纪之久。捷克斯洛伐克文化同周围世界隔绝，它的丰富的内在传统被破坏，竟沦落为一种枯燥无味的宣传工具——这是一个悲剧，其后果将使捷克民族永远脱离欧洲文明。”他的讲话得到与会作家的热烈反响。

布拉格之春带来思想和文化领域短暂的春意盎然。它与当时东欧各国长期争取社会主义人道化、自由化、民主化和民族化的不懈努力，一脉相依，其间隐约包含的“去苏联化”倾向，一直为莫斯科所忌惮。1968 年 8 月 20 日，以苏联为首的华沙条约成员国军队悍然兵分十八路，进入捷克斯洛伐克。8月21日，配备有轻型坦克、装甲车和反坦克炮的空降部队在布拉格和布拉迪斯拉发降落……布拉格之春从此凋零，无数知识分子流亡异国。

昆德拉的长篇处女作、成名作《玩笑》写成于1965年。两年之后，借着布拉格之春前夕的畅暖之风才得以出版，旋即赢得好评如潮，印数惊人，每次重印也都在几天内售罄。随着苏联坦克开进布拉格，《玩笑》很快被禁，昆德拉也被解除了在大学教授电影课的职务。1975年，他和妻子移居法国。

有此经历就不难理解，为什么昆德拉的小说会贯穿沉重的社会批判主题。但是，对强权政治的控诉绝不是他唯一的兴奋点。他在《玩笑》的自序里提到：1980年，在为他的作品举办的一次电视公开讨论会上，当听到有人称《玩笑》是“对斯大林主义的一个有力控诉”时，他不禁插嘴道：“请不要拿你们的斯大林主义来难为我了。《玩笑》是一部爱情小说。”

昆德拉的人物被种种矛盾纠缠，他自己又何尝不是处于悖论之中？他认为，媚俗是人类境况的一个组成部分，人们但凡留心公众的存在，就免不了媚俗；所有同情姿态下的刻意作秀也都属于媚俗。他强调，如果为这种作秀而感动、流泪，那么眼泪就“使媚俗更媚俗”。在《生命中不能承受之轻》中，弗兰茨等西方知识精英向柬埔寨的“伟大进军”浩浩荡荡，高高飘扬的旗帜背后，各人隐秘的动机其实千差万别；美国参议员居高临下地对萨宾娜阐释幸福的含义，他们不可能理解，来自东欧的萨宾娜为什么会说她的敌人是媚俗而不是共产主义……

昆德拉鄙夷那一类西方人，他们带着优越、怜悯的眼光看待来自“共产党小国”的“难民”。同情这个姿态本身意味着一定程度的俯就或俯视，是媚俗式的同情。然而，当年流亡法国的昆德拉在西方社会受到推崇，一定程度上又取决于他的祖国捷克的处境——被侵略的弱小苦难的社会主义国家飘摇又阴郁的命运，总是令欧美人动情地关注，也充满悲悯。昆德拉通过托马斯等知识分子的选择与思考，表明了他对一切泛政治化倾向的反感，但他有时也无法挣脱泛政治化这张无形而密实的大网。

昆德拉从各个层面描述了世界的荒谬。在互联网还不曾产生的年代，他已经敏锐地指出，电视等越来越发达的信息媒介使公众的生活方式、思维方式被深刻影响，他们往往不自觉地随波逐流、模仿迎合，努力让自己的表现与表达显得入流、得体、无懈可击。如此这般刻意梳妆是不是“自由”造就的另一种虚伪或局限呢？今天来看，其前瞻性不言而喻。

《笑忘录》作为小说，写得过于为所欲为，读来有点滞涩，但昆德拉看似旁逸斜出，仍然始终不脱那道万变不离其宗的主线：批判强权政治、思索人类处境。小说中欢乐或讽喻的笑，特定境遇里的性，要牢记的企图与被迫的遗忘……都颇牵扯人。昆德拉也讲述人在困境里的表现与表演，比如害怕被抛离圈子（或曰集体、人群）而生出的怯懦、卑琐，阶层之间天然的落差与隔阂构筑的冷漠、嫉妒。当他洞幽烛微，将探头伸到人心阴湿的角落，不免就有深层的悲观，同时却也愈发心平气和：“任何一个阅历深广、熟知人类的缺陷的人，都不会因为人类的缺点太多而伤神。他会坦然内省，接受悲惨的自我，一点也不大惊小怪。”他所谓人类缺陷跟政治有关吗？是，又不是。因为，制度会左右人民的命运、影响他们的品格。但是，即使政治高压消减，人依然要面临种种抉择。一旦抉择就意味着对其他可能性的放弃，抉择也可能导向错误的结局或命运；而但凡抉择，也很容易呈现出器局大小、行为美丑、品行善恶的差异。

《生活在别处》最初的名字为《抒情时代》。昆德拉自己说，这部小说“是一部青春的叙事诗”。他认为，“抒情态度是每个人潜在的态势。”主人公诗人雅罗米尔被孀居的母亲含在嘴里无限依恋地养大，他也是母亲早年失意婚姻的最完美补偿。当雅罗米尔长大，母亲的过度关怀与掌控，让母子之间构成“渴望逃离”与“企图捕获”的拉锯战。诗人的成长经历里，有年少的轻狂、青春的笨拙和成长的艰难，也忧伤地证明了，“母亲在形成一个年轻男人的抒情世界中扮演的角色”。

在青春的眼光里，现实层面的生活往往庸常而黯淡，华彩的激动人心的生活总是在自己窘迫的足迹暂时不能抵达的远方、别处，别处也即理想。从雅罗米尔的经历可以看到，年轻人澎湃又不乏迷茫的激情，被压抑的性饥渴，急欲在成人世界占据一席之地的热望，在现实中遭遇的挫败感……诸多原料混杂、搅拌，会酿成怎样一桶浓酽辛辣的烈酒。其中既有燃烧的诗情、狂放的创造力，也有灼伤自己的痛楚与烤焦他人的可能。类似例子还很多，古往今来，在无数以青春、爱情、革命为主题的新闻旧闻里，我们都闻得到这股又醉人又危险的浓烈酒气。

有时候，当年轻人被某种看似偶然，却又像连环套般复杂的情势推动，会不由自主地跌落进荒谬、阴冷甚至罪恶的泥潭。尤其是雅罗米尔或雅罗米尔们如果恰好身处一个价值崩溃、秩序颠覆的世界，一个崇奉破坏、暴力、谎言的“谵妄”时代，人性中潜伏的卑邪因子不仅容易被诱发出来，有人还要自觉不自觉地去为卑邪戴上华丽、崇高的桂冠，这无疑是人类更深刻的悲哀。

昆德拉用超常的洞察力探照着人类隐秘曲折的潜意识，并且以轻捷的揶揄姿态加以调侃。他有时候温和厚道、善解人意，有时候又世故老辣、刀刀见血。

《不朽》揭示了这样一种难以根治的“病态”心理：因为人类对死亡的恐惧，所以他们无法抑制地向往着“不朽”。昆德拉津津有味地描述了那些“不朽症患者”的偏执动机和夸张、可疑的表现。《不朽》有两段看似不相干的主干：法国当代都市人阿格尼丝、保罗夫妇与劳拉惊险微妙的生活；歌德对野心勃勃的少妇贝蒂娜的似迎还拒。后一段线索夹叙夹议，甚至议论多于描述，作为小说稍显奇特。

昆德拉界定，一般所谓的不朽（比如村镇芝麻官向往的那种不朽）是熟人之间对一个人的怀念；另一种更宽泛的不朽是伟大的不朽，即一个人活在从来不认识他的人心目中。相对来说，艺术家和政治家比较可能成就这种不朽。

歌德在他生前已经誉满天下。没有什么绝活的贝蒂娜居然也渴望不朽，但要怎样达成不朽则是个问题。她的终南捷径是以爱的名义，或者以撒娇、发嗲、挑逗的方式去紧紧靠拢一个已经注定不朽的人，用风流韵事和他扯上关系，以此作跳板助力，腾空跃起，超越自己，成为历史的一部分。贝蒂娜以造作、娇俏、机巧、偏执，步步为营，企图抵达不朽；歌德为了让自己的不朽丰碑光洁滑润，则在接受诱惑和保持警觉之间小心翼翼维护平衡：说起来，青春美貌、风情热情，贝蒂娜都样样不缺，哪一宗都足够撩拨老诗人、老智者呢。可是，歌德阅人无数，早已炼就火眼金睛，当然不肯轻易沦为他人的道具。当然，他也不能欠缺风度，惹恼这个性情复杂的小妇人……于是，他们的故事，一波三折，剑拔弩张。

《不朽》是昆德拉自己认为比较有特色的一部小说。读来不禁矛盾：有时候对他那些看似游离于情节的喋喋不休有点恼火，有时候又为他信马由缰却精辟点穴的灵思妙绪拍案称奇。比如，他借歌德与海明威的对话说道：

> 人不能不为自己的形象操心，这是人的致命弱点。
>
> 感情一旦上升为一种价值观，那么每一个人都希望去感受；因为我们都为自己的价值观感到骄傲，所以我们都会有一种炫耀自己感情的倾向。
>
> 插曲如同地雷，它们多数永远不会爆炸，然而它们当中最不起眼的，不知哪一天却会变成一则关系到你命运的故事。

他时而用故事，时而用议论，将两性矛盾抽丝剥茧，并着力雕刻、解剖了现世与永生，亲密与疏离，插曲与命运，偶然与必然，希望与绝望等复杂的人类境遇。

3

我们从捷克西南进入这个中欧小国，第一站是大名鼎鼎的中世纪古城克罗姆洛夫。捷克的母亲河伏尔塔瓦河在这里尚且纤巧秀气、清浅潺湲，呈S形缭绕小城，随后将由南往北流往布拉格。昆德拉小说里曾经轻描淡写的查理大桥就横跨伏尔塔瓦河，后者在布拉格已经变得辽阔宽广。六百多岁高龄的查理大桥魅力不凡，每个到了布拉格的游客都必定会前往流连一番。

克罗姆洛夫有“世界最美小镇”之誉，令全球旅游者趋之若鹜。小城布局错落有致，建筑形态丰富多样：教堂、高桥、民居、堡垒……它的标志性建筑彩色瞭望塔无论从哪个角度望过去，都美丽绝伦；玲珑妩媚的红色尖顶小楼群，则最宜俯瞰。我们都觉得从神韵上看，它有一点像中国的丽江，但更深邃冷峻。唯一的遗憾也是游客太多，铁灰色石头砌成的街面上，人流汹涌不息。

与克罗姆洛夫相隔仅十一公里的布杰约维采就宁静得多。这个人口不到十万的古城，是南波西米亚州的首府和最大城市，也是百威啤酒的原产地，故又被称为百威镇。我们去的那天正值周末，商店关门闭户，仅有一家中餐馆营业。浏览橱窗，商品繁多。书店很密集，其中一个大橱窗里全部是与性有关的书。让人想到昆德拉小说里频率颇高的做爱场面。性描写在昆德拉的文化背景和写作习惯并不构成禁忌，但他并非有人申斥的“色情作家”。他小说里的性行为，还真不是画蛇添足的闲墨赘笔。因为，你无法将它们与人物当时的处境和心境剥离开来，有时候它们甚至是推进或转折情节必不可少的关节点呢。

布杰约维采城中心的长方形广场，据称是捷克最大广场，上面仅有零星的行人。广场中央的参孙喷泉是捷克最大的喷泉，层层耸立的雕塑群像，好像在奋力扛起什么。塑像脸上似乎带了一丝忧愤。广场四周环绕的巴洛克式和文艺复兴时代的彩色建筑，多建于十三世纪和十六世纪。布杰约维采与克罗姆洛夫，还有我们后来去到的古城泰尔奇一样，都好像曾经被放进时光魔盒，密封深锁。只有根基深厚的城市，才有这种仿佛来自历史深处的原封原样的古旧味道。我的同学又感慨又嫉妒地艳羡道：天啦，这些老城全都保存得那么完好！同样是社会主义国家，他们怎么就没有“破四旧”或者毁城拆墙呢？

从昆德拉的小说知道，捷克也有过教堂被迫闲置、废弃的城堡改充牛圈的日子。然而，当日历迅捷地翻过，站在那些古意盎然的广场，有时候会突然恍惚：这里真的经历过二十世纪中叶开始的疾风骤雨的革命吗？能如此完好无缺地留存十三至十六世纪的古屋、老街、旧广场，这个民族定然有足够的沉稳和内敛，对传统无比尊重、敬惜。这片土地要兼容坚硬、寒冷的斯大林主义，也有过很持久的痛吧？

继续来说布杰约维采。小方石镶嵌路面的小街，呈放射状从广场延伸出去，仿佛从每条街都能通往小河。河边绿地开阔，老树浓荫匝地，藤蔓植物随心所欲地爬满某一角围栏。偶尔有两三个年轻母亲推着婴儿车在河边漫步、闲聊，或者一家大小骑自行车沿林荫道欢悦地驰过。大人和孩子的脸上，都有松弛、安闲的神情。昆德拉小说里笼盖四野的愁云惨雾——苏联模式下的政治高压、“红色恐怖”早已飘散；那些惊惧、紧张的面孔连同他们如履薄冰的处境，俱成往事。

我不由得要想起昆德拉小说《玩笑》中的露西，如果她有幸身处当下这花繁林茂之地，就不会有那场悲剧——因为，当年捷克斯洛伐克的中北部城市俄斯特拉法“是一个阴郁污秽的地方，几乎没有什么野生的东西留下来——到处是垃圾堆、栅栏、空地，东一簇西一簇覆盖着煤灰的灌木丛。只有公墓里有美丽的花。”（《玩笑》）为了在宿舍里插一瓶鲜花，为了将鲜花送给男朋友，露西几次跑到公墓，偷偷拿走玫瑰、百合、唐菖蒲……结果被抓住交给警察。

俄斯特拉法是男主人公卢德维克的流放地。当他佩戴着惩戒营士兵特有的、标志着罪孽的黑色徽章，漫无目的地爬上窄轨电车，在俄斯特拉法郊区随意倒了几次车，又随意地下车时，他不知道在这偶然抵达之地，会遇见露西，一个独特却悲苦的姑娘。他们的爱情，就上演于枯索的空间：近景是灰色、肮脏的旧房子，零乱、枯燥的街道；远景是井架、烟囱、高炉的轮廓。偶尔出现几处覆盖常春藤的田园小屋，或带着花园、垂柳的漂亮建筑，反倒因为与大背景不协调而显得怪异。

小说描写的是美与真被遮蔽的时代，它注定了主人公命运的苦涩。《玩笑》是昆德拉的成名作，结构考究，人物鲜活，我非常喜欢它凝练、峭拔的情节和富于张力的幽默感。贯穿小说的主线，是卢德维克跌宕起伏的复仇故事：他原本是大学学生会干部、优等生，由于一个漫不经心的玩笑，陡然被组织上定性为托洛茨基分子，被开除党籍和学籍，遭放逐到煤矿服劳役。十五年后，他偶遇一位电台女记者海伦娜，原来她就是泽曼尼克（当年严厉惩处卢德维克的仇人）之妻。卢德维克心生一计，紧锣密鼓地筹划了自己的报仇大业，当然不是使用刀枪或棍棒。这个计谋本身有很浓厚的玩笑色彩，但结局更令人哭笑不得：本来，卢德维克的构想高明而缜密，后来的每一步也如愿以偿——他佯装爱上海伦娜，“诱捕”她并在床上凶蛮地征服她。

做爱成为手段，被卢德维克赋予不寻常的含义：从肉体上蹂躏海伦娜，无异于将炽烈的弹药射向宿敌泽曼尼克，令对方蒙羞含辱，他因此得意得开怀大笑。孰料，复仇的目的不仅没有达到，卢德维克反而陷入尴尬之境。原来，泽曼尼克早已爱上年轻貌美的女学生，正在发愁如何从婚姻里脱身。他巴不得有人来接手黄脸婆呢。

当年，泽曼尼克是学校的意识形态警犬，擅长于灵敏地揪出任何背离或怀疑党组织的异己分子，然后眼明手快地捕杀他们。十五年后，虽然政治风尚已发生变化，他肯定照旧僵硬不化吧？才不会呢，这就是更要命的地方：泽曼尼克还是那么快活自负，踌躇满志，连发型也更时髦，依旧享受着妙龄女郎蜜甜的爱慕。更有甚者，学生们非常崇拜他，因为他支持青年的勇敢行为令学校行政部门不安。他甚至悄悄地给学生传播“敌对的意识形态”！泽曼尼克的翩然转型，与自省、觉悟、真诚毫不相关，不过是因为他敏感到“时代已经变了”。卢德维克毛骨悚然地发现：不管世道如何转换，那个可厌的家伙似乎永远占据着光荣、正确的制高点，“泽曼尼克似乎已与他从前的观点一刀两断了，假若发生一场政治性的冲突，我将发现自己站在他一边，无论愿意与否。”

不足为奇，像泽曼尼克这一类本性虚伪、演技高超的政治生物，永远有能力紧随时代浪潮，亦步亦趋，在风向转换的墙头身手矫健，左右逢源。布拉格之春前后，捷克斯洛伐克表演得最淋漓尽致的政客胡萨克，就在短时间内两次一百八十度大转弯，凭借见风使舵成就其政治野心，并最终葬送布拉格之春。

一句玩笑便能摧毁一个青年的前程，并让他饱尝困顿绝望，这类悲剧当然只会上演于荒诞的年代。人们当然不妨据此说《玩笑》是政治小说。然而，《玩笑》的确也是纯粹的爱情小说，卢德维克的情感遭际，将人生的荒谬、不确定性渲染得无以复加。

重读昆德拉，如果让我排序，《生命中不能承受之轻》《玩笑》《为了告别的聚会》，是最具可读性的几部，再次阅读依然引人入胜。

包括昆德拉在内的好多西方智者都说过，人不可能两次踏进同一条河流；事实上，人也不可能两次踏进同一本书。前一层意思孔子和苏东坡也说过：“逝者如斯夫，不舍昼夜”“盖将自其变者而观之，则天地曾不能以一瞬”；后一层意思也可用老话概括，那就是“境由心造”。因为每次重读一本书，兴奋点会依据当时的心境、见识，而各有侧重。

在昆德拉的祖国捷克，包括前苏联和东欧国家，历史早就翻页，个人命运不再与政治休戚相关。托马斯、卢德维克等被集权统治深刻钳制、呼吸不畅的悲剧命运，已是前尘旧事。但是，昆德拉小说里比比皆是的关于人类处境、人性缺陷、人生皈依的终极拷问，至今让人常看常新。他总能用故事或细节，将那些含混、暧昧的情绪梳理得细腻清晰；将冷暖交织的世态人心、人之常情挖掘得幽微深刻；也将个体生命（乃至国家历史）本质上的悲怆——因为生命过程和历史进程都无法排练、无法抹去，其实也就充满宿命——刻绘得忧伤无奈。所以，昆德拉永远不会过时。

辉煌的诗人，悲苦的母亲

1

1913 年至 1914 年的圣彼得堡，“浪荡狗”是为数不多的夜生活场馆之一，囊中羞涩的文人和艺术家喜欢聚集此处。层出不穷的演讲、画展和音乐晚会，让“浪荡狗”比起其他庸常的咖啡馆，显得有点不同凡响。有意思的是，作家和画家在此可以免费，一般客人却得支付二十五卢布，这是一笔不菲的数目。

那个时段，挟带着雷霆闪电的革命风暴还未席卷俄罗斯，诗人和艺术家们在帝国的末日挥洒才情，也恣意狂欢。安娜·阿赫玛托娃（1889–1966）被视为“浪荡狗”最辉煌、美丽的成员，集撩人姿色与惊世才华于一身，无数赞美者环绕在她雅致的披肩旁。尽管已经与著名诗人尼古拉·古米廖夫结婚生子，她却依然沉湎于不同的恋人，当然还有诗歌。他俩彼此都不乏风流韵

安娜·阿赫玛托娃

事，也不干预对方的私生活。丈夫说，阿赫玛托娃是女巫而非妻子。

阿赫玛托娃才十三岁时，古米廖夫已对她一见钟情。1907 年前后，她的冷漠、傲慢或阴晴不定，曾令他绝望得服毒自尽。当他们终于在 1910 年结婚时，古米廖夫的激情似乎已被漫长的追求过程消耗殆尽；阿赫玛托娃尽管不那么爱古米廖夫，但嫁给已经因诗歌声誉鹊起的他，使她得以离开枯燥、贫瘠的外省，投身圣彼得堡群星闪烁的文艺圈。后来，虽说有两不相扰、各行其是的默契，她的诗里仍然流露出遭丈夫背叛的愁郁与屈辱感。他俩渐行渐远，终于在 1918 年离婚。

儿子列夫·古米廖夫生于 1912 年，阿赫玛托娃夫妇对他都有些漫不经心，孩子从小就有被父母遗弃的感觉。列夫六岁时父母离婚，九岁时父亲被枪决，他一直跟随奶奶生活。列夫从小到大，都痛苦于自己被母亲忽略。当他还是个孩子时，就曾责问过母亲：每天有几分钟会想到他？

阿赫玛托娃跟儿子待在一起的时间实在有限，一系列情人层出不穷地攫住了她的注意力，其中最牵肠挂肚的是镶嵌画家安列普。他在十月革命后明智地回到英国，与他的分离持续地激发了阿赫玛托娃的诗情。她与第二任丈夫著名考古学家希列伊科的婚姻只维持了三年，虽然他俩分开几年后，直到 1925 年岁末才正式离婚。国内战争期间，俄罗斯大地的饥寒交迫，令几乎任何人、任何人际关系都蒙受严酷考验。加之希列伊科自我而专制，控制并贬损妻子，这桩婚姻就跟他们住的房子一样，又冷又黑。阿赫玛托娃写下了

“丈夫是屠夫，家庭如监狱”的灰暗诗句。

当阿赫玛托娃朗诵诗歌时，听众总是专注得悄无声息。从诗歌里获取的热爱、自信和名望，日益成为她最重要的心理支撑。然而，十月革命后的新政权并不喜欢她的诗作。前夫古米廖夫被枪决后，阿赫玛托娃从前被掌声和仰慕抬升起来的诗人地位，更是日渐滑落；她体质不佳，才三十岁出头就已经不时缠绵病榻，还经常濒于饿死的边缘。除了挣到稿费有大宗收入的时候，她只能偶尔给列夫及其奶奶寄钱。离开希列伊科后，阿赫玛托娃的情感方式也放任而随意……从方方面面看，她都越来越难于亲自抚养并照料好儿子。她在 1921 年的诗里有些歉疚地说：“睡吧，静静的，睡吧，我的孩子，我是一个不体面的母亲。”

阿赫玛托娃与艺术史家尼古拉耶维奇·普宁的恋情，既炽热疯狂又互相伤害，因为各自都有别的“暧昧”，怒火、妒火也经常熊熊燃烧。1921 年到 1923 年，无家可归的阿赫玛托娃从一个朋友家辗转到另一家居住。1925 年冬，她居然搬进了普宁与其妻女在封坦卡大楼的公寓，当然要支付房租。她与普宁住书房，普宁当医生的妻子每日每夜都被痛苦啃噬。随着普宁的狭隘、专横日渐显露，他与阿赫玛托娃的性格冲突也变得尖锐起来，有时他甚至当众羞辱她。

1928 年，十六岁的列夫离开祖母，也搬进了普宁家。可以想象，这个成员复杂、先天畸形的家庭，会因此增添多少摩擦与难堪。列夫睡在没有供暖的走廊的皮箱子上，与普宁互不喜欢甚至互相厌恶。列夫的生父被枪毙了，普宁担心列夫给自己的家庭带来危险，明确表示不希望他住在家里，也不愿意让他与自己的女儿分享食物。列夫曾经在考试时饿晕，后来只好搬出去在熟人或朋友家投宿。阿赫玛托娃母子都不是正式的家庭成员，在住房拥挤、物资匮乏的年代，作为硬挤进来的外人，同遭白眼，原不意外。而好不容易才走近母亲的少年列夫，则多了一重怨艾——妈妈对情人普宁的关注远胜于他。

早年，阿赫玛托娃“身后拖着一件看不见的名誉的斗篷”，“天鹅绒般高傲地游走”，后来则被打入文学的冷宫。年轻时她被男人环绕，以后他们总是离开她。她一旦有钱，便对朋友慷慨大方，钱随来随散，几乎没有积蓄。更多的时候，她万般拮据。

好像，在阿赫玛托娃由放任到日渐逼仄的空间里，总是很难有列夫的存身之所：无论在诗歌或恋情里奔逸，还是被不平顺的婚姻或同居生活牵绊；无论在文学之路上如履薄冰，还是住房与收入都捉襟见肘……没能与儿子朝夕相处，年轻时是因为贪玩、外骛的天性让她无法专注于母亲这一角色，后来则是客观条件越来越不允许他俩像正常母子那般团聚一堂、相守相依。另外还有一个因素：终其一生，阿赫玛托娃都缺乏应对日常生活的能力，能够煮马铃薯对她来说也算一大成就。她的房间凌乱甚至邋遢，衣履破败。假设要让她热汤热水、缝补浆洗、照料儿子，无疑更多一层力不从心。

2

读《俄罗斯的安娜：安娜·阿赫玛托娃传》，最为感触的是阿赫玛托娃与儿子异常坎坷、悲苦的命运以及他俩一言难尽的关系：

这对母子都在俄罗斯大地的时代动荡里受尽煎熬，血缘与亲情将他们的生死荣辱紧紧捆绑。他们既相依为命，一起承担超乎寻常的磨难；彼此又不乏疏离与误解，儿子对母亲还充满怨怼。

列夫最大的宿命是他有一对不平凡的父母。1921 年，当局宣布尼古拉·古米廖夫为“人民的敌人”，将他处以极刑。虽然父亲在世时只偶尔探望过列夫，那些珍稀的片段却被他牢记在心。父亲教的诗，他能字字不漏，始终牢记。列夫年纪轻轻就博学善思，但他的学业屡次因其家庭出身而受挫。他还经常要忍受触目皆是的冷眼与侮辱，很长时间只能打零工，食不果腹。列夫生长得如此曲折、艰辛，青少年时代的他看上去紧张、焦虑、易怒，有点神经质。

二十世纪三十年代是大恐怖的高潮，威权统治日益令人窒息，列夫也与厄运如影随形，1933 年和 1935 年，才二十岁出头的他就两次被捕。后一次，阿赫玛托娃写信给斯大林，为儿子和同样被捕的普宁求情，尽管那时她与普宁的关系已濒于破裂。帕斯捷尔纳克也冒着风险给斯大林写信，后者下令释放了列夫和普宁。

列夫出狱后被撵出大学，他对普宁的愤怒有增无减：“我整个冬天过得很不好，甚至在挨饿，因为普宁取走了妈妈的食品配给卡，禁止她供应我午饭。”阿赫玛托娃的多数婚姻与恋爱对象，都是文化界、学术界翘楚。或许，他们给穷愁潦倒的她，提供过一定的感情与物质支撑。但那些男人的自我或乖戾，背叛或离去，往往也让她旧伤更添新愁；儿子更是在逼仄、幽暗的夹缝中，被冷漠地揉搓、挤压。那种四顾彷徨、内外交困的难堪与黯然，女诗人即便用她最擅长的诗歌来倾诉，也难真正穷尽。1936 年普宁有了新的情人。1938 年，他俩的关系最终结束，阿赫玛托娃更是深陷孤独。不久，她爱上弗拉基米尔·加尔洵大夫，这段感情也是有始无终。

1938 年，在列宁格勒大学历史系念四年级的列夫第三次被捕，仅仅因为他是古米廖夫的儿子。审讯者说，“为此我们很不喜欢你。”他被严刑拷打，眼睛一度看不见东西。此后，列夫被押往冰天雪地的森林伐木。他瘦骨嶙峋，步履蹒跚，衣衫单薄，饥肠辘辘，不幸地还被自己的斧头砍伤。

阿赫玛托娃的诗作承继了俄罗斯诗歌的抒情传统、古典趣味。无论抒写女人的幽思密情，还是时代的忧伤，那些性灵之作令她备受读者喜欢、爱戴，却也不见容于新政权。从二十世纪二十年代开始，她就被视为旧时代的遗迹，长期不能发表诗作，被剥夺收入。假如她能像有些诗人那样，热情洋溢地赞美集体农庄之类，情形当然会迥然不同。

虽说阿赫玛托娃的处境偶尔会出人意料地改善，但更多的时候，她被打入另册，疾病缠身，形容枯槁。最忧心如焚的是儿子的处境，列夫曾经被判处枪决，不难想到一个母亲的绝望、无助：

一纸判决……眼泪顷刻间迸涌而出
我从此便与世隔绝
仿佛心头忍痛被掏除了生命
仿佛被粗暴地打翻在地
但还得走……踉跄着……独自一人……

为了探望列夫，阿赫玛托娃曾在列宁格勒的探监队列中度过十七个月：

我大声呼喊了十七个月
为的是让你能回家
我扑倒在刽子手的脚下
你是我的儿子，我的劫数
一切都已永远混淆不清
如今，我也不再能够分辨
谁究竟是野兽，谁究竟是人
……

阿赫玛托娃 1935 年至 1940 年写作的《安魂曲》，已被誉为最伟大的俄语组诗。当年，她却不敢把诗誊写到纸上，只能靠背诵默记在心。如果这些诗激怒当局，她与儿子都会罪加一等。“死亡之星在我们头上高悬 / 无辜的俄罗斯在抽搐痉挛……”这组哀歌的写作，缘起于一对母子的受难，但她以哽噎、悲愤之声控诉了灰暗时代的暴政，刻画了民族的、人类的伤痕，同时不乏深陷苦难却隐含希望的柔韧与力度。《安魂曲》在民间秘密流传，直到 1987 年才全文发表，此时距离诗歌完成的时间已过去将近半个世纪。

阿赫玛托娃长期寄人篱下，颠沛流离，跟伍尔芙认定的女人写作的必备条件——金钱与一间写作的房间——距离多么遥远？她却不可思议地保持了丰沛的诗情。有人甚至惊讶，阿赫玛托娃如此饱尝煎熬、生活凋敝，却不曾像其他白银时代的著名诗人那样选择自尽。或许，正是诗歌部分地释放了苦难，让她绝处逢生。

列夫·古米廖夫对母亲既不乏亲热、爱戴，也常有责难。所以，阿赫玛托娃从独生儿子那里得到的爱是残缺的、片段的。列夫经常抱怨母亲不给自己写信、来电报，或嫌她的信写得太短，装病不去流放地探望他。他认定这一切缘自母亲的冷漠。无论几次深陷牢狱，还是去到前线，列夫感情上最大的依傍还是母亲，但他却每每感到失望、生气："妈妈不给我写信，这真让我难过。""妈妈，就像她的诗的风格一样懒懒散散、自私自利……她才懒得去尽应该尽的努力。"

阿赫玛托娃竭力为儿子获释而奔走。她的潦倒有目共睹，穿着破衣旧衫，提着用皮带捆绑才不至散架的小皮箱东搬西走。她给儿子的信确实写得简短，还经常选择寄明信片。这也是用心良苦，因为只言片语都可能招来弥天大罪，她害怕稍有不慎，使儿子的处境更加恶化。

1942 年刑期满后，列夫仍不能离开西伯利亚。他在当地参加地质考察，成为矿工和地质技师，有了微薄的工资。有过服苦役的经历，他后来上了前线，进军波兰，攻克柏林，觉得在部队里轻松得就像在娱乐场所。令人惊讶的是，尽管四次被捕，累计有十几年在监狱和集中营度过，九死一生的列夫，仍旧成为出色的人类学家。

3

1945 年，阿赫玛托娃遭逢此生最后的激情——后来成为著名哲学家和政治思想史家的以赛亚·柏林，作为英国驻莫斯科大使馆的随员来到苏联。他与阿赫玛托娃的通宵长谈既默契、富于魅力又令人激动，彼此都认定自己面前站着天才。她向他讲述自己曲折、沉重的经历，吟诵《安魂曲》。伊莱因·范斯坦在《俄罗斯的安娜》里描绘道："也许正是他的钦佩深深地激动着她。她承认自己很孤独""在三十六岁的男人和五十六岁上了年纪的美人之间的激情仍很热烈"。

他俩都沉浸于迅猛来临的迷恋，阿赫玛托娃将她的陶醉、颤栗和哀愁都流泻到诗里。他们的关系当然没有未来。秘密警察很快在阿赫玛托娃的房间里安装了窃听器，斯大林看了警察的报告则说："看来我们的修女在偷会外国间谍了。"

1946 年 8 月，苏共主管意识形态的领导人安德烈·日丹诺夫在作协的讲话中，将阿赫玛托娃贬斥为"反动文学泥沼的代表之一""空洞的、缺乏思想的、贵族沙龙的旗手之一"。他几乎是破口大骂她的诗作："不完全是修女，不完全是荡妇，更确切地说，是混合着淫秽和祷告的荡妇与修女。"

阿赫玛托娃被开除出作协，诗歌不能刊出，每月的退休金、配给卡也失去了。就算她能够面对新的耻辱，并再次忍受日常生活的困窘，最难承受的，则是亲人随之受难——曾经的伴侣普宁被捕，罪名是对苏联政府怀有敌意，于 1953 年死于西伯利亚阿别兹集中营。列夫当然难逃厄运，1946 年他作为研究生入学后，有一半时间不被允许进入大学教室，次年被彻底开除，幸而可以答辩论文。1949 年列夫第四次被捕。他被送往西伯利亚鄂木斯克的集中营服劳役十年，通信受到限制，每月只能获寄含包装不超过八公斤的口粮。年满六十患有冠心病的阿赫玛托娃，费力地筹措每月寄给列夫的包裹，更担心此生难以再见儿子。1953 年以后，她获得大量翻译工作赖以维生，经济情况才大为改善。

1950 年，阿赫玛托娃写下几首名为“和平颂”的组诗，含蓄地歌颂斯大林。她难得这么拂逆天性、垂下头颅。向领袖献诗，无非是希望以妥协、迎合的姿态，换取儿子处境的好转。然而，恰如伊莱因·范斯坦在《俄罗斯的安娜》里所说：“如果斯大林喜欢它们，他不曾作表示，在他可怕一生的这个时期，他似乎不曾被任何诗歌贡品所感动。”与此同时，审讯者则在向列夫挑拨：你母亲那么有名，要是她肯为你说话，你就可以回家。列夫因此多了一个理由责怪母亲。

列夫对于自己身为阿赫玛托娃的儿子，感觉很矛盾。他当然知道母亲值得自己骄傲。另一方面，他经常会垂头丧气地觉得，妈妈是自己命运的罪人，“如果我不是她的儿子，而是普通女人的儿子，在所有其他方面，我都是一个很有成就的苏联教授，像许多人一样，是非党专家。”他觉得，去努力证明自己无罪，是妈妈的责任，“轻视这种责任，就是犯罪。”不断叠加的磨难，令这对感情先天不足的母子积淀了太多隔阂、怨怒。即便在获得自由后，列夫依然充满忧郁、愤怒，他与母亲经常争吵，难抑怒火。阿赫玛托娃无奈地向儿子解释，为何自己无力对他付出太多关切：“你忘了我已年六十六岁，患有三种足以致命的疾病，我所有的朋友和同时代人都已去世。我的生活既黑暗又孤独。”同时，她也难过地评价道，儿子在狱中遭受的那些折磨，“摧毁了她的神经”。

列夫自幼缺乏父母之爱，一生有太多惨痛经历。在集中营遭受的严刑拷打、非人折磨，更是将他的性格塑造得复杂、阴郁、易怒。他与母亲最终不曾和解。在母亲病重、行将就木之时，他都不闻不问，决绝地说，自己无论如何都不想见她。

阿赫玛托娃说过，自己曾经名满天下，也谤满天下。她有“俄罗斯诗歌的月亮”之美誉（太阳是普希金）。朋友们对她的慷慨印象深刻，有人也会念叨她有点虚荣和自私。她被诗歌眷顾，又被政治蹂躏的一生，五味杂陈。阿赫玛托娃在暮年重新获得了鲜花、仰慕，也收获了来自世界的荣誉。但她作为母亲，却有难以抚平的遗憾。

在儿子小时候最需要母亲时，阿赫玛托娃不能全心全意地付出；后来，则是时代的车轮残酷地碾过，母子间的嫌隙、不满，遂被无情地放大。她生为人母，确实曾有某种程度的疏忽、失责，而外部磨难那么铺天盖地袭来，令人窒息，更使她与列夫的关系雪上加霜。艺术家容易沉浸于自己的世界，也更随心所欲更自我。旁人或许会因为他们超凡、炫目的创造力而忽略其性格弱点，但子女不会。他们更希冀从父母那里得到的，不是横溢的才华，而是贴心贴肺的关爱。何况，子女与父母距离更近，更能发现对方立身处世的缺陷，性格碰撞也会更激烈。列夫自幼孤单，从青年时代起就不断被抛入黑暗的深渊。他被命运摧残得那么惨烈，对母爱的渴求遂更执着也更偏激。不能如愿的失落、痛苦，也就转化成挥之不去的怨怒。

1967 年，阿赫玛托娃去世的次年，列夫与工艺美术家娜塔利雅结婚，第一次有了自己的家，这时他已五十五岁。1989 年，在母亲的百年纪念日，列夫表达了对她的无限怀念。时光终于冲刷掉他心底累积的许多尘埃，可惜，阿赫玛托娃已经无法感知这份迟来的温情。

竹久梦二的画与诗

弥生美术馆与竹久梦二美术馆在同一栋小楼内，与东京大学隔着一条安静的小路，很久才看得到三两个行人。美术馆的门厅不大，进门右侧的墙面饰以细竹帘，正中是竹久梦二那幅著名的绿衣美人图。左侧一角是礼品区，其中折扇、手绢、手袋等上面的图案都源于竹久梦二的画作。

展览区展示着竹久梦二各个时期的画作。许多是他最典型的“梦二式美人”，姿态各异，却都沉静而内敛；也有竹久梦二为书、报、刊、歌谣本等绘的插画、封面；以及他的几任妻子或女友他万喜、笠井彦乃等的照片；还有他以她们为模特的速写或画作。

逛完美术馆，转头再读陈子善编、林少华译的这本《竹久梦二：画与诗》（山东画报出版社，2011 年 5 月版）感受又不一样。

原来，年轻时竹久梦二是更想当诗人的。他 16 岁来到城市，经历过居无定所的窘迫生活，“我的诗稿无法取代面包”。当他 20 岁左右，试着以绘画代替文字写的诗竟被杂志发表了。后来，他的插图、封面设计、明信片设计等接连获奖，那些弱不禁风的大眼睛美人画更是大受追捧。

但竹久梦二并未放弃写诗，他还写散文与小说。这是他的诗《浮世绘》：

春光如云母刷
春信画中女人的腿如白色的毒蘑
樱花瓣出了懊恼的汗水
寺院的钟传来无奈的轰鸣
春信画中的女人
似看非看地眯细眼睛
走得那么忘情……
苗条的柳腰弱不禁风
无意摇摆也无意不摇摆……

竹久梦二的诗与画恰好可以呼应，诗写得有浅愁有镜头感，画作则蕴涵诗意。他画里的美人们，都有纤细柔软的身姿，还有含而不露的性感。《平户怀古》那位高挑的红衣女子，提着收拢的油纸伞，那静中有动的仪态可不就是“无意摇摆也无意不摇摆”；《加茂川》《野火》《长崎十二景之放河灯》里的女子或低头独倚树干，或牵着孩子，即便是侧影甚至背影，也都各有一番“忘情”，身后似乎都有一段滋味繁复的故事。

竹久梦二的诗《等待春天》有四段，首段是：

停下缝衣的手

想一想吧——

五月清晨的森林小径

青花纷然拥袖……

接下来，那个女子停下缝衣的手，一想再想，想到夜晚摇曳的灯影，想到莫要刺激受伤的心，想到满脸泪痕。梦二笔下《清晨》、《秘药紫雪》《少女和白玉兰》《等人》《美人（龙胆草）》等画中的美人，都有这种若有所思、若有所待的神情，平静、安然却也怅惘、忧郁。《黑船屋》里的女人，最为楚楚动人：她头上插着宽阔的木簪子，怀抱一只黑猫，微微含胸低头，对猫充满怜爱，又有点自怜自伤的味道，似乎也像在“等待春天”。而那一首黯然低徊的《黄昏》，简直可以直接配上《懊恼》这幅画：

又见黄昏

把悲伤藏进衣袖走近

木梨花扑簌簌落下

头上淡淡的清芬……

川端康成说得很精到：“梦二抒发了一个时代的情怀，在顺应个人爱好的同时表达了日本的旅愁和哀感。”

用毛笔渲染，情绪含蓄蕴籍，笔调简约疏淡……竹久梦二的东方韵味让人感到亲切，周作人等作家都很喜欢他的画作，丰子恺等美术家，受他的影响很深。

周作人提到竹久梦二的着色插图说："用那梦二式的柔软的笔致写儿童生活的小景，虽没有梦二画集的那种艳治，却另外加上一种天真，也是书中的特彩之一。"

丰子恺的绘画，就发扬了这一特色："用那梦二式的柔软的笔致写儿童生活的小景"，确实温煦又天真。他 1921 年赴日留学，在旧书摊看到一本竹久梦二的《春之卷》，翻阅到《同级生》大为惊喜："这寥寥数笔一幅小画，不仅以造型的美感动我的眼，又以诗的意味感动我的心。"他赶紧掏钱买下来，回寓所"仔细阅读"。

从《竹久梦二：画与诗》中得悉，1946 年丰子恺从重庆写给上海《导报》一封信，说到缘缘堂毁于日寇的战火，幸而当年寄存于农家的一箱书籍依然完好，其中就有竹久梦二全集。他为之欣喜不已。"因念竹久梦二先生，具有芳菲悱恻的胸怀，明慧的眼光，与遒劲的脑力……真是最可亲爱的日本画家。不知此老画家今日尚在人间否？……已为其周围的杀气戾气所窒息而辞世了亦未可知！"

丰子恺当时还不知道，1934 年竹久梦二刚刚五十岁就去世了。

说吧，记忆

弗拉基米尔·纳博科夫的自传《说吧，记忆》是由一系列独立成章的部分汇集而成的。虽然编排上大致依照时间的先后，却并没有严格以“编年体”的方式呈现。或者说，作者的讲述好像遵照的是记忆“闪回”的顺序。那些往事的碎片纷至沓来，密密匝匝，乍一看稍显凌乱，却有着强韧的内在逻辑。

纳博科夫1899年生于俄罗斯帝国首都圣彼得堡的一个贵族家庭。他的先辈有好些在政界、军界有举足轻重的地位，更有不少人在文学、语言等方面造诣深厚。他出生于那样的年代和阶级，注定了长大后要在飓风般的革命中流离他乡。

《说吧，记忆》的回顾截至1940年纳博科夫从欧洲移居美国。内容大致可以分为两大部分：从他四岁记事开始，优裕、滋润的童年和青少年时代；1917年，随着“十月革命”一声炮响，母亲携纳博科夫等子女逃到克里米亚。1919年，在布尔什维克军队密集的机枪扫射声中，全家人搭乘一艘破旧的小船仓皇逃离俄国，前往西欧，与无数“白俄”一样，从此饱尝流亡的辛酸。

离开家园之初，大家都以为那只是一段短暂的过渡。背井离乡愈久，思乡之情愈浓。在剑桥大学期间，纳博科夫常常熬夜，除了大量阅读俄文著作、写俄语诗歌，还坚持每天至少读十页俄语词典，记下特别喜欢的词语——置身于异族文化环境，靠每日每时亲近俄文，让母语深耕密植于大脑。这是漂泊者释放乡愁最无奈的途径吧。

人在异乡的疏离感，不易或不想完全融入侨居地的孤傲，物质的贫困与思想的奢华，时不时会敏感到的流亡者的“低等”身份……他活得“五味俱全”，有忧伤也有辉煌。无论身居英国、法国还是德国，锲而不舍地追忆俄罗斯生活的残留片段总是能令纳博科夫热情高涨。他甚至认为，自己这种强烈的回顾能力“几近病态”。他在剑桥大学卧室的炉火旁，孤独地沉思，甚至满是遗憾：“我想到了在自己国家中错过的一切，想到如果我曾猜想到我的生活会这样剧烈地转变方向的话，我绝不会不去留意和珍视的那些东西。”

其实，就算他不曾刻意去牢记，记忆深处那些层层叠叠的堆积，又何尝被忽略或者丢弃？因为，渗透在记忆中的“是一种安全、安乐和夏季的温暖感觉”。就连一瞬间的“闪回”、一丝一缕的断章碎片，掬起来都满是快意。纳博科夫与家人冬天住圣彼得堡，秋季常去国外的度假胜地。更多的时候，他们住在离圣彼得堡五十英里的维拉。隔着遥远的时空回望过去，那片广袤的庄园真像梦境一般：椴树、桦树、松树、枫树、冷杉、山杨树、丁香，还有忍冬、金合欢、睡莲、雏菊、风信子……多姿多彩的茂密植物，缠绕着维拉庄园，让它好像弥漫着彩色薄雾，充满静谧、深邃之美。

更吸引小男孩纳博科夫的则是穿梭于花木草丛的缤纷蝴蝶。他总是带着捕蝶网，从宅邸走向田野和森林，在桦树皮上、野花上、小溪边，屏住呼吸，小心翼翼地捕捉稀有的蝴蝶品种。随后，他带着收获的狂喜跑回家向父亲炫耀，稚嫩又幸福的尖叫声久久响彻，好像穿越了漫长岁月。纳博科夫很享受跟父亲在树林的散步。小桥边上，父亲绘声绘色地讲述，三十年前自己如何遭遇一只渴慕已久的蝴蝶。那只美艳蝴蝶的标本，后来由纳博科夫珍藏。

母亲也有自己最快乐、最不厌倦的消遣。她提着篮子在毛毛雨里采集蘑菇的身影，留给纳博科夫无比深刻的印象。他记得她娇小的身躯裹在绿棕色羊毛披风里，无数小水珠在她周围形成淡淡的薄雾，她在园子的通幽小径里愈走愈深，满载而归时有俏皮而浓厚的喜悦，蘑菇上沾惹着的一片湿漉漉的草叶……

“全心全意去爱，别的就交给命运。”这是母亲传授给儿子的简单规则。她也教他欣赏庄园里这样那样可爱的东西。加上天生的诗人气质，纳博科夫几乎是自然而然地迷恋唯美的细节：云雀窜向酥酪般的天空，新雪上一只小鸟的脚印，枫叶那层次丰富的色调，长椅上雕刻的装饰图案，墙纸上的蓝色玫瑰，母亲坐在雪橇上的优雅身姿，灰沙燕从洞穴突然飞出——所有这些精美的“幻影”，这些与金钱、财产无关的美，铺垫了他儿时的彩色记忆，也奠定了他看待世界的基调与角度。因此，当大宗财富在苏维埃政权中丧失，当繁华一夜燃成灰烬时，他能够相对地淡然、超然。

直到儿子幼年时，纳博科夫在经济上都很拮据。虽然曾经有过锦衣玉食、宝马豪宅，但他对往日的无限眷恋，却并非因为富贵烟消云散，在流亡岁月里又经历了许多物质困苦，母亲不得不变卖当年仓促带出的一点珠宝。纳博科夫说："我和苏维埃专政的旧怨（1917年以来），全然和任何财产问题无关。"他说，自己对过去的思念是"对失去了的童年的一种极度复杂的感情，而不是对失去了钞票的悲伤"。虽然往昔的美好、安逸，在某种程度上跟财产的优裕、家族的优越地位不能截然剥离，但纳博科夫并未刻意渲染离开祖国前后物质生活的巨大反差，他更津津乐道的，也不是显赫的家族往事，而是构成旧日明亮生活的无数闪光点：日常生活的温馨动人，伴随自己成长的层出不穷的美好，当然，还有魂不守舍的初恋。

俄罗斯社会的巨大变故，彻底颠覆了全家人的命运。纳博科夫的父亲是旧俄时代思想开明的政治家、政论家、法学家，曾当过宫廷侍卫官，在圣彼得堡帝国法学院教授过刑法学。他坚定地投入反对沙皇专制统治的政治活动，进过监狱，在立宪民主党参政时期任职于内阁，1919年流亡国外，1922年在柏林死于刺客的子弹下。孀居的母亲则于1930年在布拉格郊区去世。她晚年依靠捷克政府提供的微薄的养老金过活。生命的最后几年，虽然公寓狭窄，几件零星的二手家具很破旧，她仍然在抄录自己最喜爱的诗歌。

《说吧，记忆》最初的英文版成书于1951年。纳博科夫最有影响也最受争议的小说《洛丽塔》出版于1955年，所以自传里几乎没有提到《洛丽塔》。事实上，除了用相当篇幅讲述少年时代如痴如醉的诗歌写作，纳博科夫对自己的其他小说也仅有只言片语涉及。这是他的有意为之："我感到创作它们时的苦恼已经足够了，应该让它们留在瘤胃之中。"他专门有文字详细叙述小说创作，所以自传里没有过多谈论写作。

我从《说吧，记忆》里得到的最深印象是浓得无以复加的乡愁。伴随着枪林弹雨的改朝换代，总是令前朝贵族猝不及防地跌入尘埃。假如此后还不得不长久流落异乡，乱离的苍凉与离乡的惆怅，就会搅拌得愈加浓稠。对无法重返的故国的思念，因为附着在永远无法重现的童年上，遂加剧了怀旧的感染力。固执而沉迷地回头凝望，固然能咀嚼依稀仿佛的甜美，却也令人愁肠寸断：回忆像一把钝刀子，它持续、持久地用力，也是能割伤人的。

上海译文版的《说吧，记忆》里有近二十幅相片，从纳博科夫表情严肃的祖父母、雍容的外祖母到父母弟妹，包括他妻子薇拉与儿子，纳博科夫家族成员都有精致的、堪称完美的面部轮廓，他本人年少和年轻时的模样，确实像极了沉溺于蝴蝶与诗歌的人：无可挑剔的、纤柔的俊美，不染凡尘的清瘦、苍白，还有一丝耽于幻想与沉思的细腻、迷离。

比较遗憾的是这个译本好些部分相当佶屈聱牙，有的句子甚至令人费解。非常期待将来有更理想的译本问世。

光影流转

握着接力棒长跑

电影《皮帕·李的私生活》一开场，是知识分子聚会的家宴场景。看女主人皮帕的优雅得体、进退如仪，你无法想象，她有过零乱的青春期。

皮帕的母亲常年服用兴奋剂，她的亢奋和病态令少女皮帕忍无可忍，遂离家出走。那几年她真是为所欲为：无节制地嗑药，捅各种娄子，交许多男朋友。迷狂和堕落的生活，多半会导致危险的结局，但过程却往往快活，有放肆与自由、重力与加速度带来的眩晕、沉醉。

那时，皮帕青春逼人，含糊迷乱，带点堕落痕迹，又有点漫不经心，而且并不玩赏自己的姿色，有股懵懵懂懂的甜美，吸引着各种年纪的男人。荷伯一见了她眼珠子就转不动了。而皮帕也倾心于年纪比父亲还大的他。他们频繁会面，荷伯给皮帕开阅读书单，已经着手进一步打磨她，想要娶她。荷伯跟皮帕抱怨，他多年来都希望妻子吉吉有外遇，好趁机脱身，“可那贱人偏不”。

皮帕跟华艳、傲慢、贵气的吉吉站在一起，显得多么毛糙笨拙，很遭吉吉蔑视与奚落。但是，吉吉要坚守在荷伯生活里的愿望却如此顽固，她用的可不是一般的手段。吉吉在佳肴美酒前拔出手枪，砰的一声，当着荷伯和皮帕的面，饮弹而亡。

这么一来，不管皮帕是否准备好了嫁给荷伯，都别无选择了。应该说，那几年年轻得放肆，也过得不知所措的皮帕遇到荷伯，十分幸运。荷伯将她拔离出茫然无序的圈子，带给她精神、物质的安全感，指引她过有规划的人生。皮帕也真心庆幸自己被救出了火坑。只是，她的前任死得决绝狠烈，鲜血那么近地溅上皮帕的白裙。她就算跳到海里也洗不干净，此后一直被内疚和赎罪感压迫，噩梦缠身。皮帕只好当一个虔诚的忏悔者，屏息静气地做妻子、母亲。没想到，做得还真是出色呢。

这一完美，就是漫长的二三十年。像无休止地端着一满盆水，不能倾倒不能泼洒，真把人给累坏了。就算当战地摄影师的女儿很长时间非常冷落她，就算丈夫日益老态龙钟，皮帕还是那么尽职爱岗。在朋友眼里，她美丽、得体、聪明、乐于奉献，有谜一样的气质，是“现代社会唯一的、艺术家的理想太太”。虽然她嫁给了出版商。

问题是，规行矩步久了，任谁都难免疲倦。贤妻良母的端庄贤惠，要么出于淳良女子的天性或智识者的自觉与修为，偶尔，还可能是青春期疯够了的浪女，厌倦了“醉生梦死”，从此改弦更张。而皮帕显然不是，她当年的狂野生活戛然而止，虽属自觉自愿，却是在陡然间粉墨登场，仓促装扮成淑女，满身披挂太过沉重。那个狂放不羁的皮帕，在她体内还没有来得及释放完汹涌的能量。这就难怪她会梦游，半夜里打开冰箱狂吃蛋糕，把一尘不染的厨房弄得满地狼藉；在车里抽烟，扔下十几个触目惊心的烟头；而且，居然游逛到基努·里维斯当收银员的小超市，最后是他开车送她回家……

这些没秩序无克制还有隐约的欲念，都是她白天想做却被理性按捺下去的吧。

皮帕被自己的梦游症搅得疲惫而绝望，就算去学陶艺也无法疏解焦虑。幸好荷伯出轨了，对象是皮帕的女友，明显神经质的薇诺娜·赖德。荷伯跟妻子摊牌，觉得近些年皮帕对待他的态度，仿佛他人之将死。他再也受不了人家将黄土埋上他脖子的窒息感，毅然决然要再次开始新生活。垂暮者抵御死亡的方式，有时是与年轻得多的女人投入一段不管不顾的恋情。但一番消耗折腾，往往又加速了他们的衰朽。此是后话。

皮帕走出丈夫的工作室，很奇怪，没有悲愤，而是如释重负的轻松。一个声音告诉她：那根由吉吉尖锐而突兀地传过来，她握了半辈子的负疚牌接力棒，终于可以交给下一任了。

影视剧里，无论是倦怠了按部就班的寡淡日子，还是负了内伤要调息身子骨、养心养神，或是憧憬未来，人们要么是到托斯卡纳的艳阳下装修古宅，体会乡亲们的热忱和美食美景，邂逅一段灿烂的感情；要么在希腊的迷人海滩追逐浪花。《手机》里的王志文走得更是独辟蹊径，干脆到了听着有点生僻的爱沙尼亚。

丈夫死后，皮帕要跟着基努·里维斯坐车走了。电影没有告诉我们，他俩将走向何方，走得如何。不过，皮帕的脸上已经褪尽往日的疲惫、麻木、倦意，“镀”上了一层欢喜、轻快与生机。那就好。

《皮帕·李的私生活》演职员阵容非常豪华。除了前面提到的几位，荷伯的前任太太吉吉由万人迷莫妮卡·贝鲁奇出演；皮帕的饰演者罗宾·怀特是《阿甘正传》里令阿甘梦萦魂绕的珍妮，她与西恩·潘有十几年的婚姻；年轻皮帕则由布莱克·莱弗利饰演，她因热门电视剧《绯闻少女》红透半边天；小说原著、编剧、导演为丽贝卡·米勒，著名剧作家阿瑟·米勒的女儿，她的丈夫是情场浪子、到她这里终于收刀拣卦的丹尼尔·戴·刘易斯；翠西阿姨的同性恋情人是朱丽安·摩尔；影片的道具师由刘易斯担任，制作人则是布莱德·皮特。

基努·里维斯演的是乍一看性情有点怪异的落魄男子：离了婚，辞了职，孤僻得不讲礼数，不过走近了看却也温厚率真。演员自己总是想尝试新形象，不愿意被某种类型化角色局限。这一次，他不但丝毫没有往昔拯救世界、挽狂澜于既倒的神勇英武，还有点木讷，有点钝，一贯的英俊、矫健荡然无存。这样的角色由基努·里维斯来演，就算不能说是浪费，至少看着不太习惯。

宝座上的女王

因为，维多利亚女王与慈禧生活的年代大致接近，人们免不了经常将两人加以比较。看了《年轻的维多利亚》就忍不住想起众多以慈禧为主角的电影，尤其要想到李翰祥导演的《火烧圆明园》和《垂帘听政》。

东西方的宫闱片类似的地方挺多，不约而同都要渲染奢华的皇家气象：宫苑都堂皇华贵，服饰都富丽精致，场面都肃穆隆重，人物都齐楚漂亮。鲜衣宝马，帅哥靓女，煞是养眼；因为主角们出没在权力的波峰浪尖，围绕他们的阴谋阳谋自然也层出不穷；另外，后宫幽深曲折，就连爱情或情欲故事也都不那么单纯。

电影《年轻的维多利亚》

《年轻的维多利亚》讲述的是维多利亚十八岁登基前后那几年的事情。她是国王威廉四世的侄女，国王几兄弟仅此一个后代，英国又有女王执政的先例，所以她的继位毫无悬念，顺理成章。最大的困扰是控制欲强得超过爱心的母亲，在其野心勃勃的私人助理鼓动下，曾经想用摄政的方式攫取权力，让维多利亚成为傀儡。维多利亚强硬也警醒，她可不想被别人随意玩弄于股掌之间，即便对方是母亲也不行。

为了操控维多利亚，母亲和舅舅（即比利时国王）还预留了一手，他们早就在自己的科堡家族选中了一位侄子阿尔伯特，不仅各方面精心栽培，还让他熟知维多利亚的所有爱好，包括阅读喜好，以便有的放矢。影片中，当肩负重任的帅小伙阿尔伯特走向维多利亚，未来女王的命运就有了悬念：她会“被俘”吗？她会陷于情网继而落进政治陷阱吗？

阿尔伯特不负所望，博得了姑娘的欢心。幸运的是他真心爱上了维多利亚，此后两人频繁而缠绵地通信。登基后，女王与阿尔伯特结了婚。比利时国王希冀阿尔伯特不要忘记他起初的使命，新郎却冷冰冰地给叔叔回信，让他只谈家事，莫论国事。呵呵，这倒好，为捕获兔子而撒出鹰，鹰却跟兔子一道奔逸了，直教人无计可施。

宫廷的最高权威是女人，矛盾和纠葛就有点不同寻常。阿尔伯特想改良旧习陈规，想帮妻子谋划或补漏。维多利亚却不是小鸟依人的柔弱女子，她勃然大怒，斥责丈夫蔑视国王的威权，是在揽权、僭越。这番发作带来的感情裂缝真不小，后来路转峰回，总算得以弥合。这一段冲突或许是虚构，却还不太离谱。地位悬殊的婚姻，有先天不足，双方都难免紧张或过敏。优越、强势的一方容易警觉，他（她）靠拢我是否在感情之外别有所图？弱势的一方则很容易敏感于对方不经意的傲慢，有时也不免怨艾：明明此心澄澈可鉴天，人家为何还要疑神疑鬼？当女王的丈夫当然更难，他肯定不是平庸之辈、阿谀之徒，但这样的男人又如何甘于久居从属、附庸、被动地位？可是，他若是太才华横溢，又可能喧宾夺主。

不知道电影之外的女王夫妇，经历过怎样的磨合。都说他们感情很深，阿尔伯特 1861 年病逝后，女王很长时间走不出悲伤。1851 年在伦敦成功举办并获得巨大国际声誉的首届世博会，就是阿尔伯特亲王领衔主持的。女王前往参观，为英国辉耀世界的荣光激动不已。阿尔伯特亲王显然是女王的得力伙伴，也不乏深谋远虑。难怪人们要说，维多利亚是少见的既成功履行了君王职责又拥有家庭幸福的女人。

1837 年，当维多利亚登上王位时，叶赫那拉 · 杏贞只有两岁。她没有生在显赫世家，又身为东方女人，攀登上权力顶峰的道路，曲折、艰难得多。杏贞十七岁入宫成为兰贵人，因为给咸丰生下了唯一的儿子而逐步荣升，被封为名位仅次于皇后的皇贵妃。与生而显贵的维多利亚不同，她不仅需要跟别的女人们分享丈夫，从贵人到嫔、妃、贵妃……步步擢升的过程，也小心翼翼，容不得一丝一毫闪失。等到咸丰帝在承德驾崩、辛酉政变后两宫垂帘，年方二十六岁就贵为太后的慈禧，不知已经闯过了多少暗礁险滩。她天资不凡，政治手腕圆熟，很快就将权柄握得牢靠。但是，在除了武则天鲜有女主掌政的中国，背地里“牝鸡司晨”的议论，从来没有停息。

慈禧固然有她的短视、愚昧、奢靡，远非优秀的政治家。但她的毛病，既有个人缺陷，也是专制体制下独裁者的通病，男人照样可能犯。世人若一味地拿性别来歧视她，就偏颇了。所以，《火烧圆明园》要给刚出场的兰贵人埋一个很女权主义的伏笔：石匠正在雕刻皇宫玉阶上的龙凤，当她看见总是龙在上，凤在下，显得很是不满与不甘。

在电影镜头之外，维多利亚中年丧夫，拥有九个儿女，子孙遍及欧洲王室；慈禧则是青年丧夫，中年时独子去世。两个统治东西方大国的女主看似各不相干，但她们的人生其实还是有交集的。慈禧最屈辱仓皇的两次弃城逃跑——1860年英法联军火烧圆明园随咸丰跑承德；1900年八国联军肆虐北京，化妆成农妇逃奔陕西。在天子之城耀武扬威的，都有维多利亚女王的军队。可以说，这两个执政时间都很漫长的女人，最大的区别是：一个得意洋洋地见证了大英帝国的生机勃勃、繁荣强盛；一个则左支右绌，眼睁睁地看着风雨飘摇的大清王朝日益支离破碎。

时尚教皇

已有百年历史的 *VOGUE* 杂志，素有“时尚圣经”之誉。所以，这部用了八个月追踪该杂志工作流程的纪录片 *The September Issue*，中文译名就叫《时尚恶魔的圣经》，呼应的是安妮·海瑟薇和梅丽尔·斯特里普主演的《穿普拉达的女魔头》。那部风靡一时的时装电影并不是特别出彩，不过华服美女看着养眼，票房收入很高，也惹得人议论纷纷，都说梅丽尔·斯特里普演的那个冷面铁心的女上司，原型就是 *VOGUE* 的主编安娜·温图尔。

这部纪录片的镜头就大多瞄准安娜·温图尔。她当然很忙：出席各大品牌的时装发布会，探访顶级品牌的设计师，确定选题，挑选或淘汰杂志将要采用的服饰、图片……安娜心知肚明，世人对时尚圈有某种成见，所以电影一开始她就坦然道：人们惧怕时尚，对时尚界的负面评论比较多，因为这个圈子让人觉得紧张、没有安全感。许多人都在超市购买衣服，大家当然会觉得自己被那个穿着高级名牌时装的群体排斥。

安娜看到了世人对时尚圈的冷眼斜睨，但她没有提到，圈外还有好些人对于时尚界其实是充满好奇与艳羡的，否则无法解释 *VOGUE*

惊人的发行数量。安娜们每日打量、摩挲与制作的是花花世界最极致的奢侈、浮华、青春、美丽、精雅、迷幻……诱惑力不言而喻。《时尚恶魔的圣经》记录了安娜和她的同事为筹备一年中最重头的九月刊所耗费的数月心血，实际上也截取了时尚业的一个鲜活断面，揭示了流行工业瑰丽、紧张的内幕。因而这纪录片很受观众青睐。

安娜·温图尔被称为时尚教皇，也有人说她是美国最有权势的女人。这话不算夸张，全球时尚产业年产值达三千亿美元，她是醒目的领军人物。所以，安娜在公共场合出现，总是比明星更吸引眼球；她无可摇撼的权威身份，带给业内人无形的威胁，第一次拜见她的设计师会紧张得语无伦次，展示服装面料时禁不住双手发抖；她对服饰的首肯或漠视，能决定设计师的前途；她的苛刻挑剔、不由分说，能把下属逼得嚷嚷着想自杀。

安娜·温图尔从小就对时尚感兴趣，十六岁进入时尚圈，对行业的热爱支撑着她一辈子孜孜不倦。她年轻时模样也是好看的，如今上了年纪，常年的严肃和自负，将其面容塑造得毫无亲和力。她一言不发的时刻，就像一只生气的螳螂。电影镜头仔细地推近到安娜筷子般粗的风格化的项链，抑或也是想给她脖子上细密的皱纹来一个特写。她生于1949年，当然早就不年轻了，在这个时时刻刻追新逐异的圈子里，却奇迹般地站在巅峰，几十年巍然不倒。时尚圈的许多革命，都是安娜发起的，比如采用名人做封面模特，既增加了杂志的吸引力，也使得名人们争相想成为超级名模。

安娜独断、固执，不停给下属施压，经常面无表情。一般人要喜欢她估计很难。但这些特征的另一面是她的勇往直前，有见识、有决断。旁人对她不得不服气——她执掌杂志的二十多年，*VOGUE* 的影响力和发行量都节节攀升。

所以，*VOGUE* 的出版商很公允地说：她很忙，待人不热情不友好，总是在做生意，她不需要做平易近人的角色。影片中，安娜呈现给观众的，既有说一不二的强势，也有追求完美的一丝不苟，以及为时尚号脉的敏锐犀利。

杂志社的创意总监格蕾丝早年曾是模特，因车祸影响了面容，改行做了 *VOGUE* 编辑。她与安娜同时进入杂志社，已经在编辑部工作四十年。与安娜同事，注定了格蕾丝至今还每天处于高压之下。她和一群合作者耗尽心力策划的爱不释手的那组图片，将二十世纪二十年代的怀旧主题拍摄得就像精致的电影剧照，却被安娜轻易就压缩篇幅或撤掉了。格蕾丝唯有心疼，她提醒编辑部的年轻人，其实也是给自己打气：在这里你必须强硬，显得自己重要。不要轻易放弃，很多人来去匆匆，就因为受不了自己被否定。很显然，对这份工作的热爱和辛劳之后的成就感支撑着格蕾丝，头发稀疏了还在坚持。她时而焦虑得食不甘味，时而欣慰得喜上眉梢，让人看到的正是时尚业的魅力与艰辛以及职场上的五味杂陈。

安娜·温图尔倒也不是一味地否定别人，比如她对格蕾丝的优势就看得很清楚："她能敏锐预知下一步的时尚趋势，擅长视觉化照片并指导拍摄。"这个功成名就的强势女人，我行我素，不容辩驳，却也不失客观。她只认可实力。

只有当眼光瞄向女儿的时候，安娜才一脸柔光。那一刻，她变得有些美了。

探戈狂恋

《探戈狂恋》的故事非常简单。男主角又比较平庸，表演欠缺层次，面相也没什么艺术气质，看上去像个疲惫的电工，跟角色的导演身份极不吻合。

除去这些弱项，西班牙电影大师卡洛斯·绍拉拍摄于 1998 年的这部电影，仍然是好看的。这么多年过去了，它并不显得老旧。为什么呢？这电影的灵魂是探戈舞，探戈的狂热、炽烈、奔放，本来就有高炉烈焰的热力和钢花四溅的绚丽。影片又以娴熟、高超的镜头调度，将这又热又辣又脆之美，凝固成了永恒。

探戈是舞者的腿在变神奇的魔术，那些不可思议的缠绕、进退、旋转、跳跃，有磁力也有抗衡，有警觉也有纠缠。腿的飞舞和身体的腾挪，速度那么迅疾，闪转得又那么出其不意，似乎完全背离了法度，像火车脱了轨。你不免担心他们会磕碰、冲撞甚至摔跤。当然，怎么可能呢？跳至酣畅淋漓时、眼花缭乱处，演员与其说是在炫技，不如说是被舞蹈精灵附体了，动作再怎么随心所欲、零乱放纵，却仍是收放自如的。舞伴之间配合得真是严丝合缝。

《探戈狂恋》自始至终很少有外景，演员们在封闭却不逼仄的空间和高而阔的排练厅里跳着、唱着、演奏着，是布宜诺斯艾利斯人自由又专注的沉浸。导演有意将好些舞蹈放在半透明的屏帷后演出，镜头经常对准线条优美的小腿，那些剪影似的画面，亦步亦趋的男女，配上急促的、迫不及待要诉说似的音乐，有迷醉、魔幻之美。电影里那场舞剧（也即戏中戏）的设想是借助灯光的变幻，展示从黎明到黄昏的一整天，也暗示光阴的流转。《探戈狂恋》本身的灯光，则更多是橙黄、橘红的暖色。美人的面孔，挺拔的身姿，在温软迷离的光影里，仿佛烈日灼身，热得要融化了一般。

很少有别的舞蹈像探戈这样，舞动着的男人和女人面色都无比冷峻。但也很少有别的舞蹈能像探戈这样，将两性之间的吸引力、情欲的热度表达得如此狂野、激烈，像两块烧灼的烙铁使劲碰撞。

所有的舞蹈都在导演马里奥的凝视下完成。在紧张排练的过程中，他失去旧爱劳拉又恋上新人伊琳娜。前者珠圆玉润，后者清新娇俏，如梨花沾了晨露。两位女人都是顶尖的舞者，她们各自或一起与男舞伴炫然起舞，跳得人心醉神迷。

那些日子，马里奥在凝神审视或观赏中，逐渐体会着心如死灰的绝望，怦然心动的入迷，如愿以偿的欢悦，还有挥之不去的恐惧。有一些感情因为某种顾虑或禁忌，伴随着火中取栗的烫手或临深履薄的惊险。虽说当事人往往在压力或束缚下添了奋不顾身的激情与胆气，但危险也真的如影随形，不可小觑。伊琳娜原本是“教父”拉罗卡的情人，是拉罗卡将她推荐给了马里奥的剧组。拉罗卡是这部舞剧的主要投资方，更是容不得别人“耍弄”他的强横人。《探戈狂恋》贯穿了情感的失意与获得，无论是劳拉还是伊琳娜的移情别恋，总是有人为遭到遗弃而黯然、怨艾、愤懑，复仇的潜流经常按都按不住地要喷涌而出。而表现这份紧张、悬疑和压抑的怒火，最适宜探戈那警觉、酷热、胶着的舞步。

马里奥与伊琳娜初次约会的餐桌前，有电影中唯一一段稍长的对话。伊琳娜不满于世人的偏见——漂亮女人通常头脑简单。她当然认定，美人也可以同时拥有聪明的头脑；马里奥则感叹自己头发渐渐稀疏、年华颓然消逝。虽然在旁人眼里他早已功成名就，但被年轻人尊敬而“见外地”称为先生，也即放在了圈外，还是不免有被置于另册的失落和不甘。看来，人在任何处境下，都有别人不易体会的或大或小的困扰。说起来，这些感慨或遗憾，顶多是美中不足，局外人或许要揶揄为小题大做，不足挂齿。但每个人的境况不同，心底的沟壑也就不同，倒也无可厚非。

马里奥其实从看见伊琳娜的第一眼（拉罗卡向他推荐她之前）就无可遏止地被她攫住了。这不奇怪，她年方二十三岁，美得那么轻灵、端正、清澈，人人都会在如此明艳的魅力前神魂颠倒。何况，马里奥被劳拉抛弃后，正过得暗无天日，对年轻丽人的渴慕乃人之常情；以如花美眷抵御似水流年，却非人人可得的幸事，马里奥自然属于幸运者。不过，舞蹈队伍里满是活力四射的英俊小伙子，伊琳娜为什么会爱上个年纪一大把的老头子？电影交代得不甚清楚。是因为导演这种角色在剧组显而易见的权威地位，赋予了他某种神采？还是因为与成功的专家或曰知识精英堕入情网，潜意识中让伊琳娜觉得可以见证自己的智力水准？……管他的，懒得去猜了，伊琳娜和劳拉们已经旋至灯光中央，舞得翩然欲仙，一招一式都不容错过。

夜半时分的五味杂陈

东京，新宿。车辆密如过江之鲫，川流不息却又秩序井然；商业街上，拥挤的霓虹灯与橱窗流光溢彩，再加上街灯与车灯的辉映，都市的夜晚，果然是火树银花。

镜头却转向了僻静冷清的小巷，几级饱经磨损的石阶下，有低矮局促的平房，朴素至简陋的小餐馆。老板（小林薰饰）正在做营业前的准备：挂上店招，扭亮灯笼，一丝不苟地擦拭已经很干净的条桌。未曾上漆的桌面有一些年头了，木纹依然细腻清晰。小餐馆的营业时间很特别，从晚上十二点至早上七点，所以人称“深夜食堂”。这样夜静更深、鸟回巢人归家的时段，还会有食客吗？你别说，客人还不少。老主顾居多，偶尔也有新面孔。

深夜食堂提供的食物仅寥寥几种，简单而便宜的猪肉套餐、啤酒之类。不过老板很自信：你尽可以点自己喜欢的，能做的我就给你做。

客人的需求果真五花八门：口口声声呼唤纯爱但一直没遇到如意郎君的茶泡饭三姐妹，分别喜欢鳕鱼、鲑鱼和梅干菜茶泡饭；脱衣舞娘的口味会随她的恋爱对象变化，有段时间酷爱烤鱼卵；送报纸的穷学生则自带面包，请老板加工鸡蛋三明治；曾经红极一时的AV电影男主角，每次必定要吃两份土豆沙拉；在深夜食堂获得帮助而成名的歌手念念不忘猫饭……通常是每一集围绕某人偏爱的一种食物展开故事，或辛酸或温馨，人物不多，篇幅短小，却有言简意深的悠长余味。那些素净淡雅的杯盘碗盏里，轮番盛上了煎成章鱼状的红肠、烤竹荚鱼、酱油炒面、牛油拌饭、拉面、鸡蛋卷……都是家常的平民化的食物，因为附着了剧中人当下的处境，情感的遭际或往日的回忆，一下子就溢出了不寻常的色香味。

来的都是客——女艺人、黑社会、变性人、拳击手、丧夫的女招待、美食家、作曲家……无论得意人还是失意人，老板都不卑不亢。除非有谁出言不逊，犯了众怒，老板才会在他离去时悄悄地正色警告他：下次再犯，你将不受欢迎。更多的时候，他专注于烹饪，闲下来则点支烟，默然无语地倾听。他与客人之间，形迹并不十分亲密热络，但是似乎有无言的相知或默契。老板像是那类绝不饶舌但心中有数的老朋友，只有当某人黯然神伤、心乱如麻或大家吵得不可开交、莫衷一是的时候，他才冷不丁言简意赅地说一两句，恰好又很到位、很点睛、很管用。

电视剧自始至终没有交代老板的经历，但他脸上那道足有三寸长的刀疤透露了消息。伤痕从眉头开始，惊心动魄地穿过上眼皮，然后直达脸颊。可以想象老板曾经有过的年少轻狂、惊险激越。奇怪的是，这伤疤竟然没有为他增加一丝刚狠凶蛮。他脸上有的是诚挚浑朴的温厚，宠辱不惊的通透，拿得起放得下的沉稳。

说起来，一个苍蝇馆子（成都话指小餐馆）的老板，是喧哗都市里毫不起眼的小人物。但老板的身上自有一种不容人小觑与轻慢的分量，对待美食与劳作的态度带有敬意，也有享受，决无马虎、苟且或躁动、不甘。他既不是苦兮兮挣扎着求生存，也没有艺青之类玩行为艺术的游戏色彩，而是中年人阅尽世事后的宁静淡泊，一杯一盘都不敷衍的端正自重，让人不由得要对他心生尊敬。

《深夜食堂》每集不到二十五分钟，有恰到好处的单纯凝练。这部深夜档的短剧集改编自同名漫画，后者荣获过 2009 年日本漫画大奖。美食题材的优秀影视剧，往往将复杂幽微的人生况味，与鲜香四溢的食物烩成一锅，让观众在视觉享受、情感冲击之外，多了一重味蕾的刺激，真叫人心醉神迷，更兼口水滴答。

生而为人的安慰

碟片封套上有这样的剧情简介：1949年，前苏联的庞大版图上，一辆载满落难者的流放列车，在边疆大草原上缓缓驶向绝望的终点。被驱逐的人们满脸疲惫和绝望，他们都晓得闷罐车里的这趟旅程有去无回。犹太小男孩沙士奇的爷爷撒手人寰，众人偷偷将举目无亲的沙士奇混在尸体堆里送下车。铁路工人哈树冒险救下了奄奄一息的孩子……

也就是说，是黯淡岁月里的悲情故事。看还是不看呢？有时候，不太想去接触过于愁苦、压抑的题材，犹豫了一阵，还是看了。

很庆幸没有错过这部《献给斯大林的礼物》。它比想象中更悲怆，却又比预想中更动人。八岁男孩沙士奇的爷爷丧命于塞满流放者的死亡列车，他却惊险而幸运地捡回性命，带着满身虱子和重病，被精心照料，逐渐康复，在哈萨克斯坦草原上经风沐雨。是哈树爷爷，“叛国者”家属薇拉，还有流亡至此的波兰医生亚齐……这些前苏联的底层人和政治贱民殚精竭虑救了他。为了这个素昧平生的孩子，他们付出的代价很大，尤其是身心俱疲的美人薇拉。

由丑陋的上校和派出所所长博加拜——前苏联威权统治的代表

构成的阴霾、阴惨，则铺天盖地，压迫得人要窒息、呕吐。

哈树爷爷外表一点都不好看，皱纹像沟壑那么深，右眼上还有显豁的伤疤。他当过军人参战，后来所有的亲人都丧命于大饥荒。哈树面容粗糙、沉默寡言，看似迟钝，却有细腻、炽热也刚烈的胸襟。他让无依无靠的沙士奇得到精心照顾，更获得心灵的庇护。

身为阶级异己分子的遗孀，薇拉一直饱受精神与肉体的双重蹂躏；温和而落寞的医生亚齐，为什么从波兰漂流到遥远的异国他乡？电影没有交代，那肯定又是一段沉痛的故事。他俩的感情像沙砾中的野草，倔强、绝望、弯弯曲曲地生长起来。

薇拉和亚齐坐着修理车去参加婚礼的那场戏，拍得真是美好。明媚阳光将车下的铁轨和枕木都照得铮亮。空气清爽透明，似带一点彩色，不断后退的景物也沾染了几分喜气。婚纱迎风起舞，新娘和新郎的神情一扫往日的愁郁，飘然欲仙。

那一抹亮色曾经无限动人，他们最终却难逃厄运。温文尔雅的亚齐，哪堪对抗凶蛮的悍兽博加拜？就在婚礼上，亚齐死于博加拜的枪口。薇拉抱着新郎哭泣的画面，定格了世间最凄美的痛、最浓烈的恨。

一只洁白、柔软的迷途羔羊不期而至，成为沙士奇爱不释手的玩伴，带给他无限快乐。经过一番犹豫后，他决定将羔羊作为寿礼献给斯大林，期望能因此获得跟父母的团聚。当年，有无数沙士奇的同龄人，怀揣着与他同样的愿望。

1949 年，斯大林的七十大寿将临，各级官员都在绞尽脑汁，搜寻新奇点子为他祝寿。一般人并不知道，苏联的第一颗原子弹很快就要在哈萨克斯坦大草原引爆。原子弹爆炸那一刻，气浪裹挟了大大小小的生命，天地都为之仓皇。那才是官方为斯大林精心筹备的最重量级的寿礼。

修改这段文字时，电视上恰好在播放一则消息：前苏联时期，哈萨克斯坦有四十余年充当核武器的试验场。如今，核试验虽然已经停止了二十多年，仍然有一万余平方公里土地寸草不生，周边居民的癌症等病，发病率居高不下，胎儿畸形的比例也高……历史的创伤，不知要多长时间，才能痊愈。

二十多年前，苏联刚刚解体。哈萨克斯坦还属于独联体时，我有幸坐火车从它的首都阿拉木图出发穿越无边无际的原野，用三昼夜时间一路西行到达莫斯科。那是大雪飘飞的暮冬，天地白茫茫一片，森林雄浑而沉默，列车偶尔停靠的车站，背后是规整、冷清、缺乏颜色的城市。那时候，车窗外掠过的一切都让我新鲜好奇，却无心、无暇去想到，深厚、清爽的白雪不知覆盖了多少伤痛、多少不堪回首的往事。

《献给斯大林的礼物》是我看过的第一部哈萨克斯坦电影。尽管故事发生的时代有不言而喻的昏暗、窒息：令人发指的暴戾，邪淫冷血的警察，聒噪的高音喇叭……但那些铁血镜头并没有被导演刻意渲染。倒是广袤草原，民间温馨，少数民族风俗，种种人情和人心的暖意，从苦难的间隙丝丝缕缕冒出来。

哈萨克斯坦与我国西北接壤，是前苏联巨大版图上的边陲。看得出来，它当年是荒寒闭塞、经济落后的外省，曾经被漠视的边疆。但即便与权利中心相隔那么遥远，“斯大林”三个字的辐射力仍是无边无际，令千万人无力掌控自己的生死荣辱。电影对专制和强权的控诉，非常节制却很有力量。尤其是没有像某些影片，为了迎合西方世界残留的冷战思维、政治口味，而刻意去投机讨巧。

或者说，影片的侧重点不是或不仅是抒写悲愤。有很多迷人的瞬间，舒缓优美。比如，晴空、丽日、和风，哈树爷爷带沙士奇骑马走上起伏的斜坡，他低沉的嗓音吟唱出宽广、幽深的草原长调："无风夜里的明月，月光闪耀在水面。村野之人深沉的心，有如湖水翻涌呼号……"哈树木讷背后的智慧、淡定，就源自他脚下这片浑厚的土地吧。

《献给斯大林的礼物》是2008年第十三届釜山电影节的开幕影片，电影票在1分30秒内被抢购一空。可惜，只找到一点点有关哈萨克斯坦导演鲁斯坦·阿布德拉谢夫（Rustem Abdrashev）的资料：他毕业于莫斯科电影学院，电影处女作是2004年的《复活之岛》。《献给斯大林的礼物》延续了他以往的视线，继续关注前苏联政治环境下飘零无奈的个体生命。

虽然作品不算多，但鲁斯坦有成为大师的资质：流畅而饱满的叙事，简约却富于张力的抒情，对草原风习与"边壤"文明自然又娴熟的勾勒，对人性之美的完美呈现。哈树、薇拉、亚齐他们的生存环境，都无比恶劣。他们被践踏和蔑视，卑微如蝼蚁，活着已经不易，要活得有尊严、安全、幸福更是奢侈。但是，这些属于不同民族、持不同信仰的人们，在艰险、窘迫中，却保留了浓厚的人味。即便自顾不暇，仍然要去关爱、守护更弱小的生命；即便被伤得千疮百孔，依然要追求爱情，要相互支撑，奉献也享受人际的温情。就像重重密集的乌云，缝隙间也有阳光照耀的金边；坚硬冰凉的岩石，角落里也有野花奋力绽放。这是受苦受难的人群，生命基调阴森而飘摇。因此，他们从悲剧性人生中，迸射出的良善、坚韧、正义，就显得更加明艳、绚丽、高贵。看着他们，会强烈、持久地感受到生而为人的安慰。

秋声渐紧叹黄昏

六十五岁的托克伦原本在中学教授捷克文学，但学生的心不在焉、淡漠无礼让他越来越难以找到快乐。恰逢他第四次忍无可忍，将海绵擦里的脏水挤到学生头上。这名桀骜不驯的学生不容得罪，他是学校一位赞助商的儿子。托克伦不愿按校长的要求道歉，就顺势辞职了。

赋闲在家，只好帮老伴做些家务。吸尘、安门，都感觉那么百无聊赖。同是退休教师的老伴边熨衣服边看肥皂剧，看得台词都能背下了。托克伦揶揄老伴："还受过高等教育呢，看这些东西。"老伴反唇相讥："你熨过衣服没有？"电视剧恰好演到男主角对女主角深情款款地说："我爱你到不会爱上其他女人。"老伴借机敲打他："你该看看这个的。"

还以为这是闲笔呢，呵呵，后来才知道，不全是。

托克伦才不想待在家里看肥皂剧呢，也不想参加其他老头老太太悠闲的散步团。他号称"为了了解布拉格和有判断力"，先是去应聘当快递员，骑着赛车奔驰在街头巷尾，装备颇为专业，乍一看还有点英姿勃发。但好景不长，在雪地里躲闪不及，出了车祸。幸而无大碍，伤好后他去应聘超市的酒瓶回收员。老伴看穿了他的心思，怨艾地说："你就是怕和老女人成天面对面。"

托克伦还真是热爱新工作，回收酒瓶看起来这么枯燥，他都干得津津有味。他享受自己的老有所为；与来退瓶的顾客日益熟络，有泛泛的寒暄，也有暖心暖肺的交流；帮闷葫芦嘴的新同事撮合婚事，居然获得成功；协助超市抓到了偷酒的惯犯，被警察热烈表扬；最舒心的是闲来无事时，从窄小的窗口打望美女，看妙龄女郎薄裙下被阳光映射得曲线毕露的大腿……夜里春梦频繁，梦里也有了新鲜的迷恋对象。

医生女婿跟护士相好，与女儿海伦娜离婚了。女婿跟托克伦掏心掏肺：海伦娜太一本正经了，而新欢"那不知廉耻的性感就像龙卷风，把我从海伦娜的平静温柔中刮走，不可能站得稳啊。"老头子一听就丧失了立场，情不自禁地说：海伦娜就像她母亲！这话分明有了点诉苦的意味。这对从前的翁婿，那一刻似乎达成了男人之间的理解、和解。

女婿甚至暗示前岳父向他学习。不知是不是受了女婿的启发，反正，托克伦出轨的机会果然来了：在他教书的学校的有位关系非同一般的老同事，主动约他去家里幽会。老头子乐颠颠地捧着鲜花、美酒上门，却因为记错了时间，差点捅了娄子。

超市为了节省人力成本，决定启用酒瓶回收机。看着空酒瓶列阵成行在履带上被传送，自己又失去了依依不舍的用武之地，托克伦有说不出的惆怅。

《布拉克练习曲》（又译为《酒瓶回收》）是捷克具有国际知名

度的导演扬·斯维拉克的作品，曾获2008年捷克狮子奖最佳导演、最佳摄影等奖项。值得一提的是，导演与父亲（即本片编剧和主演德内克·斯维拉克）是捷克影坛的一对黄金搭档。他26岁完成的长篇处女作《青青校树》和1996年的《柯利亚》（即《给我一个爸》）都由父亲编剧并主演。《青青校树》1992年与张艺谋的《大红灯笼高高挂》等同获奥斯卡最佳外语片提名。

晃眼一看，德内克·斯维拉克有点肖恩·康纳利老来的模样。不过，托克伦这个角色虽然还算精神矍铄，却不需要演员过分玩帅——他既有老人的活力，更有老人在现实生活中的挫折与困顿。老头子毕竟六十五岁了，再怎么不肯服老，骑自行车的反应却真是今不如昔。去超市应聘工作时，人家首先问他腿脚是否还利索；他一面对妻子以外的女人绮念不断，一面也羡慕小外孙撒尿就像喷泉，感慨自己已经力不从心；他因为不懂电脑而在学校闹笑话，连技术含量那么低的酒瓶回收工作，最后都被机器取代了。世界变化太快，虽说他决计不想跟外界脱节，却也只能无奈地感觉自己日渐边缘化……

《布拉格练习曲》的轻喜剧风格使得它即便讲述老人生活的失意、怅惘，也毫不灰暗、迟滞，反倒别致而饶有风趣。同时，电影既展示夕阳黄昏的落寞，也表现老人慢慢退场时的不甘、眷恋，以及眷恋中的生趣、喜感；既描绘老夫老妻长年累月相守的沉闷、平淡，也刻画岁月积淀带给他们的相濡以沫、牵筋连骨。

老伴很怀念托克伦往日的浪漫幽默。他还真的带她去逍遥了一盘，坐着热气球升空，结果差点酿成大祸。关键时刻，他还挺有男人的镇定、担当。当然托克伦也任性、逞强，有点小狡黠，时不时还要撒点小谎或想入非非，这让他显出一点孩子气，却并不可厌。他有心出轨的那次，由于自己出了差池而未能得逞，还差点被老伴发现，犯错未遂的整个过程很是懊恼、狼狈。编导这么处理很聪明得体，让老头子未能实现心愿，却成全了托克伦这个形象，也使影片的清澈、温和气息未打折扣。

说起来，我们在银幕上看到的劈腿、走私还少吗？为什么偏偏托克伦就不能？因为他是老人，又并非为老不尊、流品低下的糟老头子，否则另当别论。老年人有所思有所欲，原本正常，但最好正大光明，或者谑而不虐，却不宜苟且。因为，“春有百花秋有月，夏有凉风冬有雪”，“春行秋令”或“秋行春令”的反其道而行之，都跟季节不合。老人最好有跟年龄吻合的端正持重。毕竟，丰富的人生经验让他更懂得有所为有所不为。倘若老年人堕入不雅不洁，又还不是无意之失，而是有心之错，就首先缺乏视觉和舆论层面的美感；其次，他也没有更多时间改正错误，没有更多能量承担后果。

这么看，似乎在道德上对老人过于严苛，也有点冬烘吧？唉，老人真是难当，偷腥还没有得逞呢，就被饶舌了一大通。不过，托克伦反正是听不见的。影片结尾，不甘寂寞的老头子，真的当上了卧铺车厢的列车员（车厢正好是他春梦中屡次出现的场景）。他才刚体贴地安顿好妻子，又心猿意马地跑去隔壁包厢，跟单身女旅客搭讪去了。

只是当时已惘然

1975年，曼谷，溽热而闹嚷的酒吧。日本某航空公司派驻泰国开拓业务的东垣内丰和一桌人正端着啤酒杯畅饮，一边听同事炫耀、陶醉且兼有一丝轻佻地说着即将到来的绝色美人沓子。说的人和听的人都垂涎三尺，沓子却已经气定神闲地坐在了桌前。她脱下简约、优雅的外套，露肩晚礼服上绣着的妖娆之花开满胸前。东垣内丰和同伴们都被她的冶丽震慑得瞠目结舌。整个酒吧甚至整个世界都陡然安静下来，好像彼此听得见不均匀的呼吸声。

东垣内丰的未婚妻光子正在日本筹备他们的婚礼。他很爱光子，下了决心，也很有信心：离别的这三个月，自己肯定能守身如玉。

沓子和东垣内丰在酒吧四目相对的那一瞬，再迟钝的观众都晓得，他俩肯定要出事的。果不其然，当沓子找到东垣内丰的房间，一言不发地宽衣解带，东垣内丰几乎未经犹豫，所谓的“戒律”立刻溃不成军。

沓子长住在五星级酒店的高级套房，软玉温香，华贵奢靡。她一看似乎就是那种气味神秘的女人——有一言难尽的故事，有撩拨并把控男人的气场，也有拿得起放得下的悠游自在。那股蚀骨的魅惑，就是十个东垣内丰怕也抵挡不住吧。

起初，小伙子以为自己不过是一晌贪欢，能放能收的。他们疯狂做爱，乘船，逛街，开着她买给他的奔驰牌老爷车在海边兜风，快活得真是欲死欲仙。小伙子不知不觉之间，深度沉溺、沦陷、欲罢不能。

始于情欲的欢好，有电闪雷鸣、山崩地塌的爆发力，很多是速战速决、快餐式的，但也可能日渐情深意长、如胶似漆。当沓子发现东垣内丰爱上自己时，惊喜交加。她这样看似洒脱的女人，这一次却也那么渴盼听到“我爱你”三个字，也那么在乎结局。而且，女人一旦动了真格，她的强大、练达就要大打折扣，竟然变得有点黏糊、卑微了。他却时不时地烦躁、愤懑起来，是难于取舍又必须割舍的恼怒吧。他俩分开又弥合，靠拢又告别，折磨、伤害、缠绵，恨得喷火，爱得癫狂。

婚礼日期一天天逼近，如箭在弦上。未婚妻光子深爱东垣内丰，原本光子在他眼里也是美得像模特，美好得像天使，无可挑剔。光子的清白素净、贤淑温良，符合东方社会的主流审美标准，最宜作结婚对象；沓子的美艳浓烈，如火如荼，又最是销魂摄魄。可惜，他不可以将她俩同时拥入怀中。而且，东垣内丰一向是端正向上的好青年，有理想有抱负，梦想成为总裁，梦想拥有自己的私人飞机。上司樱田也爱惜地提醒他，不要因一时放任，前功尽弃。

东垣内丰依约要娶冰清玉洁的光子，离开历史含混的沓子。他痛苦得万箭穿心，然后一咬牙一跺脚去给同事送结婚请柬，简直跟上刑场一样壮烈、绝望。

在漫长也平静的婚姻里，东垣内丰是否一直心如冷烟死灰？两个儿子长大了，他也如愿以偿当上总裁，光子还是那么娴静。其间他曾经多次到沓子前往的美国找寻她，只是未果。二十五年后，他去曼谷出差，入住当年与沓子幽会的东方酒店，不胜惊讶、狂喜地发现，她竟然一直在这里等他——她是酒店负责接待贵宾客户的经理——这个身份，最不可能错过与他相见。他难抑半生相思，她泪眼婆娑，两人鸳梦重温。

2010年初问世的《再见，总有一天》，故事从开始推进到男女主人公在曼谷的再会，都掌控得很出色：几个当事人的纠缠、悲喜、挣扎、游移，明伤暗创，微妙处浓稠时，都处理得游刃有余。但二十五年后重逢的部分，却感觉拖沓、累赘，否则，这电影整体感觉会更加完美。我一边看末尾部分一边开始走神：是因为他俩不该再见吗？所谓相见不如怀念。好像也不见得，当年的浓情如火山喷涌却又戛然而止，被迫抑制。累积了半辈子的能量，要再次喷发，似乎合情合理，也符合观众的心理期待；那么，是惋惜于东垣内丰正欲与沓子重修旧好时，她却溘然死去？或者是同情、不平于光子被丈夫漠视的处境？好像也都不是。

也许，东垣内丰重返曼谷后的篇幅应该再俭省些。就算再见不可避免，再见却往往徒增伤感，因为光景已非复当年。再说，纵然此情可待成追忆，毕竟当时已经惘然。

影片结尾，光子交给丈夫一个笔记本，里面除了她结婚前夕与沓子在曼谷的合影（她平静又坚定地请沓子离开），还有她写的许多随想。有一句，“人们必须随时准备好说再见”，这个再见，该是“再见，总有一天”，还是从此相忘于江湖，永不再见？孰是孰非，这可真是个问题。

当年，光子在打赢婚姻保卫战时，其实已经输了。倒不是因为，她没有沓子的风情万种。假如，东垣内丰那时候一不做二不休娶了沓子，他心心念念的有可能就是光子了。很奇怪，感情的赢家，有时候居然是不在现场的那位。这并不新鲜，张爱玲早就下过结论：“娶了红玫瑰，久而久之，红的变了墙上的一抹蚊子血，白的还是‘床前明月光’；娶了白玫瑰，白的便是衣服上沾的一粒饭黏子，红的却是心口上一颗朱砂痣。”确是至理名言。

《再见，总有一天》是根据中山美穗的丈夫、著名小说家过仁成的同名小说拍摄的。曾经执导过《我脑海中的橡皮擦》的韩国导演李载汉担任导演，中山美穗淡出多年后重返银幕。她生于1970年，已不再年轻，却依旧那么好看。相比她在《情书》里青花瓷一样的素雅清淡，沓子是另一番浓郁风味，饱满多汁，娇艳欲滴。

饰演东垣内丰和他上司樱田的西岛秀俊、加藤雅也（他长得有点像年轻时的达式常）都是俊逸高挑的帅哥，表演也张弛有度。石田百合子饰东垣内丰的未婚妻光子，宁静、安然的气质跟角色也非常吻合。

当老夫遇见少女

《怎样都行》照例由伍迪·艾伦自己编剧、导演。好多影评人都觉得，男主人公鲍里斯是伍迪电影里最接近他本人的角色。不过伍迪自己并没有因此出演。2009年拍摄此片时，他已经七十四岁，邀请了同为犹太人、年龄跟角色更吻合的拉里·戴维主演。后者比伍迪小一轮，模样、气质跟伍迪很接近，既是优秀编剧，又有驾驭角色的出色能力，演得真是松弛自如。

因为影片里鲍里斯跟妙龄女子的老少配，人们会不自觉地想起二十世纪九十年代初伍迪·艾伦与养女宋宜的不伦之恋，他俩的年龄悬殊也是三四十岁。这段突破伦理底线的感情曾经引发轩然大波，导致伍迪曾经的艺术缪斯，同居十来年的米亚·法罗与他对簿公堂，两人关系破裂。后来，伍迪娶了宋宜。最近还在新闻里看到这对老夫少妻恩爱地牵手并行，宋宜已是两个孩子的母亲。

《怎样都行》的剧本是伍迪早年为老演员泽罗·莫斯特尔量身打造的，因后者不幸去世而作罢，没想到剧本一搁置就是三十年。三十年前，伍迪大约不会预测到他老来会恋上一位来自朝鲜半岛的少女吧。

实际上，《怎样都行》里，鲍里斯起初对砸在自己头上的艳福是无动于衷的。

鲍里斯原来是哥伦比亚大学教授，研究量子力学，获得过诺贝尔物理学奖提名。年轻时娶了漂亮聪慧的富家女。儿子也长大去了耶鲁。外人看来过得顺风顺水的，他却变得阴沉绝望起来，烦透了一切。当半夜三更又一次被噩梦惊醒时，他恼怒、烦躁地对妻子说："你热爱古典音乐，热爱艺术，热爱文学，热爱做爱，也爱我……但这就是问题所在！"说完竟一推窗子跳了出去。这个物理学家的逻辑很古怪，却也不算荒谬透顶。他不能忍受的就是有道理可讲，有理性可循。

鲍里斯被树枝挡住，只是摔瘸了一条腿。他离了婚，变穷了，搬到市区的老旧公寓，教几个孩子下国际象棋，肆无忌惮地骂他们弱智、蠢货，跟家长吵架，然后向一群老友喋喋不休地散播他的晦暗论调——社会、人类、宗教、爱情、日常生活，在他眼里，万般皆无意义。他对人对事都是疏离的、质疑的，也毫不掩饰自己在智力上的优越感，尖酸、挑剔、偏执，仿佛众人皆醉我独醒。

说来不可思议，这么一个乖戾、邋遢的老头子，竟然被美少女美洛蒂爱上了。起初，鲍里斯拒绝美洛蒂，还不仅因为两人各方面风马牛不相及，实在是他已没有兴趣跟任何女人扯上关系，也毫无性冲动。来自密西西比州的美洛蒂被他称为"没头脑的白痴""有小说家的性格"。她没读过什么书，听不懂他的冷嘲热讽，但真是天真未凿，有原生态的清澈活泛、浅显自然，还打心眼儿里崇拜天才，经常鹦鹉学舌地复述他的观点。美洛蒂清花亮色的眼睛只看得到鲍里斯的好，却屏蔽了他的老、瘸、孤僻、灰暗。她真心庆幸：原以为自己还需要再聪明一点，才够得上嫁给天才呢。

这段婚姻的缔结源自机缘巧合。一年多以后，美洛蒂遇见了更适合自己的同龄人，那更是天作之合。他是个演员，英俊挺拔，足够聪明却绝不自以为是，有梦想又不好高骛远。两个青春的、鲜美的嘴唇，恰才蜻蜓点水似地一触碰，她就心惊肉颤地晓得了：覆水难收。

美洛蒂这两段感情，前者比较反常，后者顺理成章，不过故事都推进得细腻而有说服力。她生怕伤害了天才，却还是必须向他告别。有了不同的参照物，美洛蒂这才发现：总是守着天才也很累；她还发现，自己竟然可以用鲍里斯之外的角度看问题："尽管生活很残酷，我还是希望能参与其中。我怀念同周围人打交道的感觉，甚至怀念那些反应慢的人和笨蛋。因为他们并不坏，只是受惊吓了。"

鲍里斯那么悟得清、看得穿，经常自诩"有着深刻而敏感的灵魂，对人性的把握非常透彻"，"不难理解一个智力平平的体操女孩"，而且深知："连宇宙都在走向消亡，何况我们？"但美洛蒂离去，他还是再次跳楼自尽，当然，也再次大难不死。

生命残酷乏味，世人蠢笨危险，这是鲍里斯看待世界的基调。电影一开始，他就皱着眉头唠叨了一大通。伍迪·艾伦让这个颓丧、阴郁又自恋自大的老头当主角，让他时常抱怨、发泄，电影却一点都不沉闷，还看得人哈哈大笑。因为，鲍里斯的悲观厌世，并没有影响到剧情的活色生香；而他跟外界的格格不入，言行举止也是有喜剧色彩的。除了鲍里斯和美洛蒂的老少恋，片中有几段插曲也相当戏谑轻松。美洛蒂的妈妈被丈夫背叛后，从南方小城循规蹈矩的家庭主妇，变成前卫艺术家，跟两个男人组成亲密无间的铁三角关系；美洛蒂的爸爸在酒吧跟一个男人邂逅，突然撩开尘封的记忆，电光火石般地惊觉——却原来自己是同性恋；鲍里斯最后则撞上一个星相学家，两人情投意合。

电影结尾，众人皆大欢喜，一起庆贺新年。鲍里斯又在独自长篇大论了："不管你能得到或给予什么样的爱，不管你能得到或提供怎样的欢乐，哪怕是片刻的荣耀，怎样都行，尽情享受吧。别骗自己，这跟我们人类的智慧没有关系，你的存在本身就是一种幸运。"他说得好明亮，乍一听，这话从那么拧巴还跳过两次楼的鲍里斯嘴里说出，很是异样。观众都还牢记得他那些愤世嫉俗、了无生趣、赖活着不如好死的论调呢。是经过美洛蒂这道新鲜阳光的照射，才晒干了他的湿气霉斑吗？

或许，这便是伍迪·艾伦式的消极兼透彻。他曾被法国影评人称为"美国电影界唯一的知识分子"，喜欢冷眼旁观，揭示现实的缺陷，存在的虚无，人性的荒谬。《怎样都行》也延续了一贯的讽喻姿态，各种社会和人性阴影、各类群体，都可以被他信手拈来，顺便嘲弄、洗刷一番，妙语连珠、警句迭出。这道路径不错：认定人生在本质上的虚无，然后又从那些无意义、残酷、混乱中找到一点乐趣，也消解一些悲凉。这跟东方智者顾随先生所谓"以悲观之心态过乐观之生活"似乎殊途同归。

战火硝烟锁浓愁

土耳其影片《战火重生》是2009年土耳其票房冠军，获2009年东京国际电影节亚洲电影特别奖，2010年奥斯卡最佳外语片提名。

影片结尾，几排字幕，行行惊心：在25年的内战中，耗资3500亿美金，35000名游击战士、6000名安全卫队战士丧身，5600人失踪，3200个村庄被遣散，200万人被迫迁徙。

呼吁和平的影片很多，但《战火重生》依然具有吸引力，不仅因为它是难得看到的土耳其电影，有更独特和生疏的“异域”色彩，还因为它凝练、庄重的讲述方式。

那三千多个被遣散的村庄里，就有很多像镜头摇近的这个山村。村民们辛勤劳作、生儿育女。然而，这辈辈相传的日子却因为战乱而过不下去了。有两个家庭的故事平行推进：达瓦特有四个儿子，一个参加了政府军，一个加入游击队，一个被地雷炸断右腿。两个不同营垒的儿子在一次交火中同时丧生，导致妻子变得神情麻木。炮火交织的村庄，危如累卵，难以容身。心如死灰的达瓦特带着妻子和幸存的两个儿子远走挪威去投奔妻弟。

拉莫失明的父亲是达瓦特的朋友。两家人的命运看似截然不同——至少，拉莫三兄弟在房前屋后密集的枪林弹雨中都幸存下来了。拉莫年龄不大，却已是五个女儿的父亲。多少次跪地祈祷，终于盼来儿子降生，他幸福得几乎癫狂。当村民们离开家乡，各找出路时，拉莫与妻子儿女、父亲以及两个兄弟来到了伊斯坦布尔。

影片着力更多的不是两军交战的残酷，而是背井离乡之后的达瓦特和拉莫两家人的经历。无论挪威还是伊斯坦布尔，都跟因为打仗而凋敝、残破的家乡恍若两个世界。土耳其最大城市伊斯坦布尔繁华时尚、五光十色，拉莫和一个兄弟在此找到分装冻鱼的工作。一向有点娘娘腔的小弟弟卡多暂时赋闲，在窗口张望。邻居小伙子穿着妖娆，一步三摇地走过。他回眸一望，就与卡多的眼神遥相呼应了。卡多以前有隐约朦胧的感觉，如今豁然开朗：自己错生为男儿，有的是一颗女儿心。他潜伏已久的被哥哥的铁拳强烈抑制的欲望，在这喧哗都市，终于找到了出口和归宿。邻居和几个异装癖男子拉他入伙。他终于离家出走，变身为长发披肩的女子，恣意将双唇涂得猩红。卡多为了生计，跟邻居小伙等去夜店卖淫。暴烈、强悍的哥哥，却受不了弟弟这触目惊心的“化蛹为蝶”，在太阳初升的清晨将他击毙。拉莫珍爱若金宝卵的小儿子，则因缺乏照料，死于非命。拉莫庞大的一家子，没有人成为战争冤魂。他和他的父亲却都在逃离险境、转危为安之后，不约而同失去了自己的儿子。

战乱的伤痕及其滞后反应，或强，或弱，或直接，或间接。人生充满了偶然，在某个十字街头如何转折、与谁邂逅，往往决定后来的走向与遭遇。前路叵测，幸与不幸，往往擦肩而过。而环境的惊险、生计的艰难，则增添了曲折与无常。

说起来，影片讲述的这些道理都很显豁浅白，并无新意。我们都知道，战争会让曾经鸟语花香、富饶安宁的土地满目疮痍；会让年轻、蓬勃的生命瞬间灰飞烟灭；属于不同阵营的兄弟有可能自相残杀，让丧子的父母痛不欲生；战争还会殃及无辜，让平民沦为枪炮、地雷的牺牲品；劫后余生者流离失所，像草籽被风吹散，茫然无措地找寻栖息、落脚之所，为最起码的生存而挣扎；就算暂时安顿了身体，一颗飘摇无根的心，因为被迫远离故园，会随时被乡愁悄悄啃噬；战争及其后遗症，还会将世间原本就可能有的无常和惨烈无限放大，让宿命更宿命，让一小点无奈、无辜、偏激、闪失、隐疾，突然加速、膨胀，不可逆转，堕入万劫不复的深渊……

这些道理我们都懂。达瓦特、拉莫他们经历的这些，我们在银幕上看过许多。但是，每次再看依然要被牵扯。因为，每个血肉之躯的受伤或冷却都令人痛惜。而《战火重生》的动人，更在于它叙事的从容、细腻。那些高潮和关节点被铺垫和关照得很扎实、周全，却又仿佛不经意似的，行进得瓜熟蒂落；人物毫不扁平，其温良厚道或急躁偏执都可触可感。他们不是上面那串冰凉数字里可以被轻易忽略的一小点，他们是父母、夫妻或儿女，会梦想会绝望；他们直面的，都是极端的处境和情绪，生与死，绝处逢生或痛不欲生，处处都适宜煽情的。影片却有恰到好处的隐忍和分寸，当然，也有足够饱满的情感浓度。

蕾丝边的另类缠绕

相对来说，早期的同性恋题材影片，令人看得紧张、压抑一些：它们大多侧重表现当事人不见容于主流社会的种种苦闷和孤绝。因为性取向异于大多数人，同性恋群体不仅被旁人侧目、嘲讽或蔑视，还要面对至爱亲朋的震惊、悲恸与绝望。处境之恶劣，如愁云压顶，惨雾密集；除了被放逐于社会边缘，他们自身的纠葛、低迷和挣扎，更是把一颗心揉搓得七零八落。

内忧外困，加之选择面相对狭窄，遇到投契者的概率更小，导致同性恋者的情感状态更浓缩也更敏感。不被祝福的压抑的恋情，更容易被外力或者自己内心的风吹草动摧折与伤害，因此，他们的故事往往很陡峭、很悲情。

白先勇先生 1986 年《写给阿青的一封信》，对同性恋者的境遇，有最体贴、悲悯和睿智的解说。很大原因在于他本人有过切肤之痛：因为“天生异禀”，他也曾经“背负着命运的十字架”，步履维艰地挣扎过。

也是在 1986 年，美国同性恋人口最多的纽约州通过了反对歧视同性恋法；从 1989 年开始，同性恋婚姻逐渐在丹麦、挪威等国家合法化。同性恋者的合法权益不仅得到法律保障，日益宽容和文明的社会，也渐渐增加了对异己的、多元的生活方式的尊重。

在社会对同性恋越来越宽松的背景下，才能出现《孩子们都很好》(即《非单亲关系》)这样的影片。它描绘的不再是干柴烈火式的同志之情或者处处掣肘、声声喋血的人间痛楚；它甚至是一部轻松明快的喜剧。讲述心想事成的同性恋婚姻，如何应对儿女成人的后续问题。

一对女同性恋朱丽安·摩尔和安妮特·贝宁通过人工授精获得儿女，女儿十八岁，儿子也十五岁了。捐精者是同一个人，当年学国际关系的大学生。也就是说，姐弟俩同父异母。这个家庭除了有两位母亲而没有父亲，其他方面跟别的中产家庭很像。安妮特·贝宁是精明强干的医生，果决干脆，对人对己都很严格，是一丝不苟的完美主义者，在家里的角色类似于父亲；朱丽安·摩尔的性格则游移、柔软一些，在大学时代学建筑的她曾短暂工作过，后来居家当主妇。

安妮特·贝宁将家庭的大方向把握得很正确：女儿成绩优异，考上了理想的大学；儿子稍微有点疏懒、迷糊，跟一个不上进的男孩交朋友，小毛病正在被母亲（尤其是严厉的那位）纠正中。安妮特可以很自豪地向人们展示这个蕾丝边家庭运转得良好，毫无异常。当然，跟其他异性恋家庭一样，这对爱人也有激情消退后的麻木、年深日久的倦怠；经济和社会地位强势的那方不经意流露的优越会像蔷薇枝上的细尖，偶尔刺人；弱势或囿于家庭的那一方，则不免有被忽略、被漠视以及不再被欣赏的轻微抱怨；孩子们到了青春期，叛逆的苗头时隐时现……当然，这些疙里疙瘩都在常轨之内，并不新鲜。

比较令人好奇的是，同性恋婚姻养育的孩子，因为父亲（或母亲）角色的缺失，是否会有心理上的异样感或另类的成长困扰？《孩子们都很好》的导演及编剧之一的丽莎·查罗登科本人也是同性恋，她和伴侣也养育了由人工授精的孩子。这部电影就恰好探讨这个话题。姐弟俩对自己的独特身世有探究欲，这是寻觅血脉渊源的本能，他们设法联系上了生物学意义上的父亲马克·鲁弗洛，并与之见面。后者开办有机农场和餐馆，乍一看不是孔武劲健的大男子（这是编导的巧妙之处，不一定非得健硕雄壮的父亲，才能带给孩子安全感、男人气；而即便相对温柔、文静的父亲，仍然与安妮特这类阳刚型的母亲不可能实现角色互换）多接触几次后，马克·鲁弗洛随和随缘又尊重自我、不失原则的性格，加上血缘的神奇魔力，令姐弟俩越来越亲近乃至迷恋他；更要命的是朱丽安·摩尔也居然出轨，跟他上床了。

巧得很，马克·鲁弗洛恰好没有结婚。从天而降的一双好儿女不仅激活了他潜伏的父爱，也令他突然厌倦了只约会不结婚的老单身汉生活，开始向往家庭。他甚至突发奇想，既然自己跟朱丽安·摩尔相爱，干脆让她带着子女来跟自己团聚得了。为什么不呢，他本来就是他们的生父嘛。

安妮特·贝宁和朱丽安·摩尔开始了争吵和冷战，她们一向稳定、和谐的伴侣关系面临挑战。当然，后者最终选择回归家庭，迷途知返，柳暗花明，一段中年危机安然度过。

我一直想看影片如何交代“第三者”马克·鲁弗洛，也即孩子们生父的下落。既然朱丽安·摩尔和安妮特·贝宁重修旧好，两个孩子也因为他的介入带来家庭震动，突然生硬地疏远了他，他当然只好独自游离在镜头以外，下落不明了。问题是，马克·鲁弗洛和两个孩子已经有过一段充满天伦之乐的融洽相处，他真的可以这么了无痕迹地从他们的视野和心底消失吗？影片结尾这一部分在逻辑和情感上都处理得有点仓促简单。

两个孩子寻觅并靠拢自己生物学意义上的父亲，很惬意地享受与他迟到的相处，除了这父亲性格恰好可人，是否也映射出：仅有两位母亲的家庭模式，不能满足孩子对“父亲”这一传统角色的天然渴望，他们的内心，有一处空缺期待填补？如果说异性恋家庭的某些父母，因为自己的性格缺陷，因为立身处世的方式以及见识、认知上的局限，可能让子女从小就要吞咽一些遗憾、苦痛，那么，同性恋家庭的孩子被命运赋予异于常态的生长环境，有可能获得哪些不一样的得与失？可能咀嚼哪些特殊体验抑或难言之隐？这些疑问大约需要时间去渐渐展开，慢慢辨析。《孩子们都很好》已经浅尝辄止地触碰到了。

几位演员是这部电影的一大亮点，每个人都非常出色。安妮特·贝宁和朱丽安·摩尔从前俱是风韵十足的大美人，如今花褪残红，心态却很放松。诠释起角色来，真是丝丝入扣。2011 年第六十八届金球奖颁奖典礼结束后，有记者问本片导演丽莎，为什么选择安妮特·贝宁？丽莎说，因为她没有打肉毒杆菌。

安妮特·贝宁曾在《美国丽人》等影片里给人留下深刻印象，算上《孩子们都很好》，曾经四次获奥斯卡最佳女主角提名。这一次又与之擦肩而过，不过她收获了 2011 年金球奖最佳女主角奖。马克·鲁弗洛则获得第八十三届奥斯卡最佳男配角提名。

芭蕾男孩

波波是芭蕾舞校的孩子，热爱芭蕾，却并无过人天赋，而且其貌不扬。更尴尬的是，他的个子比同学们矮大半个头，有点“鸡立鹤群”的味道。在跳双人舞时他完全无力托举女同学，被老师随口赶到一边儿去做俯卧撑，眼睁睁看着同学们成双成对，在钢琴声里翩然起舞。

除了被老师漠视，波波更是同学们嘲弄的对象。他被男同学奚落、戏耍甚至羞辱的例子，简直数不胜数。女同学自然也对他视而不见，唯有一个小巧玲珑的红发女生愿意接近波波。他却又对人家毫不动心，一心想靠拢班上那位高挑漂亮、注定也冷淡高傲的首席女舞者，后者当然不怎么正眼看他。

波波不知道自己的父亲是谁。他的妈妈教人英语，独自抚养他。或许由于谋生不易，母亲待他有点三心二意，热衷于结交外国友人，希冀获取某种突如其来的好运气，只是心愿未遂。她曾经也不乏姿色，如今已经不年轻了，渐渐发福，浓妆难以遮掩皱纹、疲惫和一丝灰心。

那是1986年，苏联还未解体，但人们已经从不种途径，心情各异地晓得变局快要来临。波波所能直观感受到的，是人们对西方舶来品的狂热兴趣。他的周末就是跟大朋友去红场等地做黑市交易，倒卖进口牛仔裤、皮带、手表等。波波有做买卖的天赋，他在黑市比在教室、排练室更加如鱼得水，但他应得的收入却大部分被侵吞了。后来他更是被那大朋友歹毒地算计。

无论在学校内外还是回家，波波其实都是孤独压抑的，有时候还特别遭罪，未成年人群体的阴冷、恶意，也往往伤人至深。波波的处境让人心酸，幸而他不那么过于敏感、纠结。尤其难得的是，尽管受欺负、被忽略、遭白眼，又没有父亲，波波却并不阴郁，当然会有些落寞。他能够随兴起舞，自得其乐，坚信自己的名字有一天可以登上莫斯科大剧院的演出海报。他还会灵机一动，用一包万宝路走后门，给爷爷奶奶买到别人排长队都难以得手的肉食品。

有一个如雷贯耳的名字，像从天而降的甘霖，最大限度地冲刷了波波心底的苦涩、自卑：妈妈的朋友给了波波一盘录像带，是苏联舞蹈天王、叛逃到美国的巴瑞辛尼可夫的舞台表演。波波兴奋地发现，自己跟偶像长得很像，由此认定巴瑞辛尼可夫就是从未见过面的父亲，怪不得妈妈绝口不提，因为他叛逃了。而自己那么喜欢芭蕾，原来是血缘使然。巴瑞辛尼可夫仍然是校长嘴里的叛国者，但他的舞姿那么辉煌，如有神助。芭蕾舞校的同学们也跟波波一样，对其崇拜得目瞪口呆。有这样一个非凡的、神灵似的父亲，波波的境遇一度好转。

后来，波波真正的生父突然出现了。他长得威猛、粗糙，黑铁塔似的，波波简直懵了。原来他遗传给波波的并非芭蕾基因，而是黑市交易的天赋。这个父亲虽然跟巴瑞辛尼可夫“风马牛不相及”，但他真是爱儿子，花很多时间陪他、取悦他。波波很快接受了父亲并非舞神而是凡人的现实。终于有了父爱的少年，脸上洒满迟来的踏实、欢欣和自信。

很多年后，波波的名字真的上了莫斯科大剧院的海报，不过他并没有当上芭蕾舞明星。这电影的故事走向跟那些常规励志片有点不一样，同样有逆境的挣扎、成长的苦闷、青春的阴影，但不是“有志者事竟成”的惯常模式。波波被毫不留情地抛出固定轨道了，那段厄运当头、心灰意冷的日子真的不好过。他也曾想努力抓住理想不放松的，无赖事与愿违，只能无奈地撒手了，结果倒也“东方不亮西方亮”。

《跳芭蕾舞的男孩》是俄罗斯导演狄米崔波罗斯基的长篇处女作，拍得流畅、好看。他选择讲述1986年压抑又躁动的苏联，却让镜头对准一个芭蕾少年，几乎只是在追踪他的失意、窘迫以及一点稀罕的喜乐。孕育着变革的时局似乎只是模糊的远景，只有那些偶尔插入的画面和人物——排长队买副食品的人流，追慕美国牛仔裤的青少年，阿富汗战场归来的残疾军人，恪守陈规陋章的校长——提醒着观众，波波他们仍然身处捆绑得还严实的环境。

实际上，从波波被冷漠地抛至谷底，到后来命运转折，既跟他的天赋有关，也跟时代的走向密切相连。落寞少年那段有点酸涩的芭蕾旧梦，就这么浑然无迹地融入超级大国最后的斜阳余晖。

爱到山穷水尽时

但凡上了一点年纪的人都不免希冀，自己将来会以不那么痛苦和难堪的方式告别人世，但是，总会有少量人难遂心愿。在法、奥、德合拍的电影《爱》里，安妮就是被厄运击中的那一位。

她曾经是钢琴教师，那么精雅、漂亮的老太太却不幸突发疾病，开始是半身不遂，坐上了轮椅，后来则全身瘫痪，卧床不起。刚刚半身不遂时，安妮以为自己的病情还不至于恶化，除了对老伴的辛苦服侍感到抱歉，基本上还能竭力控制负面情绪；她还能用一只手捧书继续阅读，一如既往地跟老伴聊天；甚至还有兴致和力气翻看相册，看到年轻时的艳光四射，禁不住感叹人生的美好和漫长。

随着病情不断加重，安妮变得口齿不清，难以言谈，更兼尿布缠身，疼痛难耐，面容扭曲，真是万念俱灰。她只能连着几个小时嗷嗷叫唤，既因身体的痛楚，更有极度的烦躁和失控。

比安妮更难的，其实是老伴乔治。乔治也垂垂老矣，他每天五点就得起床忙活，看他颤颤巍巍地帮助老太太上下轮椅，好像只差一点两个人就会一起摔倒，场面实在令人心酸。安妮瘫痪后，尽管有护工帮忙，乔治要承担的是陪护重病人的无尽疲惫，是眼看她身心俱毁却无能为力的万箭穿心。从前安宁、有序的生活被彻底颠覆了，每时每刻都似乎在被慢性毒气侵袭。乔治的精力和体力都耗损至极致。

女儿伊娃不在巴黎，何况她的生活里也是一团乱麻。她担忧母亲，却也只能表达一番焦虑、沮丧，其实是爱莫能助的，只能徒增乔治的憋屈、烦闷。所以，他都不想接女儿的电话，因为“没时间注意你的担心”。更不愿意女儿回家，觉得自己好像在措手不及地接受突击检查。女儿的哀痛、着急，在乔治看来，更像是“检查人员”在对他表示不满。他也忍不住小小地发作了：“怎么办，难道让你妈搬去跟你住，或者去疗养院？去了也无非是被这样照顾。”他们都渐渐失去了耐心。亲人间渐生嫌隙。

乔治还毫不客气地辞退了那位对待安妮粗糙而鲁莽的钟点工，忍不住“咒”她：“希望有一天你也被这样对待。”骤然丢了工作的钟点工奋力反击，怒骂他是变态狂……总之，触目都是不顺。

除了开初乔治和安妮去听音乐会的一幕，电影几乎全是内景，全是两人在家里的活动。整洁雅致的布置，看得出从前他们过得舒适、自在。缓慢的长镜头与固定机位拍摄，让画面安静沉着，拍得隐忍而流畅，不炫技、不造作，非常有助于表现那种随时都令人抓狂的灰心、焦灼、窒息。

还能说话时，安妮就多次表达过，这么活下去了无生趣，“何必受这种煎熬？”她甚至试图自己了断。然而，病人有强烈的求死之心是一回事，亲人帮她结束生命又是另一回事。所以，乍一看乔治让安妮告别人世，令人颇为惊讶。不过，先前每时每刻的铺垫，都为的是解释这一刻吧。无论他们有过多少美好的回忆，都难以抵御与衰竭相伴而来的绝望、难堪。乔治结束了安妮的痛楚、衰败和了无尊严，既是成全老伴，也是彻底释放了自己的无助；既是干脆的承担，也是痛快的撒手；既有对她的同情、爱怜，也有瞬间膨胀的自怜自惜。

很多年前，朋友们都认识的一位老师因病而选择自动弃世，大家难过之余也有遗憾，隐隐觉得她是否过于消极？或许应该与疾病“搏斗”一番。那时候我们都还年轻，来不及去想象日暮黄昏的怅然和病魔缠身的颓丧。过了许多年，再想起那位老师，大家突然觉得，当生命的延续难以维持从前的自尊和自由时，以主动的方式离世，其实是积极而非消极。她令人感佩的，恰好是勇气和果决。

不过，话又说回来，当人生逼近倒计时，面临生死抉择或者不抉择，很难评判哪样更好，而且，无论怎样都是悲观的。我们只能说，电影《爱》里，当安妮衣着考究，画了淡妆，身边布满鲜花，以宁静、优雅的面容长眠时，她似乎获得解脱了。然而，观众却久久难以释怀，放不下的是无限的纠结、疑惑：当伴侣中有一人丧失自理能力时，施与受从此不对等了。施予者日复一日强自支撑，固然心力交瘁；受助者万般愧疚、难堪，也会被啃噬得千疮百孔吧？生命之火即将熄灭、变为灰烬时，唯有一片狼藉，虚脱和虚无感会以怎样的速度蔓延？曾经炽热的男欢女爱，几十年的相濡以沫，究竟可以积蓄多少热度去抵御人生穷途末路时的极度悲凉？

《爱》的人物和故事都非常简单，却不妨碍它一路获奖：2012

年获第六十五届戛纳电影节最佳影片金棕榈奖，2013 年获第七十届金球奖最佳外语片奖以及第八十五届奥斯卡最佳外语片奖。演父女的让—路易斯·特林提格南特和伊莎贝尔·于佩尔都是老戏骨，饰演安妮的法国著名演员埃玛妞·丽娃尤其出彩。她生于 1927 年，已经八十多岁，在 1959 年任《广岛之恋》女主角时，就给观众留下了深刻印象。这一次，她在不动声色之间，让自己从内到外地成了安妮，好像灵魂附体。

叶影花姿俱往矣

王家卫的《一代宗师》照例非常风格化，摄影、服装、道具、灯光都有极致之美。民国风味被还原得相当彻底，台词也非常讲究。它当然也有传统功夫片的惯常元素：国仇家恨、门派纷争、正邪对峙、儿女情长。不过，比起那些衣袂飘飞的古装片，少了凌虚蹈空、上天入地。

八年筹备，三年拍摄，王家卫广搜资料，遍访大江南北各门派的武林高手。他有意将《一代宗师》拍出更浓的写实味道，希望影片的武打能接近历史真貌，还原武术大师的精气神，不过多依赖特技，也就是说，剧中人的交手、过招不再天马行空。据说，动作设计与步法招式都严格遵守了各个拳法的风格、特色，以至于内行仅凭每个角色的套路、招式就能分清他们出自何门何派。主要演员梁朝伟、章子怡、张震等都分别拜师学艺。梁朝伟数年前就曾拜叶问的弟子梁绍鸿为师，一直在潜心练拳。师父夸他深得咏春三昧；章子怡也由师父悉心指点，一丝不苟苦练八卦掌；张震更神奇，三年来沉迷于八极拳，寒暑不辍，居然在 2012 年年底影片上映前夕获得全国八极拳比赛青年组一等奖。

经历了寻访宗师之路的漫长过程，王家卫感悟到，功夫其实就是时间。这次文火慢熬的一锅老汤，的确比较浓稠。舍得花时间费精力，跟拍出好电影不见得能直接画等号，但创作者的虔心用功，却也往往不会被辜负。

虽然江湖中永远鱼龙混杂、泥沙俱下，但那些持身正、立身稳的高士，除了拳脚出神入化、所向披靡，更能识大义、知进退、守仪轨。王家卫用叶问、一线天、宫羽田宫二父女等乱世豪杰，营造出民国武林的诗意气象，但见龙腾虎跃、云蒸霞蔚。其中，咏春拳圣手叶问更有不寻常的醇厚斯文、宠辱不惊。

梁朝伟能把叶问的胸有成竹、儒雅气质、君子风度表现得游刃有余，令人一点不觉意外。毕竟，就角色的处境、性格之复杂和驾驭难度而言，《一代宗师》超不过《无间道》与《色戒》。

更让人讶异的反而是章子怡，文戏分寸绝佳，武打敏捷俊逸，很是惊艳。她的舞蹈功底，拍功夫片时真是大派用场，几场武戏都打得酣畅淋漓，翩若惊鸿。尤其是宫二（即宫若梅）与杀父仇人马三的对决：1940 年大年夜，漫天雪花的东北，蒸汽机车冒着浓郁的白烟擦身疾驰而过。两人旗鼓相当，打得难解难分。章子怡长至脚踝的暗底绣花棉旗袍外，还罩着黑色裘皮大氅。呵气成冰的地方，非得这么层层叠叠穿衣。难为她还是那么苗条、灵动，腾挪翻卷，斗狠斗勇，都有梅枝横斜的清俊、疏朗。

宫二的性格沿袭了《卧虎藏龙》里玉娇龙的凛冽、凌厉、好强，但因《一代宗师》的故事时间跨度更长、人物命运的起伏更大，她又还多了些阅尽世事、看惯沧桑的淡然，以及心事浓厚却只肯暗地萦绕的内敛。

金楼夜宴，宫二与叶问争锋那场戏，室内灯光氤氲，满场看客都隐在暗处，家具、宫灯和梁柱上的精美雕饰时隐时现，宫二穿一袭深蓝棉布旗袍，冷艳的面孔与斜襟上雪青色的镶边，在幽暗中分外醒目。她挟着名门之后的傲慢和出师必胜的自负而来，交手前，微微叹了一声，“只可惜了这一屋子的精致”——何等傲慢，简直就没有把对手放在眼里。叶问却并无丝毫气恼，只肯轻言细语道：“功夫本是纤毫之争，真打坏了东西，算你赢。”最后一句说得缓慢，带点体贴。在这部影片里笑容不多的梁朝伟略牵嘴角，笑意浅淡。这番约定，既是高手的俯就、谦逊，又有对女子的怜惜、尊重，那股不动声色的从容、温柔，让宫二再是心高气傲，也会猝不及防，怦然心动。他们打得轻盈、飘逸又酣畅，“一屋子的精致”果然几乎纤毫无损。空间狭小，身影交错之间，两人近在咫尺，眉眼也有了一刹那纠缠，于敌手的紧张对峙之外，更陡然增加了一重莫名的慌乱。

虽说，“叶底藏花一度，梦里踏雪几回”，就算曾经刻骨铭心，叶问、宫二此后却各赴东西。转眼就是十几年，宫二因患病而不再行医，即将走完余生。1952 年冬，香港大南茶堂，她约他相见，这是此生最后一面。咿咿呀呀的粤曲《风流梦》缭绕在耳，宫二终于忍不住吐露心迹：“说句真心话，我心里有过你。我把这话告诉你也没什么。喜欢人不犯法，可我也只能到喜欢为止了。这些话我没对谁说过，今晚见了你，不知道为什么就都说出来了……”背景全部隐去，只交替着出现两人静寂的特写镜头，暖黄色的光影投射在宫二脸上，反而添了凄美、清冷。在这一大段独白里，她的表情、坐姿纹丝不乱，却也看得出被尽力抚平的心底波澜。神色有三分哀婉，五分放下，也有二分压抑的柔情。

宫二为了替父报仇而退婚、奉道，不婚嫁、不传艺、不生育，信守誓言，说到便也做到了。当年，她发愿前将一缕头发点燃，再遥远地留给叶问。这个说得出“或许我就是天意”的娇蛮女子，一直竭尽心力将无限情思深锁密藏。然而，就算她早就悟透，世事无常，有太多烟消云散，不必惋惜；就算大家都会说“人生如棋，落子无悔”。但是，青灯孤影相伴，百转千回之际，回望往事，她到底也会偶尔怅然若失吧——这一生，曾经还可能有别的选择。

宫二最开心的日子，已经停留在英姿逼人、我行我素的锦绣年华。此刻说话间，当一行清泪悄无声息地滑落，属于她、属于叶问等一代宗师的黄金时代，已经渐行渐远。

喜忧相间又一年

春夏秋冬循序走过，又是一年。这一年，对于婕莉和汤姆夫妇来说，除了儿子乔交了女朋友，与往年并无特别大的差异。他们不时开车去自己的菜地侍弄并收获蔬菜。有时候乔也会同去。汤姆是地质专家，婕莉是心理咨询师，虽然老之将至，但他们享受各自的工作，对往日有甜蜜的回忆。难得的是老夫老妻仍旧默契、依恋。乔是社区律师，温和纯笃，看上去有点糯糯的。总之，一家人其乐融融。

对婕莉的同事老友玛丽来说呢，这一年似乎没有她所期待的变化或好运。怎么说呢，她从内到外每况愈下，变得有点难以收拾了。玛丽大学毕业后，长年在医院做秘书，可她竟然又有点介意别人说她是秘书，或许是嫌弃这工作比起医生之类不够光鲜、体面吧。她离了婚，没有子女，还被负心男人骗走一笔钱。老大不小了，仍住在租来的小单元里，要盘算一阵才买得起二手汽车，暂时也无余钱去旅游。

更要命的是，一颗心落寞孤寂，无所依傍。曾经的美貌已经消退，但玛丽还残留着游走情场的心气和一点雀跃，时不时要借机扑腾几把，也可以说是不轻言放弃，看上去却更像慌不择路，空余跟年龄不相吻合的难堪：她扑闪着被细密皱纹包裹的眼睛朝陌生男人放电，倒也无可厚非，不过是悄悄失望而已；对老朋友的丈夫释放暧昧，酒后失态，也罢；纠缠着老友的儿子乔，想跟他约会，不顾乔礼貌的拒绝。尤其是见到乔第一次带回家拜见父母的女友，她居然始而面露愠怒，继而夹枪带棒、言语轻浮，既无礼貌又不自重。好端端的家庭聚会被搅扰了，婕莉不便发作，只是对乔的女友解释：她（玛丽）相当于乔的阿姨。其实也在敲打玛丽，不要忘了辈分，同时暗地将她列入不受欢迎的名单。

在春天，喝酒后絮絮叨叨、抱怨不已的玛丽，只是让婕莉有点为她担心；夏天和秋天，玛丽变得愈发神神叨叨、举止失当；到了冬天，已不再受到邀请的玛丽贸然上门，乔携女友这天恰好又要回家，婕莉简直不想掩饰对不速之客的不快。这个时候的玛丽，松垮、涣散、神经质，还带着一点烟酒过度的邋遢。

有一个细节很能展示玛丽的自我、麻木、忽略他人：去婕莉家的花园聚餐时，玛丽迟到了。话题围绕自己、密不透风地唠叨了好一阵子，她表示要抽根烟。哗的一下，带婴儿的、不抽烟的都迅速躲避，或借机闪开了。玛丽独坐餐桌前，心安理得，绝无干扰了大家的丝毫抱歉。

倒是有一个人凑了过来，笨拙地大献殷勤。那是汤姆的老友肯，据说年轻时也曾一表人才，如今胖得步履蹒跚，一身病痛，依然无节制地畅饮大嚼，有点自暴自弃。两个单身、孤独、沮丧的人，按说可以“合并同类项”相互取暖吧？玛丽却对肯避之犹恐不及。玛丽自己在精神上已显出病态，但她着意要展示风情的对象却都是身心健康的男人，可见还没有迷糊到不识好歹。肯的身上有股挥之不去的颓丧，比玛丽的还要浓厚，难怪她就像碰到一盆馊稀饭，不是一般地嫌弃。一个人有了衰腐气息，见到比她毛病更重的人，却马上掩鼻而逃，也是由于趋利避害的本能吧。

除了玛丽和肯，汤姆的哥哥也过得郁郁寡欢——妻子去世，忤逆不孝的儿子简直是个凶神恶煞。这些灰心丧气的亲友与汤姆、婕莉的明亮、和谐，构成明显反差。影片没有交代，过去的几十年婕莉夫妇如何经历又怎样克服了哪些波折、困境，那肯定是有过的。如今渐入老境，被时间磨蚀了面容，职业生涯也走到尾声，但他俩身上呈现的不是绚烂后的衰飒，而是秋日的沉静、饱满。岁月似乎很厚待他们，反过来，他们的仁厚、从容、得体，也配得上这份厚爱。

看迈克·李导演的《又一年》会突然想起很多年前风靡一时的普希金诗歌，“假如生活欺骗了你，不要悲伤，不要心急……一切都是瞬息，一切都将会过去；而那过去了的，就会成为亲切的怀恋”。普希金的诗充满了年轻人的明快、蓬勃，甚至有一切尽在掌握的笃定。看到《又一年》里那些或安然或失意的中老年人，却忍不住感慨：有时候，厄运砸在头上，驱之不散，真不是瞬息就过得去的，比如汤姆绝望的哥哥。反过来，像玛丽和肯，就算曾经被“生活欺骗”，但其处境、身体和年龄都远远未到穷途末路，何至于如此凌乱无序？一个人内心倾斜摇晃、枯萎荒芜，就难免乱了方寸，一蹶不振。成年人即便身临逆境，理想的状态，当然应该清明坚韧，自持自重。倘若任负面情绪泛滥，晦暗的日子就必定难以翻页，甚至每况愈下。玛丽很羡慕婕莉过得称心如意，却没有看到，婕莉的现状，也是她自己一年又一年打理出来的。她具备拥有这一切的良好特质。

《又一年》似乎有意回避那些过于戏剧化的情节或场面。它截取的是几位普通英国人的日常生活，片长一百二十五分钟，稍显长了一点。导演迈克·李说："我还没有见过遇不到问题的普通人。"他对玛丽等人的心理坍塌，既有遗憾、批评、哀其不幸怒其不争，也有某种程度的同情、悲悯——人人都会羡慕婕莉夫妇，但陷进低谷、麻烦，却也是人生的常态，不足为奇。

英国著名演员莱丝利·曼维尔饰演玛丽。她将角色日益神经兮兮、残败不堪的下堕感表现得细腻而有层次。

诗心难得

杨美子很会打扮：出门总是穿长裙、半高跟鞋，每件花外套都很别致，艳而不俗；妆容也精细而得体，时不时有人夸她漂亮，乍一看完全不像六十六岁的人，要卸了妆才看得出真实年龄。她年轻时一定是美人，迷翻过很多人。

但我们都不知道，杨美子有过怎样的一生。如今，她没有丈夫，住狭窄公寓，领政府救济，隔天去做几小时钟点工补贴家用——女儿离婚后在釜山工作，难得回家也不怎么寄钱来。十六岁的外孙宗郁由杨美子抚养。

她通常独往独来。戴白色遮阳帽、系蕾丝围巾的苗条身影在小城有些显眼，也有点落寞。用世俗眼光看，杨美子过得并不省心：女儿不能承担做母亲的职责，她偌大年龄还需为孙辈劳心劳力。不过，杨美子带点漫不经心的、疏离的气质，没有普通老太太那种现实感，似乎在困窘中并不显得十分愁烦。

女儿也说杨美子有诗人特质：爱美，见花而心喜，会说些奇怪的话。念书时，老师就预言杨美子日后会成为诗人。五十多年来，这梦想的确久驻心间。她还真的被每周两次的诗歌培训班吸引了，按时去听课，回来凝视苹果，看树影婆娑，期待久等不至的灵感。如果宗郁没有参与对女同学的性侵犯导致女生自杀，文艺老太太杨美子的日子也还算轻松——参加学诗班和诵诗小组，闲来带着点适度的小矫情赏花看树，为自己憋不出一首诗而苦恼；虽说生存不易，人心凉薄，衰病袭来，但总还有些同好跟她一道去浸润于诗情，留恋、回味片段的温情、瞬息的美好。

之前在医院门口，杨美子见过陡然失去女儿的母亲——孀居后独自抚养儿女的贫困农妇，那种丧魂失魄、痛不欲生让杨美子为之动容。出事后，宗郁与另外五个涉案的男孩对他们自己一手铸成的悲剧有点无动于衷。几位父亲更是理智得冷血，只想用钱赶紧了结此事。当女生的母亲同意接受赔偿并和解后，他们兴奋地聚餐庆祝，好像刚刚签了一笔买卖合同。除了那位母亲，似乎只有杨美子独自为一个年轻生命的逝去而在意和难过：她悄悄地去参加女孩的安魂弥撒，鬼使神差地偷走她的照片，去女孩跳江的大桥上徘徊，在河滩上流泪。

宗郁枉自被外婆喂得白白胖胖，却也没心没肺。杨美子多次想跟他谈话，甚至故意将女孩的照片摆在他眼前。这孩子略微一惊，又马上回归漠然了，眼睛永远粘在电视和游戏上。

诗歌朗诵会上，杨美子对同学抱怨那个爱说黄段子的警察：爱诗不就是去寻找美丽的东西吗，为什么他老是讲那些低俗的笑话？聚餐时，同学当众将这番话搬弄给警察。杨美子突然大窘，低垂着头不知所措，局促万分，看似因为背后议论人而不安，其实她是被更大的愧疚击中了。杨美子逃出餐厅，蹲在室外埋头哭泣，双肩耸动。她终于艰难地作了决断，所以哭得不可收拾——她爱宗郁，更要爱内心干净的宗郁。她真是别无选择。

杨美子与外孙又在楼下打羽毛球，这一次却不同寻常。警车开来，警察走近，杨美子似乎没有看见，强自镇静地击球。警察靠拢时，羽毛球恰好无比知趣地挂上了树枝。一位警察和气地领走宗郁，带他上了警车。杨美子一直背对他们，面向镜头，兀自朝树枝专注地挥着球拍，但每次都是徒劳，球没有落地，这也正合心意吧？她可以始终不用掉过头去看到那锥心的一幕。

韩国电影《诗》表面上似乎在记录杨美子学习写诗、寻章觅句的过程和灵感未至的怅然。其实编导李沧东用收敛、省俭的篇幅，着力讲述的是宗郁的女同学自杀后，杨美子无法纾解的忧伤、内疚，她在亲情与道义之间的痛苦挣扎，以及最终她选择让外孙直面罪与罚，而非轻描淡写地躲闪逃避。

杨美子欠缺常人所谓的世故，有时候还有点跟年龄不相称的迷糊、天真，所以她的行事和抉择，聪明人会觉得不合时宜甚至是犯傻。她已经患上阿尔茨海默症，开始偶尔记不起名词，以后会忘得更快更多，包括外孙的所作所为。对她来说，“时间流逝，花也凋谢”，来日不多；何况，她还可以倚仗病情，就势坦然地等待遗忘。但是，杨美子柔软、敏感，无法像其他家长那样精明、冷硬，对苦难和犯罪视若无睹。因而，当事件已经被“摆平”时，她却“匪夷所思”地选择受难，直面现实，勇于承担。

正如诗人老师所说，写诗不难，有写诗的心才比较难。除了影片尾声的告别诗，杨美子以前从未写过一首诗，但她真的有一颗诗心。有了这份难得的悲悯、良善、本真，她的学诗、爱美也才不矫揉造作。扮演杨美子的尹静姬，是韩国当年的文艺片女王，味道有点像老年归亚蕾。她在《诗》里的表演，不露痕迹，分寸极佳。

书客墨趣

何大草：底色里敷满柔润的悲悯

1

算起来，认识何大草有三十年了。那时，何大草还不是何大草，叫何平，从川大历史系分配到《成都晚报》工作不久。

分到报社的大学生，大多数学中文、新闻，当然也有哲学、经济学等专业的，似乎多数人都带着跟所学专业吻合的某些特质，但大家起初都觉得何大草不像学历史的。学历史的是什么样呢？也许，按惯常的，或者偏颇的印象，他们应该是沉默、静穆的，或许还带一点点忧郁。但何大草显然不是这样的形象，为了把他跟历史勉强扯上一点关系，大家背地里就说他像“五四”青年。其实，我们又哪里清楚“五四”青年是什么模样？只知道他们呼啸着呐喊着去火烧赵家楼，大约总是有些狂飙突进的意味吧。

何大草作品《所有的乡愁》

不过，有一点没有错，刚工作

不久的何大草绝对是个热血青年，疾恶如仇，辩才无碍，文风犀利。他速写老山的战火硝烟，钻进过最前沿的猫耳洞；他和一位同行追踪刘晓庆税案，两人跨上一辆摩托车东奔西跑采访，带着追问到底的执着……当然，他也大量阅读，并且认定，与心仪的作家最理想的对话，应该用自己的作品。

没有过多久，何大草就将他历史系毕业的背景显露无遗。他初登文坛就起点甚高、获得好评如潮的小说《衣冠似雪》《如梦令》等，都是历史题材。以后，历史题材小说依然是何大草创作中引人瞩目的部分，比如长篇小说《午门的暧昧》《盲春秋》《所有的乡愁》，短篇小说《李将军》《一日长于百年》等。

何大草的历史小说最值得玩味或者说最惹人议论的，是他对历史的“改写”与“虚构”。或许，正因为他的专业背景，他才有勇气在一定程度上对历史生出虚无的态度。也才有可能这般从容笃定地用小说去颠覆那些古往今来言之凿凿的“信史”。

我们读惯了的历史小说，通常是从正史入手，辅以野史、笔记，再兼容所涉及人物的书信、诗文等，大致是重大史实尽量要有来历。这一类小说也有写得非常出色的。只是，仿佛登山，别人都沿着石梯拾级而上，何大草却偏要从野草乱石处登临。这是一条并不轻松的险要路径。但，或许风光绝佳处，也在人迹罕至时。

所以，当我们在《衣冠似雪》里，进入何大草营造的瑰丽诡谲的意境，进入那个刀剑闪烁着凛冽寒光的乱世，再跟随不动声色的荆轲踏入秦王戒备森严的宫殿，然后屏住呼吸等待图穷匕首现的惊世一刻，大约谁都不会想到，当地图在秦王、大臣、侍卫们期待、警觉的目光下徐徐展开，直至抵达仿佛无穷无尽的长卷尽头时，赫然现身的，并非我们无比熟悉的见血封喉的匕首，而是秦王夜夜不离枕下的那柄轻盈竹剑——一件玩具似的不具备任何威力的小玩意儿。这时候，估计所有人都会忍不住大吸一口冷气，然后不知所措地惊呼一声：荆轲居然可以这样刺秦王吗？！

何大草颠覆了我们见惯不惊的“知识”或曰经验。

同样，女词人李清照固然有国破家亡后“至今思项羽，不肯过江东”的沉雄浑厚以及诸多忧愤愁郁之作。但我们印象更深的，还是她“蹴罢秋千，起来慵整纤纤手”的娇弱情态，或者“知否知否，应是绿肥红瘦”的雍容优裕。至于她那些细述相思的词作，通常被认为充满了与赵明诚两地相思、欲诉衷肠的缱绻浓烈之情。他们两人情趣相投的故事，一向是一段琴瑟和谐的佳话。但，何大草写李清照的《如梦令》，偏偏不肯依循常例。如果说，宇文所安在《追忆》中通过李清照的《金石录后记》，捕捉过她隐约流露的对赵明诚的不满，那么，《如梦令》干脆就否认这段爱情神话的大部分内容。小说截取的是靖康之乱后，李清照流离富春江边的日子。亡国、丧乱、孀居，她青春不再，红颜褪尽；曾经绮靡富丽的江南也只剩下人人惶惶不可终日的凋敝。往事就在这万般无奈的时刻奔来眼底：赵明诚，那个名冠士林的宰相之子，在《如梦令》里不仅仅是看上去风流倜傥的青年才俊，更是刚愎自用、气量狭小、完全不具大丈夫气概的碌碌之辈；而他们的婚姻，其实憋屈、窒息得一言难尽……

何大草也颠覆了我们习以为常的想象和“佳话”。

《盲春秋》给我们勾勒的是一个王朝倾颓的侧影。少年崇祯的微服冶游与魏忠贤的覆灭、少女珠珠在帷幕重叠的紫禁城里精灵般的梦游、前捕快马梦园和蒙面人的对峙与默契……其中既有极精微的细节——“城里的人们都看到，桌上的一杯茶或者一碗酒，都因为李自成铁骑的敲打而发出了轻微的颤抖”，也有“雾失楼台，月迷津渡”的迷离气象，与我们阅读习惯中的崇祯末年景象迥异。

《所有的乡愁》则将小人物与大事件、故事与史实镶嵌得严丝合缝，历史的宿命、必然、别无选择中，被揉进了巧合、偶然与不确定性，别出心裁又耐人寻味。

同样，《李将军》里的飞将军李广、《一日长于百年》里神秘莫测、行踪诡异的前特务卞先生，都刷新了此前同类人物的形象。

2

其实，读何大草的历史小说，不难看出他对史书古籍、历史事件与背景以及典章制度的烂熟于心与信手拈来。这也是他很“像”历史系毕业生的地方。包括《献给鲁迅先生：一首安魂曲》，熟悉鲁迅作品和生平的人会不时从中看到熟悉的场景、对话与细节。也正是这种仿佛处处有来历的写法，让虚构与真实杂糅，使作者想象和填充的那部分也变得异常真切起来。

何大草其实就是故意这么在有章可循与无本可依，尊重史实与云遮雾绕，或曰真实与虚构之间率性游走。假如我们将典籍或史料比喻成“旧”的，虚构与改写形容成“新”的，那他的历史小说就很像新旧材料拼接得真幻难辨的七巧板，新与旧衔接处，镶嵌得天衣无缝。

3

锋利与仁厚是何大草为文的两极，也是他为人的两极。

年轻时的何大草尤其锋芒毕露，有指点江山、激扬文字的少年意气。用他的好友中茂的话说，这叫书生剑气。有一次争论什么问题，他雄辩滔滔，得理不饶人，居然把一个干练的女记者说得语塞，哭了起来。后来，何大草反省自己的执拗与凌厉作风，非常认真地对大家说："我三十岁以后就再没有惹女同事生气了。"说得大家都笑，好像他从前多么少不更事似的。何大草倒是说到做到，偶尔也会在辩论得紧张时笑着退让一步："对，你们说得有理。"但他镜片后那丝混合了天真与狡黠的眼光一闪，就让人知道他分明是不以为然的。

中年何大草平易、平和了一些，却依然是较真的。尤其是涉及大是大非时，有对自己所认定准则的一丝不苟与身体力行。

何大草瘦而高挑，走路轻快，有这种体形的人常有的飘逸风度，套用一句现成的话，可以形容为玉树临风，乍一看是不食人间烟火的。有一次我在路上碰到他，骑着自行车，后面正好就搭着一桶"烟火"——煤气罐。报社宿舍是不烧煤气罐的，一问才知道，是他的同学出差了，家里老的老、弱的弱，他就主动把这体力活承担了。

另一次，一个年长的同事出事，暂时失去了自由。他的妻子来报社找他的自行车。该同事平日人缘泛泛的，那天又大雨滂沱，大家遂不甚热心。何大草见了，立即冲进雨中替她找到自行车。他跟那个同事素无私交，只是不忍心看见一个上了年纪的女人那么无助和凄惶罢了。

所以，何大草的小说有说不尽的犀利与温厚，一点都不奇怪。长篇小说《刀子和刀子》《我的左脸》写青春期的迷惘与残酷，看似刀光剑影、奇崛峭拔，底色里却敷满柔润的悲悯与怜爱。冷暖、软硬、明暗就这么奇妙地交织。

同样，《献给鲁迅先生》有晚年鲁迅的惆怅——他毕生改善世道人心的努力似乎不遂人愿，其中的悲凉自不待言。但他极度透彻、失望后的温和淡定与微茫的希望，又透出暖意。

《衣冠似雪》《如梦令》《盲春秋》等，都上演于乱世。天崩地陷，人物飞蓬飘絮似的命运与动荡摇曳的内心，怎么看都充满戏剧张力。而作者以平民角度为出发点的价值取向和悲天悯人之心，也不言而喻。

4

今天，写作已经不再像二十世纪八十年代那么容易赢得大众的满堂喝彩。写作越来越个人化，当然没什么不好，这是社会走向多元化的必然。但也许可以说，正因为如此，写作对于真正热爱它的人来说，也就具有了更纯粹的意味。

何大草对写作的热情，从来不曾减弱。他虔心于写作，有些心无旁骛，就像他自己写的：“多年来，我一直把写作视为手工的劳动，而自己是个精细的匠人，一语之成、一字之立，都是锱铢计较的。”

我们只能说，写作之于何大草，好比墨汁洇入宣纸，已经义无反顾。

洁尘：待在书房里的女人

洁尘

这些年，读洁尘的文字看到“解恨”处，有时要忍不住将身体一下子朝前倾一倾，连连叫绝。她真是写得越来越好了，纯熟、醇美自不待说，更有鸟鸣深林、水入江流般的通脱大气。让我们欣喜地看到了她稳稳生长、渐趋饱满的“年轮”。如果说她写作之初那种妖媚、诡丽的气息和稍许的缠绕、刻意是一种风味，偶有陡峭、惊艳的效果，那么现在这种丰饶、厚重的质感更好，是流泉浸泡的温润与柔枝掠过的舒展。

但洁尘为人称道的慧黠、机趣、佻达还一如既往地保留着。很多时候，她会随心所欲抛给我们一两个警句，有点不由分说的味道，字面上和字背后都有“触目惊心”的效果。但你静心一想，总是不禁会心一笑或暗暗称奇，为其中的清晰、谐趣和探到人性幽寂处的机敏所折服。

读洁尘的文字，我常会拿出一支笔，将她提到的书或电影记下来，预备下一步按图索骥。不过，其中的很大部分往往因为自己的疏懒懈怠而擦肩错过。我很惭愧地发现，她在书中涉及的好些作家及其作品，都是我不熟知乃至陌生的。觉得她的阅读之旅是越走越远，我与她那些宽广的涉猎之间，因为自己的孤陋寡闻，已经隔着一个很大的空白地带。

朋友们对洁尘惊人的阅读量、惊人的看碟量和尤其惊人的写作量都感叹不已。看她的书，不难发现，好些篇幅既长，质地又紧密的文章，写作的日子居然离得很近，有时日期就紧紧挨着。但她不是只做这些事的，她也很投入地陪伴孩子，会朋友，料理家务，侍弄植物，样样都做得尽心——

因为天旱，她家花园里有棵桃树一度稍显干枯，她立刻精心浇水，奋力施救，桃树也就知情识趣地结果了。个头小，看着不起眼，口感却真是好，是我们小时候吃过的味道；闺蜜蔚蓝的红在街头拾到一条走失的贵宾犬，好几天都无人认领，洁尘就将小狗接了去，宠得娇滴滴的，时时撒欢撒痴，偶尔还要对耐烦的女主人使点小性子，一看就是幸福感很高的模样。最多的时候，洁尘每天要遛三条狗，经常被金毛小三儿突如其来地奔逸，拖得满头大汗；洁尘的先生中茂是红白案兼擅的美食家，他们的家宴因此有口皆碑。做客人的享受了满桌鲜香丰美的佳肴后，想帮忙略微收捡一下，洁尘总是伸臂挡在厨房门口："都不要动，洗碗是我的事，我喜欢洗碗。"大家都知道她爱劳动喜整洁，也更知道她这番推挡其实透着十分体贴。每次都是众人喝茶聊天吃水果，玩得不亦乐乎，大家告辞之后，洁尘还得去对付厨房的一大摊子。

老朋友们聚会，洁尘经常是主讲人，新知旧闻、星座八卦，信息量既大又活色生香。如果恰好来了一两位新朋友，听洁尘用星座理论点评一二，往往频频点头或一愣一愣的，是切中肯綮的心悦诚服或若有所思。洁尘谦虚道：并非自己的星座段位特别高，不过是说得“圆繁”而已。“圆繁”是成都话，大意是指讲述合情合理、清晰平整。这“圆繁”中包含的，实则是她的敏感与洞察能力，以及透彻的表达。有时，洁尘也跟朋友们分享最近的阅读、看碟与写作。比如她最近正在写的长篇主题随笔《古代女性生态》，里面有好多见所未见的奇闻逸事，是她从一套较为冷僻的类书里爬梳剔抉出来的。有些细节实在妙趣横生，她忍不住透露几分，大家也就先听为快了。

这个时代每时每刻都被网络、传媒包围，八面来风，莫衷一是。这时候，洁尘这种冷静的旁观者和聪慧的解读者就显得尤其需要。待在书房里的她，其实熟知当下的热闹，只不过她有意跟这热闹保持适度的距离。如果迎头撞上了，也不要紧，她可以灵巧地从这热闹上宕开，避开就事论事的琐屑，将触觉探到一个更幽深更宽泛的空间，顺势追问一些比较恒久、比较终极的问题。这也就是为什么，有时候洁尘用作引子的那个现象或事件已成旧事，但她的评说和沉思却常看常新。

有评论说洁尘是“书房作家”或“内视型作家”。她的确更多地在书籍、电影、摄影和绘画中迷醉。她辨析两性关系的纠缠与错位，探究人在非常处境中的挣扎与困惑，琢磨不同文明、不同载体的美之间的牵连渗透，窥视文化八卦、历史八卦背后的意味深长，捕捉那些游丝般精细、纤微的思绪……对众所周知的经典，她用自己独到的视角去体察；同时她也将一些半掩的窗户一扇扇打开，带给我们被时间冲刷积淀过的影像、隐秘和她独到的梳理。

洁尘曾经说，写作的灵感是在写作中产生的。不错，但那些灵感一定偏爱光顾像她这类警醒的、时刻准备着的写作者：除了她的专注、毅力有目共睹，她还被高密度的阅读与思索滋养，也受惠于自己的颖悟。关于写与不写，写得多与少或写得好与不好，我赞成这样的观点，即关键还是一个创造力的问题。一方面，写作需要艰苦勤勉的训练、磨砺；另一方面，它也需要丰沛的激情与耀眼的才华。洁尘两方面都不欠缺，所以她能够赢得众多读者的喜爱，这其实也是她应得的奖赏。有天我在单位附近逛小书店，洁尘从前在报社上班时也常在这里买书。书店爽利的女老板说起她很有一分亲切，她说洁尘的书很好卖哦，所以（去进书时）大家都在抢。听了真的很高兴，也觉得不意外。

曾经看见陈冲说：希望所有的电影情节都不要发生在自己身上。相信这是所有褪去了青春期狂想冥思的女人共同的心声。缺乏尖锐乖谬的戏剧冲突，过不了跌宕起伏、悲欢离合的人生，或许正是值得很多成年人期许的人生。从这个意义上说，能够在书房中渐渐老去，在书房里度过一生，是令人向往的福祉——在书本的缝隙间探幽揽胜，在文字的盛筵中品尝悲欢五味，在电影的光晕流转里活过哀婉凄艳或壮怀激烈的一生……当然好啊，用洁尘的话来说，就是“浸润在文学和艺术中，人生可能亮堂一点”。

当然，对于洁尘来说，“在书房”的意义更在于，她可以全神贯注于最痴迷、热爱的写作，将那些沉潜于脑海深处的幽密、玄妙之思用电脑定格，然后，一点一滴构建属于自己的、风神俊朗的“文字之园”。

扫舍：熟得水到渠成

1

扫舍的博客“会客厅”，有众多喜欢她且入迷的读者。每次在不同的地方听见有人夸她，我都要赶紧出来显摆：是我的同学哦。

扫舍是我们年级最小的一个，大学毕业才十九岁，毕业时被分配到北京的某部机关工作。中间有许多年没有见面，但是经常从同学处听到她的消息：她去新闻电影制片厂拍纪录片了，她发表小说了，她离开新影去到化妆品公司了，她结婚去法国了，她回国把家安在上海了……等到在博客上读到她，又在成都见到时，当年那个娇嫩的女孩已经成为两个孩子的母亲了。

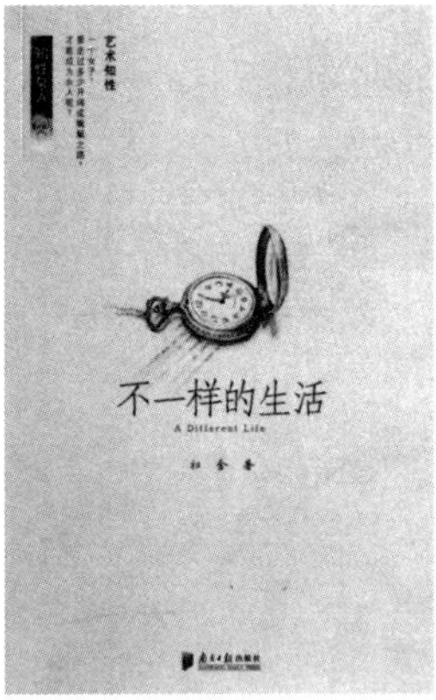

扫舍作品《不一样的生活》

是在东西南北的游走，还是做了妻子、母亲，或者阅历的丰富，使得扫舍日益通透和大气呢？我还记得她当年醒目的美貌、青春年少的娇俏，但是更喜欢现在的她，机敏、温厚、丰饶，当然，还有不言而喻的成熟女人韵致。

《不一样的生活》是扫舍的第三本随笔集，延续了《在普罗旺斯的阳光下》一贯的润泽、透彻和慧黠特质。书里的好多内容，陆续在她的博客上读过；其中写上海和巴黎的一部分篇目，则是我约请她为我编的版面而写的。说来都是很熟悉的文字了，但再次读来，依然饶有兴味。

人们都爱用树木的年轮来比喻一个人成长的足迹，这么说有些老旧。然而，我实在想不出别的更贴切的说法来形容一个人从青涩到丰美的转折。读扫舍的文字，就像触摸一截木头的断面，看得到或疏或密的年轮，年轮里掩藏的幸福与忧郁，还闻得到木质的清淡、天然之香。成长多么不易，往日那些缓慢而疾速的时光，痛楚或陶醉的瞬间，自省或警觉的片刻，都不是用过即扔的面巾纸，它们共同锻造、雕塑的，就是一个人的现在啊。有一首老歌怎么唱的——一个男人要走多少路程，才能被称为男子汉？同样，一个女子要走过多少开阔或蜿蜒之路，才能成为女人呢？

人们在不同的地方经历，有人陡峭一些，有人平缓一点，有人丰富一些，有人简约一点。有一点却是相同的：流光易逝，无论以怎样的方式成长，少女都会成为熟女，并渐渐老去。有所区别的是，其中许多人可以熟得丰沛、笃定一些，老得智慧、从容一些。我以为，扫舍的现状和可以预知的将来，就当得起我描述的这种理想状态。

2

《不一样的生活》谈艺术、说城市、品生活、看女人、聊闲话……扫舍写自己一点一滴的经历、感触、感悟，切入口小，有细微而灵敏的触须，因而细腻自然。她回忆童年、少年时代的成都，那些潮湿、阴冷、闭塞以及小孩子眼中总会发现的新鲜、奇异、美丽，让我这个生于斯长于斯的成都人特别亲切；而她寥寥几笔，点染二十世纪七十年代特有的稀薄空气、枯索环境，则定会让共同走过那个年代的同龄人无比会心；还有，带点清教徒气息的老式家庭环境，八十年代前期大学校园凌虚蹈空、理想飞扬的金色背景，社会剧变带来生活方式与价值观的重新拼装、剪贴……一些她自己不经意间的闪回，勾勒的却是一代人从梦幻到瓷实的步履。

当然，扫舍落笔更多的，还是当下的城市生活。她读画、听歌、观影、种花、旅游，也带孩子、进厨房、理家务，样样都做得津津有味。有些人看到了人生本质上的虚无，不免心灰意懒、浮皮潦草起来，要不就干脆豁出去了“暴饮暴食”；还有些人则愈发地平心静气，一花一木、一杯一盏都看得兴味盎然，看得到美与好。扫舍属于后者，她有生气勃勃的趣味，美景、美食、美人，但凡自然或艺术之美，都能真正地触动她，几只野猫都能牵扯她。我最羡慕的是，她不仅能有板有眼地享受各地美食，自己还有烘烤煎煮的大能耐，端得出一桌子暖心暖胃的中西佳肴。

扫舍也谈感情，每当看到年轻一些的女子在情感泥淖里迷茫、挣扎，她都心有戚戚，虽然知道当事人在乱局里往往懵懂又执拗，还是忍不住要担忧、着急、劝慰，像邻家姐姐那么语重心长地娓娓道来。她是过来人，观察与领悟都多，有宽广的视野，既纤细敏感，又清晰明快，感性与理性糅合得恰到好处。她那些有关爱情与婚姻、男人与女人的话题，看得真是透彻。

扫舍自己最入迷最骄傲的，当然还是做母亲。当了母亲的女人，最能在她这部分文字里找到极大共鸣。做母亲固然辛苦琐碎不飘逸，要丢弃年轻时的诸多自由自在和随心所欲，但这实在是最值得女人倾情投入的角色。“母亲这个角色，是我至今最热爱并将一直热爱下去的角色。对我来说，人生最戏剧性最高峰的阶段已经过去，以后的日子，是越来越平静，我对未来早就没有好奇心了。而孩子们，他们是这不变中的变数，他们的成长和存在，每一天每一年都有惊喜和发现，我的孩子们就是我生活中的未来。我于是再一次拥有了期待、幻想和对未来的憧憬。这种被他们需要着并且拥有未来的感受，让我充实、满足，热爱生活和生命。”扫舍这段话，真是说到我心坎里去了。

也是扫舍说的：不能生育的男女，虽然被神在某一点上忽略了一次，却同样是被神祝福一生的生命，他们有权利得到更多的爱和祝福——那么，无论被神在何时、何地、以怎样的方式眷顾，都不要漫不经心地错过或辜负，这便是成年人的懂得和惜福了。

浓玛：船在海上，马在山中

浓 玛

《沙漠的语言》是一本博客文集，用作者浓玛的说法，“是散漫文字记录下来的一些散漫时光”。

博客上的文字，固然通常有随性、纵情、恣肆等特质，但能引发人阅读兴趣的，又往往是这些特征所指向的天然、润泽与兴之所至。而浓玛让我们读到的，更有对文字的深情和虔诚，对一花一叶的物质世界与空灵、诗性生活的沉迷和追寻，对人性、人心、爱情的透视与剖析。这就使得《沙漠的语言》就像这本书酒红色的封面一样，有葡萄酒似的醇厚、柔和、浓郁品质。

电影与书籍、音乐与人情、自然与行走，自始至终贯穿该书。作者既细微地感受现实生活的妥帖温暖，更在幽深、静谧的精神领域自由游走；既一任思绪的飞扬、放逸，更安静、沉潜地迷醉于文字、音乐、影像构筑的繁盛和丰饶之中。

曾经与浓玛和另外几位大学同学结伴旅游，无论置身金字塔下的灼热黄沙，还是尼罗河上的旖旎清风，大家最赞叹的，是浓玛那几套色彩饱满、秾丽的改良中式服装。回成都后，我也跟着浓玛去她深爱、还向许多朋友推荐过的那家小店淘货，是一个柳州的服装品牌。这服装店其实我从前也多次经过，但在粗心大意间居然错过了。浓玛却有在茫茫“衣海”中敏锐捕捉、准确发现的慧心慧眼。她精心修饰居室，也是一丝不苟，几幅字画，几样清供，三杯两盏素花瓷，还有一面雅淡的墙纸，飘窗旁的靠垫，尽皆赏心悦目，每个细节都见到用心，看得出她的闲情逸致、兴致勃勃。

当然，更多的时候，浓玛在网上成箱成捆地买书。看《沙漠的语言》中出现的那些我们熟悉或陌生的作家，昆德拉、杜拉斯、里尔克、克尔凯郭尔、伍尔夫、费尔南多·佩索阿、凯尔泰斯·伊姆莱、叶芝、艾米莉·狄金森、莎乐美、雷蒙德·卡弗……非常感慨：阅读一定是最滋养人的灵丹妙方，那些不同国度作品的精良、深邃品格与密度，让人即便足不出户，也可以令游思与想象，奔逸得很远很深；而浓玛享受了阅读带来的饱满、滋润、温软，总是喜滋滋地传递给读者，她的文字也呈现了细密的质地、葳蕤的景象，所以深得读者喜爱。更深的缘由，则正如云南大学教授、女性文学研究专家降红燕所言：“由此可见，繁杂喧嚣的当代社会里，人们还是需要并喜欢一片沉静的精神净土。”

《沙漠的语言》里有一篇《船在海上，马在山中》，题目取自西班牙诗人洛尔迦的《梦游人谣》。浓玛说，“海和高原草原，是我这一生的情结和精神故土”。船行海上，马走高原，它们都自由自在于最适宜安身立命、最顺其自然的场景，那也是人世间辽阔、盛大、喜悦的一幕。阅读与写字，对于在文字里迷醉的人，其实也有相似的意象，和相似的幸福。